골목길 접어들 때에

골목길 접어들 때에

1판 1쇄 찍은날 2012년 12월 10일
1판 1쇄 펴낸날 2012년 12월 15일

지은이 | 우애령
펴낸이 | 조현주
펴낸곳 | 도서출판 하늘재

표지와 그림 | 엄유진
본문 디자인 | 김경수

등록 | 1999년 2월 5일 제20-140호
주소 | 서울시 마포구 망원1동 384-15 301호
전화 | (02)324-2864
팩스 | (02)325-2864

이메일 | haneuljae@hanmail.net
ISBN 978-89-90229-36-6 03810

값 | 12,000원
ⓒ 2012, 우애령

※ 잘못된 책은 바꿔드립니다.
※ 이 책은 저작권법에 의하여 보호를 받는 저작물이므로 무단 전재와 복제를 금합니다.

작가의 말

누가 그 사람을 지금 서 있는 그 자리로 데려갔는가.
자신인가, 가족인가, 사회인가, 낯선 타인들인가.
아니면 이 모든 것들이 뒤섞여 그 사람이 지금 그 자리에 서 있게 하는 데 기여한 것일까.
자유의지를 더 믿는 사람도 있고 정해진 운명을 더 믿는 사람도 있을 것이다. 우리는 누구나 자기가 내다보는 창으로 다른 사람들과 세상을 바라보기 때문이다.
소설 쓰기는 어쩌면 등장하는 사람들의 생각과 꿈에 대해 더 알아보려고 애쓰는 일일지도 모른다. 영원한 사랑, 바람직한 삶의 의미 등을 찾고자 하는 이 모든 움직임들은 대체 어디에서 오는 것일까.
삶이 불행하다고 느낄 때 그 불행의 원인 제공자라고 믿는 사람들을 미워하고 멀리하면 삶의 평화가 찾아온다고 보기는 어렵다.
그렇다면 사랑과 관용으로 자신과 타인을 받아들이는 것이 최상의 선택일까. 그러나 잊고자 해도 잊히지 않는 일, 잊지 않으려 해도 잊히는 일들 속에서 우리들은 복잡한 생의 모자이크를 그리며 살아가고 있다.

어느 날, 큰길에서 벗어나 주변의 작은 골목길로 한번 걸어 들어가 보는 것은 어떨까. 주위의 시끄러운 소리들이 차단된 골목길에서 우리는 오랫동안 외면해왔던 진실을 찾아볼 수 있을지도 모른다.

자신과 타인에 대해 지녀왔던 편견과 오해, 무관심과 냉담함 등에 관해 대로를 달리면서 생각하기는 쉽지 않을 것이다. 앞으로 쉬지 않고 달려가야만 어딘가에 닿을 수 있다고 믿는 동안은 우리가 여러 가지 소중한 생각들을 접어두기 때문이다.

《당진 김씨》와 《정혜》에 이어 나온 이 소설집이 사람들에게 마음의 골목길로 들어가 보는 계기가 되어주기를 바랄 뿐이다. 이 골목길에서 저 골목길로 한 걸음씩, 천천히…….

이 책이 나올 수 있도록 도움을 주신 하늘재 조현주 님께 깊은 감사를 드린다.

우애령
2012년 12월에

차례

나는 잘 지내고 있어 9
골목길 접어들 때에 21
방문객 51
사막 여행 77
와인 바에서 93
자살 연구 113
코끼리는 기억한다 137
선유실리 145
용의 친구 173
라쇼몽 아래에서 201
피크닉 217
정희의 결혼 239

나는
잘 지내고 있어

 에츠코가 동경에서 보스턴으로 돌아오던 날 정우는 함께 공항에 나가자고 했다.
 "관둬. 약혼자를 마중 나가면서 왜 다른 남자는 끌고 가려는 건데."
 내가 퉁명스럽게 거절하자 그는 버릇처럼 왼쪽 둘째손가락으로 아랫입술을 만지작거렸다.
 "그게 말이야. 아무래도 좀 어색해서 그래."
 "뭐라고? 그걸 말이라고 해?"
 그는 피식 웃었다.
 "하긴……. 내가 생각해봐도 좀 말이 안 되기는 하네."
 "대체 왜 그래? 에츠코와 뭐 석연치 않은 일이라도 있었어?"
 "석연치 않기는……. 그냥 몇 달 동안 떨어져 있었더니 좀, 그러니까……."
 "그럴 거면 왜 돌아오라고 그랬어. 한동안 헤어져 있자고 하지."
 정우는 뒤통수를 왼손으로 긁적긁적했다.

"그게 말이야. 그 애가 간병하러 귀국했었잖아. 그런데 지난달에 어머니가 돌아가셨거든. 아버지는 원래 다른 여자하고 살고 있고……. 에츠코가 혼자 남게 되었다고 눈물 젖은 편지를 보내왔어. 그런데 오고 싶다는 사람을 어떻게 오지 못하게 하니."

나는 언제나 그렇듯 말을 빙빙 돌리는 정우의 어투를 무질렀다.

"그렇지만 너, 지금 네 마음은 혹시 다른 데 가 있지 않냐?"

정우는 입을 꾹 다물었다.

"안 그래? 말 좀 해봐. 너 요즈음 노는 꼴이 심상치 않아. 뭐냐? 그렇게 양다리를 걸쳐놓고……."

"그런 거 아니야."

갑자기 정우의 얼굴이 굳어졌다.

"그냥 아무것도 묻지 말고 같이 가주면 안 되겠니? 어쨌든 비행기는 지금 하늘에 떠 있고 에츠코는 그 안에 타고 있잖아."

마지못해 공항으로 따라가게 된 내가 별로 말수가 없자 차 안이나 공항에서 쓸데없는 농담을 던지며 태연한 척하던 정우는 전광판에 도착 신호가 뜨면서부터 말수가 적어졌다. 가녀린 몸매의 에츠코가 출구로 걸어 나오자 정우는 큰 키를 구부린 채 잠깐 움직이지 않고 그저 바라보기만 했다. 그는 얼굴이 창백하게 굳어 있었다.

"뭐해?"

내가 채근한 다음에야 정신이 든 듯 그는 앞으로 걸어 나갔다. 그리고는 에츠코가 밀고 있는 카트 손잡이를 받아 쥐면서 그녀에게 미소를 지었다. 누가 보아도 조금은 자연스럽지 못한 해후였다.

"정우, 저 녀석. 참 한국 남자들이라는 게, 미국까지 와서도 저렇게 애정 표시를 못하니…….”
 함께 나왔냐고 반색을 하는 에츠코에게 나는 농담처럼 서두를 떼었다.
 “혹시 기진 씨가 있어서 그런 건 아니구요?”
 여전히 싹싹하고 상냥한 에츠코는 다정한 미소를 지으며 내게 말했다.
 “아, 그게, 이건 정말 오늘 내가 나올 자리가 아닌데……. 그게 말하자면 에츠코가 내 친구이기도 하고 그래서 그냥, 어쨌든 캠퍼스에 돌아가자마자 나는 사라질 테니까 두 분이 그동안 회포도 푸시고…….”
 내가 어물어물 눙치며 넘어가려고 하자 정우가 그 말을 못 들은 것처럼 말했다.
 “저녁 안 먹었지, 에츠코? 우리 어디 근사한 데 가서 저녁부터 먹자.”
 “야, 야. 날 어디까지 끌고 가려고 해. 그냥 캠퍼스까지 가서 나를 내려주고 어디로 사라지든지 말든지 하라니까.”
 “사라지긴, 너도 레스토랑에 함께 가야지.”
 내가 난색을 표하자 에츠코가 다정하게 말을 걸었다.
 “함께 가요. 기진, 우리 다 친구 사이잖아.”
 그렇기는 했다. 유학생활에 지쳐 이곳저곳 놀러 다닐 때 우리는 함께 잘 어울려 다녔다. 그렇지만 지금은 에츠코가 모르는 사실이 있었다. 지금 이 자리에 보이지는 않지만 그녀가 없는 사이에 다른 여자가 그 두 사람 사이에 끼어들어 있다는 사실을.

"어떻게 하면 좋지? 나 다른 사람에게 마음이 가 있는 것 같아."

정우는 딱 한 번 내게 고민을 호소했다.

"야. 지금이 무슨 조선시대냐? 너 요즈음에 영화도 안 봤니? 다른 사람을 사랑하게 되면 결혼식장에서 턱시도나 웨딩드레스를 입은 채로 도망쳐버리는 것도 못 봤어? 너 은지 말하는 거지?"

"그런데 사실은 지금 내 마음을 나도 모르겠어. 그게 말이야. 에츠코가 싫은 건 아니거든. 그러니까 내 마음은……."

나는 단도직입적으로 물었다.

"자, 우선 이 생각만 해봐. 에츠코와 결혼할 생각을 하니까 기쁘냐?"

정우는 꾹 다물었던 입을 열었다.

"그게, 기쁘다고 하기엔 좀……."

"그런데 뭘 망설여?"

"그렇지만 어떻게 인생을 건 약속을 깨뜨려? 내가 이제 와서 어떻게……."

나는 그의 우직하고 순수한 성격을 좋아했다. 그렇지만 이건 아니라는 생각이 들었다.

"그러지 말고 솔직하게 나한테만 말해봐. 너 은지가 실연당해서 자살미수 사건을 일으키고 그랬던 게 더 고민스러운 거 아냐?"

정우의 얼굴이 붉어지더니 목소리가 떨려 나왔다.

"너 그걸 말이라고 하냐? 내가 그렇게 꽉 막힌 놈으로 보여?"

나도 할 말은 하고 싶었다.

"꽉 막힌 건 사실이잖아. 네가 처음에 은지가 입원한 병원에 갈 때도 과거가 있는 여자가 제일 싫다고 그랬잖아."

정우는 입을 꾹 다물고 있다가 가라앉은 어조로 물었다.

"내가 그렇게 말했냐?"

"그랬어. 유부남과 스캔들을 일으키고 자살 소동을 일으키고……. 이런 여자한테 내가 왜 문병을 가야 하느냐고 종주먹을 대던 생각 안 나?"

내가 유학생회장일 때 총무였던 정우에게 새로 온 여학생이 이러저러하다고 문병을 가자고 청했을 때 기억이 되살아났다. 그는 가기 전부터 노골적으로 은지를 무시하는 태도를 보였었다.

그런데 병실 문에 들어섰을 때 나는 그녀에게 가서 멎은 채 충격을 받은 것처럼 움직이지 않는 정우의 시선을 포착했다. 긴 생머리에 창백한 표정의 은지는 눈물이 고인 채 미소만 지었다.

그게 시작이었다. 작년 겨울 첫눈이 내리던 날이었다. 그 후 두 사람 사이에 미묘한 기류가 형성되는 것을 언뜻 느끼기는 했지만 에츠코가 일본에 가 있는 동안 그렇게 갑작스럽게 진전될 줄은 몰랐다.

그동안 정우는 몇 번 무엇인가 말하고 싶어 하다가 얼른 화제를 일상적인 다른 이야기로 돌리고는 했다. 나는 에츠코에게 돌아오라고 전화했다고 말하는 그의 얼굴에 그늘이 드리우는 것을 보았다.

결혼식 준비는 빠른 속도로 진행되었다. 결혼식은 교회에서 거행되었고 유학생들의 정신적 지주라는 평가를 받던 목사님이 주례를 섰다. 부모를 일찍 여읜 정우를 길러냈다는 누이 부부가 한국에서 왔고 음악 전공이던 은지가 결혼식장에서 피아노를 쳤다. 웨딩드레스를 입은 에츠코도 아름다웠지만 분홍 드레스를 차려입은 은지는 피아노 앞에서 진주처럼 빛나 보였다.

　결혼식이 끝나고 두 사람이 신혼여행을 떠난 날 밤 나는 은지의 전화를 받았다. 학교 앞 맥줏집에서 만난 은지는 나를 쳐다보지 않고 테이블에 시선을 둔 채 머뭇머뭇 그간의 이야기를 털어놓았다. 처음에 정우가 자기 기숙사 건물 앞에 며칠이나 혼자 서 있던 이야기. 함박눈이 내리던 날 밤 떨리는 목소리로 처음 자기에게 전화했던 이야기. 그날 두 사람이 함께 눈을 맞으며 밤새 걸었던 이야기. 그 후 서로 감당할 수 없이 가까워져 하루도 떨어져 있고 싶지 않았던 이야기들을…….

　"우리는 정말 사랑했어요. 인생의 소울 메이트를 만난 느낌이었어요."

　은지는 웨이터가 날라 온 맥주에는 손도 대지 않았다. 나만 속이 타서 맥주를 계속 청했다. 은지는 조용한 어조로 말했다.

　"이제 끝난 이야기니까 마음에 간직하지 마세요. 그저 누군가에게 내 마음을 이야기하지 않고는 도저히 견딜 수가 없었어요."

　"정우의 태도에서 무언가 이상하다고 느끼기는 했습니다. 그런데 왜 그렇게 급히 서둘러서……."

　"에츠코에게 전화했다면서 말하더군요. 에츠코가 자기를 너무나 믿고 사랑하기 때문에 자신이 떠나면 살기 어려울 거라고요."

　"그걸 말이라고 가만히 듣고 있었습니까?"

　은지는 대꾸하지 않고 맥주잔을 들더니 조금 마시고는 내려놓았다. 눈물이 글썽했다.

　"나는 정말 할 말이 없었어요."

"그 미련한 녀석을 내가 정말······."

"다음 세상이 있다면 그때는 내게 오겠다고 했어요."

"······."

"내가 겪은 끔찍한 배신을 다른 사람에게 경험하게 하고 싶지도 않았고요."

"그렇지만 이건 일생이 달린 문제가 아닙니까. 그렇게 서로 특별한 감정을 느꼈다면서 그런 이유로······."

"정우 씨를 누구보다도 잘 알고 계시잖아요?"

정우는 그런 사람이었다. 모질지 못하고 중요한 일이 닥칠 때마다 명분과 의리를 내세우는 건 타고난 기질이었다.

은지는 곧 그곳을 떠나 다른 대학으로 옮겼다. 학위를 마치고 귀국한 나는 가끔 풍문에 그녀의 소식을 전해 들었다. 전공을 바꾸어 의대에 들어갔다는 이야기, 독신으로 살며 외국 난민촌에서 아이들을 돌보다가 얼마 전부터 미국 병원에서 의사로 일하고 있다는 이야기······. 그러나 그녀를 만나본 적은 없었다.

정우는 에츠코가 한국에서 살기를 원하지 않는다면서 자기가 속한 석유회사에서 보내는 대로 세계 각지를 떠돌며 살았다. 그는 나라를 옮길 때마다 이국적인 분위기가 담긴 엽서를 아프리카에서, 스페인에서, 미얀마에서, 콜럼비아에서 보냈다.

"나는 잘 지내고 있어."

그는 끝에 꼭 그렇게 썼다. 그렇게 십여 년이 지났다. 아이는 없었다.

가끔 그가 귀국할 때면 우리 부부와 정우 부부가 함께 식사를 하기도 하고 오페라나 연극 구경을 하기도 했다. 화사하게 차려입고 애교 있게 고개를 갸웃하며 정우를 올려다보는 에츠코의 귀염성 있는 태도는 여전했다. 아이가 없는 적적함을 메우려는 듯 그녀는 점점 더 아기처럼 굴었다. 정우는 그런 아내를 옆집 귀여운 소녀를 돌보듯 배려해주었다. 덤덤해 보이는 우리 부부에게는 활달하고 자신감 넘치는 목소리로 자기가 살고 있는 지역 이야기며 승진한 이야기, 회사에서 자기에게 거는 큰 기대들을 들려주었다.

승진이 되어서 보스턴 지사에 가게 되었다고 쓰여 있던 그의 엽서에는 우리가 다니던 캠퍼스의 눈 내리는 정경이 펼쳐져 있었다.

— 이상하게 이즈음에는 학교 다니던 때가 그렇게 그리워.

정우는 짧게 쓴 글 밑에 노래처럼 후렴을 썼다.

— 나는 잘 지내고 있어.

그 그림을 보며 나는 학교에 다니던 때의 회상에 젖었다. 은지 생각도 떠올랐다.

어느 날 갑자기 에츠코가 전화로 그가 몸이 좀 아파 수술했다는 소식을 전했다. 그 후 몇 달에 걸쳐 점점 상태가 안 좋아지고 있다는 연락이 뒤를 이었다. 심장병이라고 했다. 비자를 다시 받아 보스턴으로 떠날 준비가 다 된 날, 그의 사망 소식이 담긴 이메일을 받았다. 그를 만나려던 계획은 장례식 참석으로 바뀌었다.

추적추적 비가 내리는 보스턴 교외의 한적한 장지에는 회사 직원들과 한국에서 온 누이 부부, 미국에 살고 있는 그의 친척들, 에츠코, 에츠코의 사촌언니 그리고 나, 이렇게 삼십여 명이 참석했다. 한국 친구들과는 여러 곳을 다니는 동안 저절로 소식이 끊겼고 너무 갑작스러운 일이라 다른 데는 알리지도 못했다고 눈이 충혈된 채 에츠코가 말했다.

"달리 남긴 말은 없었구요?"

에츠코는 고개를 저었다. 잠시 망설이는 기색이더니 그녀는 담담하게 말했다.

"은지……. 이렇게 한 번 불렀어요. 숨을 거두기 전에."

나는 가슴이 덜컹 내려앉는 듯했다.

"그게…….."

"알고 있었어요. 마음이 다른 곳에 가 있다는 거. 나한테 한없이 관대했던 것도 오히려 그 이유 때문이라는 것도."

"에츠코, 그렇지는 않아요."

당황한 나를 보며 에츠코는 쓸쓸하게 웃었다.

"괜찮아요. 그래도 내 곁에서 운명했으니까요."

하관을 할 때는 다행히 비가 멎었다. 하관식을 마치고 나서 에츠코가 집에 와서 묵지 않겠느냐고 물었지만 나는 고개를 저었다. 가슴이 치밀어 오르듯 답답했다. 눈물도 나오지 않았다.

에츠코는 사촌언니와 함께 차를 타고 떠나기 전에 부은 눈으로 미소를 지으며 내게 작별인사를 했다.

"폐가 많았습니다. 잘 돌아가세요."

나는 사람들을 싣고 온 버스가 떠난 후에도 혼자 서 있었다.

— 나는 잘 지내고 있어.

그의 엽서에 실려 있던 말을 한 번도 믿은 적이 없었다는 생각이 들었다. 그러자 울컥 눈물이 치솟았다.

'그래. 이젠 정말 잘 지내라.'

나는 혼잣말처럼 뇌었다.

'다음 세상이 있다면 그때 나도 다시 만나자.'

멎었던 비가 다시 내리기 시작했다. 나는 그가 누운 곳에 시선이 멎은 채 그저 비를 맞으며 서 있었다.

골목길
접어들 때에

프라자 호텔 뒤에 있다는 그 음식점은 의외로 쉽게 찾을 수 있었다.
"골목에 있는 골목집이라니까. 골목마다 뒤지면 그냥 찾을 수 있다니까."
여자의 말을 듣고 설마 하기는 했지만 원래 소공동 쪽에 있는 음식점들은 빤하다니까 영서는 구경 삼아 골목길 안에 있는 음식점들을 찾아보기 시작했다.
뒷길로 들어서자 좁은 골목 입구에 내건 골목집이라는 입간판이 바로 보였다. 골목길을 따라 올라가니까 오른쪽에 골목집이라는 나무 간판을 세로로 단 집이 보였다. 생고기, 생삼겹, 돌솥 김치찌개…… 밀어서 여닫게 되어 있는 유리문마다 크고 붉은 글씨가 쓰여 있었다.
들여다본 가게 안은 불빛 없이 상당히 어두웠다. 혹시 문을 닫았나 생각하며 유리문을 옆으로 밀어보자 스르르 열렸다. 의자 달린 둥근 탁자들이 여러 개 놓인 홀 안쪽의 큰 온돌방에는 십여 명이 넉넉히 앉을 수 있는 상이 여러 줄 놓여 있고 그 사이사이에 여기저기 사람들이 엎드려 자고 있었다. 영서가 어쩔까 하고 망설이는데 문 쪽 가까운 곳에 누워 있던 중년 여자가 부스스 일어났다.

"식사하시게요?"

"그런데 식사시간이 아닌가 보네요."

중년 여자는 아직 잠이 매달린 눈으로 하품을 하며 벽에 걸린 큰 시계를 보았다. 5시 10분 전이었다.

"앉으세요. 원래 저녁 타임은 다섯 시에 시작해요."

영서는 홀에 놓여 있는 탁자 앞 작은 의자에 엉거주춤 앉았다. 잠에 빠져 있던 종업원을 깨운 게 내심 미안했다.

"사장님은 나오셨어요?"

그 여자는 흘낏 저쪽을 보더니 만류할 틈도 없이 큰 소리로 사장님을 불렀다. 그러자 주방 쪽에서 여자가 달려 나왔다.

"어머머, 어머머. 이게 누구예요. 아니 이게 누구야."

여자가 뛸 듯이 반가워하는 게 오히려 어색해서 영서는 애매하게 실쭉 웃으며 일어섰다.

"아니, 이게 웬일이야. 믿어지질 않네. 무슨 바람이 불어서……. 어떻게 찾았어요?"

"골목마다 찾아보라면서요? 프라자 호텔 뒤에 골목을 다 뒤지면 나온다길래 뒤져봤어요."

"앉아요. 우선 앉아요."

여자는 서둘러 영서를 자리에 앉게 했다.

"진짜 웬일이에요. 이 시간에?"

"나, 집에서 쫓겨났어요."

여자는 더 묻지도 않고 깔깔 웃었다.

"그럴 만해요. 당신 교수라고 집에서도 뒤지게 잘난 척하지? 남편도 아마 지겨웠을 거라. 우리 남편도 내가 주책없다고 되게 교양 떠는데 어떤 땐 정말 지겹거든……."

영서는 쓴웃음이 나왔다. 잘난 당신이 얼마나 내게 스트레스였는 줄 아느냐던 남편의 말이 생각나서였다.

여자는 더 묻지 않고 척척 홀 안쪽으로 걸어가더니 냉장고에서 소주 한 병하고 잔 두 개를 들고 다가와 곁에 앉았다.

"여기 생삼겹 이인분하고 반찬 좀 줘요."

여자가 주방에 대고 소리쳤다. 곧 이어 서른쯤 되어 보이는 여자가 쟁반에 김치며 나물, 삼겹살을 들고 나타났다. 여윈 중늙은이 남자가 숯불이 이글이글 타고 있는 풍로를 집게로 들고 들어와 테이블 가운데 동그랗게 빈자리에 밀어 넣었다.

"당신이 개시니까 아주 잘 먹어야 해. 그래야 오늘 저녁 장사 마수가 잘되어서 손님이 많을 거거든."

여자는 화로에 얹힌 고기 석쇠에 길게 썬 삼겹살 고기 두 점을 익숙하게 걸쳐놓았다. 제멋대로 반말을 하는 여자에게서 오히려 친근감과 편안함이 느껴졌다.

"자, 우선 건배부터 하자구."

여자는 소주잔을 들어 영서의 잔에 짱 소리가 나게 부딪쳤다.

"또 한 사람의 해방된 여자를 위하여."

영서는 실소를 했다.

"나 아직 해방 안 됐어요."

"걱정 마. 그건 나도 알아. 아직도 이랬어요, 저랬어요 하고 교양을 떠는 거 보면 알고도 남지. 당신은 해방이 코앞에 와도 덥석 잡지 못할 사람이거든."

지글지글 익어가는 고기를 가위로 자르면서 여자가 웃었다. 냉동하지 않고 그날그날 가져다 쓴다는 고기는 숯불 위에서 익으며 기름기를 토해냈다. 한 점을 집어 입에 넣자 잘 익은 고기 맛이 부드럽게 혀에 감겨들었다.

"자, 이제 쫓겨난 이야기를 해봐요. 지금 시대가 어느 땐데…… 돈부터 활활 벌어야 돼. 그리구 돼먹지 않은 남편이면 쫓아내야지, 쫓겨나긴 왜 쫓겨나. 거짓말이지?"

영서는 손님들이 두세 팀씩 들어오기 시작하며 활기를 띠기 시작하는 홀 안을 둘러보며 화제를 바꾸었다.

"부럽네요. 이렇게 큰 음식점을 마음대로 경영하니……. 누구에게 매이지 않고."

"그따위 소리 하지 마요. 일하는 사람이 대여섯 명이 넘긴 하지만 내가 사장이라는 이름의 한다 하는 하녀야. 당신같이 잘난 교수하고는 달라. 맨날 사업한다면서 엎어먹는 남편만 아니면 뭐하러 이런 고생을 해. 당신 남편도 사업한다며?"

여자는 킬킬 웃더니 단골이 들어오는지 몸을 일으켜 달려갔다. 열 명쯤 되는 젊은 남녀를 인솔한 중년 남자가 여자에게 당부하는 소리가 들렸다.

"우리 중요한 회식인데 제일 좋은 고기로, 잘해주세요."

"아유, 물론이지요. 얼른 이리 들어오세요. 에어컨 바람이 최고로 잘 들어오는데 앉혀드릴게."

얼마나 여자의 몸놀림이 빠른지 그 사람들이 자리에 앉고 그릇이며 기본 음식들이 나가는데 5, 6분밖에 안 걸리는 것 같았다.

여자는 뒤처리를 다른 아주머니에게 부탁하고 잽싸게 돌아왔다.

"나 정말 너무 반가워. 그런데 영업도 해야 하니까 내가 왔다 갔다 하는 거 이해해줘. 응?"

물론이었다. 혼자 앉아 있어도 여자가 원더우먼처럼 여기저기 뛰어다니는 것만 봐도 한 구경거리가 되었다. 더구나 자리 잡은 곳이 벽에 붙은 외진 곳이라 다른 손님들 눈에 띄지 않으면서 홀 전체가 내다보였다. 쓸쓸한 느낌이 드는 저녁에 혼자 소주 한잔하기에 더 없이 좋은 자리였다.

"그래 말이야. 아까 하던 이야기 말인데 내가 그놈의 유럽 여행 떠난 것도 다 식구며 일에서 훨훨 떠나 더 늙기 전에 해방된 여자 폼 한번 잡아보려는 거였거든."

여자는 깔깔 웃었다.

"그때 왜 우리 파리에서 달팽이 요리 먹을 때 내가 화끈하게 포도주 낸 거 기억나? 나도 들은풍월이 있거든. 우리 집에 오는 손님이 그러더라구. 내가 당분간 유럽 여행을 떠나서 없을 거라고 했더니 달팽이 요린 꼭 먹어봐야 하는데 그건 꼭 포도주하고 먹어야 제맛이 난다는 거야."

그 장면은 영서도 기억이 났다. 파리의 한 고급 식당에 일행이 달팽이 요리를 먹으러 들렀을 때 포도주 이야기가 나왔지만 자기 몫만 시킬 수도 없고 20명이나 되는 사람들 부담을 혼자 하기도 어려워서 조금 어색한 분위기가 떠돌았다. 그때 갑자기 여자가 알프스를 넘어 진군하는 나폴레옹 장군처럼 일어나서 외쳤던 것이다.

"자, 오늘 포도주는 내가 쏠게요. 얼마든지 드세요."

갑자기 긴장이 풀리고 사람들이 수런거리며 이야기들을 나누기 시작했다. 아마 모르긴 몰라도 보기보다는 괜찮은 여자라는 이야기였을 것이다.

그 당시를 회상하는지 여자가 눈을 가늘게 뜨더니 소주를 한잔 더 따랐다.

"자, 우리 룸메이트. 한잔 꽉 눌러서……."

"그거 유럽에서 포도주 따를 때 대사하고 똑같네요."

영서가 말하자 여자는 하하 웃어젖혔다.

"그렇지. 그거 내가 여기서 쓰는 주제가니까. 한국이건, 유럽이건 같을 수밖에."

여자는 단숨에 소주잔을 비우고 탁 내려놓더니 입을 비쭉이며 뜬금없이 말했다.

"그런데 당신 기억나? 나 에펠탑에 남겨놓고 모두 다 내려가버렸던 일?"

영서는 속으로 찔끔했다. 그 사건이 사실상 마음 한구석에 걸려 있었기 때문이었다.

관광 코스에 들어 있는 대로 에펠탑의 전망대에 올라가려면 줄을 지어 40명씩 승강기를 탔다가 중간에 내려야 했다. 거기서 다시 모여

20명씩 타고 올라가야 하는 시스템이었다. 꼭대기에서 20분간 자유 시간을 주었는데 내려올 때 만나기로 된 장소에 나타나지 않는 여자를 기다리다가 다들 먼저 내려와버린 것이다. 유난스럽게 잠시도 가만히 있지 못하는 사람이라 먼저 내려갔으리라고 추측했던 게 불찰이었다.

그런데 에펠탑 아래 내려와 보니 여자는 어디에도 보이지 않았다. 한국에서 따라온 가이드가 제일 황당해했다. 결국 그 가이드가 여자를 찾아서 다음 장소로 따라오기로 하고 일행은 현지 가이드를 따라 몽마르트 언덕으로 먼저 떠났다. 영서는 마음에 켕기기는 했지만 이제 곧 뒤따라오려니 했는데 언덕에 초상화 그리는 화가들을 다 돌아보고 구경을 마친 후에도 여자는 나타나지 않았다.

불란서 현지 가이드인 남자가 일단 이곳을 떠나서 베르사유 궁전으로 가자고 했다. 그러자 일행 중 사업을 한다는 나이 든 남자가 화난 말투로 소리쳤다.

"아, 우리가 한솥밥을 먹고 일주일 넘게 지냈는데 그렇게 의리 없이 해서는 안 되지요. 무조건적으루 기다려야 합니다. 포도주까지 얻어먹고는 어떻게 가자는 소리가 나옵니까."

더운 날씨인데도 아래위로 검정색 정장을 차려입은 지친 표정의 남자 가이드가 조그만 목소리로 항변했다.

"그렇지만 예정대로 관광이 진행되지 않는 경우에 불만이 일어나는 건 누가 책임집니까."

"그러니깐 내가 하는 말인데 인도주의적으루 해결하자 이겁니다. 인도주의적으루다가……."

그러자 다혈질 기질이 있는 다른 중년 남자가 말했다. 무언가 자영업을 한다던 남자였다.

"촌스럽게 이 판에 무슨 의리를 찾습니까. 여기서 늦어지면 다음 코스로 가이드하고 그 여자분하고 오면 되지 않습니까. 그리고 아닌 말루다 한두 살 난 애도 아니고 그거 다 본인 불찰 아닙니까. 도대체 그 여자가 말썽을 부린 게 어디 한두 번입니까."

대체로 분위기는 지나치게 배려할 일은 아니라는 쪽으로 가닥이 잡혀갔다. 제각각 도덕적인 의견을 내세우다가도 이해관계가 걸리면 자기가 편한 쪽으로 돌아서는 건 어디 가나 인생의 축도인 모양이었다. 어렵게 합의가 이루어져서 모두 출발하려고 하는 참에 언덕길을 허위단심 올라오는 가이드와 여자가 멀리 보였다.

사람들은 여자의 사과를 기대했다. 그러나 머리끝까지 성이 나 있는 건 여자였다. 모이라는 장소에서 기다렸는데 다른 사람들이 나타나지 않았다는 이야기였다. 일행은 각양각색의 표정을 지으면서 버스에 올라탔다.

"야, 정말 내 그때 보니까 인간들 인간성 드러나더라. 잘난 척들 하기는. 그래도 그 사람들 중에서 그놈의 언덕을 찾아가느라고 파리 지하철 타본 사람은 가이드하고 나밖에 없을걸."

여자는 화통하게 웃었다.

"얼마나 놀랬느냐. 큰일 날 뻔했다. 이렇게 위로하는 이야기는 한 사람도 하지 않고 모두 다 나를 집 떠난 불량 학생 정도로 취급하더라니까. 지들이 작당을 해가지구 나를 버리고 떠나놓구서. 에펠탑 꼭대기에서 말도 하나도 안 통하는데 내가 혼자 얼마나 무섭고 기가 막혔겠어."

문득 자기 잘못이 다 아내 탓이라는 듯 강변하던 남편의 모습이 떠올랐다. 인생사에서 누가 누구에게 피해를 입혔는지 가려내기란 실상 쉬운 일은 아니었다.

"당신도 말이야. 에펠탑에서 우리 룸메이트가 안 왔는데 좀 기다립시다. 이렇게 말하면 어디가 덧나느냐고. 쏙 가버리구 말이야. 의리 없이……."

영서는 그때 의리를 주장하던 그 남자 생각이 나서 풋 웃음을 터뜨렸다. 여러 가지 측면에서 남편을 연상시키던 남자였다. 다른 때는 전혀 인도적이지 않다가 갑자기 앞뒤가 맞지 않게 인도주의를 내세우는 그 이중성.

여자가 서비스에서 해방되고 싶어 유럽으로 떠난 거나 자기가 부정을 저지른 남편과 헤어질 용기도, 참을 능력도 없어서 부르르 혼자 유럽으로 떠나버린 거나 동기를 찾는 측면에서 본다면 막상막하였다.

여자는 영서의 빈 잔에 소주를 따르다가 들어서는 손님들에게 큰 목소리로 인사를 던지고는 다급하게 말했다.

"저 사람들 특별 단골이거든. 여기서 잠깐 혼자 있을 수 있어? 절대 가지 말구. 나도 교수하고 친구 한번 해보자구. 당신, 교수치고는 그래도 인간미가 좀 있거든."

영서는 고개를 끄덕였다. 얼마나 오랜만에 들어보는 황송한 칭찬인가.

"여기서 구경만 해도 아주 재미있어. 전혀 걱정하지 말아요."

아주 말이 놓아지지 않는 자신이 한심했다. 반말도 능력이라던 여자의 일장 훈계가 새삼 생각났다. 여자는 한쪽 눈을 찡긋하고 사라졌다가 부릌부릌 끓고 있는 계란찜 뚝배기를 들고 돌아와 테이블에 잽싸게 올려놓고는 저쪽으로 달려가버렸다.

지난달 유럽 여행의 첫 기착지인 로마에서 처음 그 여자를 보았을 때 가슴이 철렁했던 생각이 났다. 애당초 용서를 비는 남편의 만류를 무릅쓰고 여행을 나선 것이 잘못이 아닌가 하는 생각이 들던 순간이었다. 10일간 함께 방을 쓸 룸메이트라면 적어도 만나는 순간이라도 괜찮은 기분이 들어야 할 텐데 땀에 얼룩진 얼굴에 이리저리 밀린 파운데이션이 영서를 숨 막히게 했다.

"어머나. 누군가 했더니 내 룸메이트구나."

그녀는 반말로 이야기를 건네며 태연하게 손을 내밀었다.

"그러지 않아도 인천공항에서 부터 누가 내 룸메이트인가 하고 이 사람 저 사람 다 살펴봤지."

그녀는 깔깔 웃었다. 영서는 내미는 손을 마주 잡으며 여러 생각이 스치고 지나갔지만 길게 고민할 시간도 없었다. 그녀가 영서의 짐 하나를 자기 짐처럼 들고 앞장서서 엘리베이터 쪽으로 가기 시작했기 때문이다.

"이렇게 긴 여행을 떠나면서 가방을 그렇게 작은 걸 가져오면 어떡해? 밀라노며 파리며 이런 곳들을 도느라면 곳곳에 진짜 명품이 깔려 있는데 그런 걸 사서 담으려면 나처럼 큰 가방을 가지고 와야지."

"큰 가방은 좀 부담스러울 것 같아서요."

영서가 대꾸하자 마뜩지 않은 느낌이 전달되었는지 여자는 큰 소리로 웃다가 느닷없이 말을 던졌다.

"왜, 내가 마음에 안 들어서 그래요?"

영서는 흠칫했다. 이렇게 대뜸 아이들처럼 나오는 여자를 본 적이 근래에 없어서였다.

"아니, 뭐 그런 건 아니구요."

할 수 없이 뒤따라가며 영서는 마음속으로 체념을 했다. 그럼, 그렇지. 혼자 삶을 정리해보겠다면서 유럽 관광단에 끼어든 것 자체가 큰 실책이라는 생각이 머리를 스쳤다.

전화로 유럽 관광 여행을 신청할 때 혼자 방을 쓸 수 있느냐고 묻자 친절한 담당 가이드가 차분하게 말했다.

"그러실 수도 있지만 그래도 함께 방을 쓰시는 게 좋으세요. 저하고 함께 묵으셔도 좋고요. 잘 생각해보시고 결정해주세요."

그러다가 출발 전날 마침 혼자 떠나는 다른 여자분이 있는데 함께 방을 쓰면 어떻겠느냐는 전화가 걸려 온 참이었다. 그러마고 한 게 불찰이었다. 혼자 방을 쓰겠다고 더 고집했어야 했다.

"어머. 너무 잘됐어. 그러지 않아도 혼자 묵게 되면 어쩌나 했는데 마침 혼자 떠나는 여자분이 있다고 가이드가 이야기해서 얼마나 기뻤는지 몰라요. 그나저나 당신도 무슨 사연이 있는 게지?"

슬쩍슬쩍 다시 반말로 접어드는 여자에게 영서는 화가 치밀어서 냉정한 어조로 물었다.

"대체 지금 몇 살이세요?"

사람들이 영서의 나이를 실제보다 적게 보는 편이기는 했지만 아무리 따져 보아도 그 여자가 자기보다 더 나이가 많아 보이지는 않았다.

"내 나이가 몇이냐구?"

여자는 무얼 꼽아보는 건지 손가락까지 들고 헤아려보더니 대꾸했다.

"43년 3개월하고도 이틀이네요."

그러고 보니 영서하고 동갑인 모양이었다. 영서는 나이를 한 살 올렸다.

"나는 마흔다섯이에요."

여자는 반색을 했다.

"어마나, 내 나이는 만으로 한 살 줄여서 말한 거니까 나하고 동갑이네요. 정말 말을 확 놓을 사이네. 뭐."

영서는 더 말하고 싶지 않아 침대에 누워 사이드 등을 끄고 눈을 감아버렸다. 밤새 여러 가지 생각에 시달리던 영서는 새벽녘에 잠깐 잠이 들었다가 여자가 큰 소리로 깨우는 바람에 눈을 떴다.

"아이구, 빨리 일어나요. 그렇지 않아도 오늘 아침에 바티칸 미술관에 가야 하는데 빨리 가야 안 기다린다고 가이드가 신신당부했는데."

"너무 피곤해서 오늘은 나가고 싶지 않은데……"

영서가 말하자 여자는 일장 훈계를 시작했다.

"그런 소리 말아요. 비싼 돈 내고 왔으면 볼 거 다 보고 주는 거 다 먹고 그래야지. 안 그럴 거면 뭘 하러 단체 관광에 따라와. 누군 뭐 그림 볼 줄 알아서 그런 데 가는 줄 아나. 그러지 말고 일어나요. 내가 입고 갈 옷을 골라줄 테니까……"

여자가 자기 여행 가방을 열어젖힐 기세라 영서는 기겁을 해서 자리에서 일어났다. 다른 사람이 자기 물건을 만지는 게 영서는 싫었다.
"알았어요. 내 물건에 손대지 마세요. 내가 알아서 할게요."
여자는 실쭉 웃었다.
"내, 이런 이야기는 안 하려고 했는데 여행 떠나는 사람이 차림이 그게 뭐예요. 이럴 때 투피스 같은 정장 입고 다니면 얼마나 촌스러운지 알아?"
영서는 저절로 눈살이 찌푸려졌다. 참 오지랖도 넓구나. 저 입은 꼴은 나보다 나은 줄 아나. 꽃무늬가 울긋불긋한 천에 하와이 무무처럼 퍼져 나가게 만든 하늘하늘한 원피스를 입고 있는 여자의 모습이야말로 촌스럽다는 이야기를 하고 싶은 걸 영서는 참았다.
"까탈 떨고 그럴 것도 없어요. 내가 아까 잠자는 동안에 벌써 다 열어봤어."
"아니 뭐라고요? 왜 남의 가방에 손을 대요?"
영서의 언성이 저절로 높아졌다.
"그러려고 그런 게 아니라 내가 빗이 없어서 혹시 그 안에는 있나 해서 그냥 찾아본 거야."
점입가경이었다. 그 길로 가이드에게 달려가고 싶은 생각을 억누르고 영서는 자기 가방을 열었다. 떠날 때 황급히 쑤셔 넣었던 옷들이 차곡차곡 개켜져 쌓여 있었다. 여자의 짓이었다. 고마운 생각이 드는 게 아니라 이 여자가 돌았나 하는 생각이 들면서 어이가 없었다.
"피곤한 거 같아서 내가 좀 도와줬어. 그런데 옷 사고 그럴 때 좀 신경을 써야 하겠더라. 명품이라고는 하나도 없고…… 나이가 들수록 명품을 입어야 돼요. 그래야 사람들이 함부로 깔보지 못하거든."

얼굴을 찌푸리고 가방을 확 닫아 싫은 기색을 보이는 영서의 기분이 느껴지지도 않는지 여자는 천하태평이었다.

"내가 말이지. 남을 돕지 않고는 살 수가 없는 사람이거든. 어디를 가나 해야 할 일이 눈에 그냥 띄는 거야. 그러니 쉴 수가 없어요. 쉴 수가. 이날 이때까지 내가 이러고 산 것도 다 그놈의 남편이니 자식새끼들이니, 시집 식구들 돕다가 이렇게 된 거거든. 나를 아주 봉으로 본 거지. 봉으로 본 거야."

"어쨌든 다시는 내 물건에 손대지 마세요. 나는 그런 게 제일 싫어요."

"아유. 유난스럽게도 군다. 블라우스 두 개는 너무 구겨졌길래 내가 잘 다려서 옷걸이에 벌써 걸어놨어요."

영서는 웃어야 할지 울어야 할지 모르겠는 심정이었다. 이 얼굴 두꺼운 여편네를 어디서부터 손을 보아야 할지 알 수가 없었다.

입을 꼭 다물고 세수를 마친 영서는 잠깐만 밖에 다녀오겠다고 여자에게 말하고 방 번호를 기억해두었던 가이드의 방을 찾아가 문을 두드렸다. 긴 생머리에 차분한 인상의 젊은 가이드는 일곱 시도 안 되었는데 벌써 옷 갈아입고 단장을 다 마치고 있었다.

"아, 준비 다 되셨어요? 우리가 일곱 시 반까지는 로비에 모여야 하거든요."

"드릴 말씀이 있는데요. 나 방을 좀 바꾸어야겠어요."

"왜요? 무슨 일이 있으세요?"

가이드는 크게 놀라는 기색도 없이 부드러운 어조로 물었다. 아마 이런 건 한두 번 겪은 일이 아닐 것이었다. 영서는 순간 좀 부끄러운 마음이 들기는 했지만 이왕 꺼내놓은 이야기라 마무리를 지으려고 말했다.

"내 가방을 다 열어보고 마음대로 옷을 다려놓고 정리하고⋯⋯. 난 도저히 못 참겠어요. 다른 방으로 주세요. 돈은 더 지불해도 좋으니까요."

가이드는 잠시 난감한 기색이 되었다.

"그러시다면⋯⋯. 그런데 그렇게 되면 그분도 돈을 더 지불해야 할 뿐 아니라 지금 성수기라 다른 호텔에 갈 때도 방 하나를 더 빼기가 어려운데요."

조금 생각해보는 기색이더니 가이드는 방책 하나를 제시했다.

"그럼 제가 그분하고 방을 함께 쓸게요."

영서는 난감했다.

"함께 방 쓰기 쉽지 않은 사람이에요. 그런 일로 남에게 피해를 주고 싶지는 않아요."

"몹시 무례하게 구세요?"

영서는 잠시 생각해보았다. 여자가 무례한 걸까? 아니면 남편이 늘 비난하던 것처럼 내가 지나치게 예민하고 사람들과 섞이지 못하는 걸까?

"뭐, 그런 건 아니에요. 그렇지만 사사건건 무언가를 도와주겠다고 덤벼들면서 도무지 내게도 사생활이 있다는 걸 인정을 안 하는 거예요. 여행 떠난 마당에 무슨 사생활이 있느냐면서요."

가이드의 얼굴에 살짝 웃음이 스치고 지나갔다.

"하긴 그분은 정말 그렇게 생각하시는지도 모르지요. 염려 마세요. 다음부터는 제가 그분하고 묵을게요."

"그렇지만 가이드님도 쉬어야 할 거 아니에요. 도대체 옆 사람을 쉴 수 없게 하는 사람이라니까요."

"괜찮아요. 제가 다 알아서 할게요."

침착한 가이드의 말을 들으면서 영서는 내심 부끄러웠다.

"정 그렇다면 그냥 있을게요. 내가 싫은 사람을 남에게 떠맡기고 싶지는 않아요."

"아녜요. 그렇게 생각하실 필요는 없으세요. 사실 여행 중에 마음에 안 맞는 사람하고 지내려면 엄청 피곤하거든요. 저는 괜찮아요. 그동안 가이드하면서 별별 사람들을 다 봤거든요."

영서는 아랫입술을 조금 깨물었다. 그 별별 사람들 중에 이제 자기도 끼겠구나 싶어서였다. 사십이 반이나 넘어가는 나이에 뚜렷한 문제도 없는데 방 바꾸겠다고 떼를 쓰는 자기도 그렇게 훌륭한 사람으로 보이지는 않을 것이었다. 문득 남편의 말이 귓가를 때렸다.

"당신은 어쩌면 그렇게 혼자만 고고하고 잘났어? 사람이라는 게 적당히 어울려 넘어가는 데도 있어야지."

시집 식구와 번번이 갈등을 일으키고는 그 골을 삭이지 못해 종주먹을 대던 영서에게 남편이 힐난하는 어조로 던지던 말이었다.

"아니에요. 그냥 내가 한 말은 잊어주세요. 좀 참아보고 정 못 견디겠거든 다시 이야기할게요."

"꼭 그러실 필요는 없는데……. 그럼 그렇게 해주실래요?"

가이드는 여전히 침착했다.

방으로 돌아온 영서에게 여자는 반색을 하며 물었다.

"어디 갔다 왔어요? 벌써 누구랑 왔다 갔다 할 만큼 교제를 텄어?"

"잠깐 바람 좀 쐬느라고요."

"여기서 문을 살짝 열고 내다보니까 저 끝 복도 끝에서 가이드하고 무슨 이야기하는 것 같던데."

내용은 들었을 리가 없으리라고 생각하면서도 무안하고 성가신 마음에 영서의 얼굴이 붉어졌다.

"그냥, 앞으로 일정에 대해서 좀 물어봤어요."

"그런 거야 여기서 전화로 물어도 되잖아?"

"글쎄 개인적인 질문이 있어서요."

영서는 더 이상 말을 하지 못하게 입을 꼭 다물었다.

바티칸 박물관 앞에서 기다리는 줄은 끝도 없이 길었다. 가지각색의 자유로운 복장을 한 사람들이 인종 전시회장처럼 벽을 따라 늘어서 있었다.

"그래도 오늘은 나은 편입니다. 다른 때는 간발의 차이로 몇 시간 이상 기다려야 할 때도 있거든요."

이태리 현지 가이드라는 젊은 남자는 테너 지망생이라고 했다. 곱슬기가 있는 머리를 어깨까지 내려오도록 기른 남자는 자존심 강하고 고집 센 느낌을 주었다. 기다리는 동안 그는 로마에서 처음 이태리 관광을 시작하는 사람들에게 일장 훈계를 했다.

"유럽이 문화의 도시인지는 모르지만 적어도 화장실이나 물의 도시는 아닙니다. 절대로 물을 아무 데서나 드셔서는 안 되고 꼭 생수를 드셔야 합니다. 석회질이 많아서 금세 배탈이 날 수가 있고요. 이놈의 화장실은 찾기도 힘들고 또 찾았다고 하더라도 돈을 내야 하거든요. 동전 꼭 챙겨서 가지고 다니셔야 합니다."

영서는 아름다운 경관을 자랑하는 이태리에서 마실 물과 화장실 이야기부터 하는 가이드에게 실망감이 앞섰다. 적어도 이태리의 아름다운 풍광과 음악과 미술과 종교에 대해 무언가 좀 그럴듯한 말을 해야 하는 게 아닌가.

나중에야 영서는 그 가이드의 안내가 얼마나 중요했던가를 뼈저리게 느꼈다. 급한 마음에 사방을 헤매다가 겨우 찾아낸 화장실 입구에서 동전을 내지 않고는 들어갈 수 없을 때 당황했던 기억이 한두 번이 아니었기 때문이었다.

이십 명에 달하는 일행은 거의 두 시간이 넘도록 기다려서야 안으로 들어갈 수 있었다. 워낙 더운 날씨에 기다린 시간까지 겹쳐 갈증이 몸을 훑었다. 박물관 안에는 무엇 하나 살 수 있는 장소가 없었다. 인파에 밀리다시피 그림들을 보고 지나가면서 갈증이 온몸을 뒤흔들었다. 땀은 비 오듯 쏟아지고 어디에도 마실 물은 없었다. 물을 가지고 다니라던 가이드의 말을 소홀히 여겼던 것이 불찰이었다.

영서가 마른 입술을 깨물며 손수건으로 얼굴을 닦는데 불쑥 눈앞으로 물병이 다가왔다.

"마셔요."

여자였다. 목이 너무 타는 터라 영서는 앞뒤 가리지 않고 받아서 반쯤 남은 물을 다 마셨다. 살 것 같았다.

"고마워요."

여자는 실쭉 웃었다.

"유럽에 다니려면 죽자 하고 물병부터 챙겨야 해요. 아무 물이나 마시면 탈이 나고 음식점에서도 물은 공짜로 안 준다니까."

빈 병을 돌려주면서 영서는 말했다.

"목마르지 않으세요?"

"나는 목말라도 돼요. 남들이 마시는 걸 보는 게 더 즐거워."

영서는 아차 싶었다. 죽어도 그 물을 받아 마셔서는 안 되는 건데 하는 생각이 들어서였다. 영서는 누군가 남을 위해 희생한다는 말을 듣기만 해도 두드러기가 나려고 했다.

"그런 줄 알았으면 안 마셨을 텐데……. 미안하잖아요."

영서의 대꾸에 여자는 큰 소리로 웃었다.

"아이구, 애들처럼 앵돌아지기는. 자기가 나보다 더 목말랐잖아요. 내가 보니까 입술이 바작바작 타고 있던데 뭘 그래."

다행히 영서가 우려했던 것처럼 여자가 물을 준 것을 핑계로 부득부득 더 접근해 오려고 하지는 않았다.

실상 이번 이태리 여행에서 영서가 가장 가고 싶었던 곳은 베니스였다.

"베니스라고 하면 이곳 사람들이 별로 달가워하지 않습니다. 베네치아라고 해야지요."

가이드는 베니스로 들어서면서 전설처럼 전해 온다는 베니스 건설에 관한 이야기를 들려주었다.

"5세기경에 훈족의 아틸라라는 장수는 얼마나 용맹하고 잔인하고 무자비했는지 그가 휩쓸고 지나가는 곳에는 죽음만 남게 되었답니다. 도망가건 항복을 하건 맞서 싸우건 그를 만나게 되면 어떤 경우에도 살아날 길은 없다는 풍문이 유럽을 휩쓸었지요. 무서운 아틸라가 다가온다는 소식을 접한 사람들은 공포에 떨다가 사제에게 달려가 하느님께 그를 피해 살아날 길을 가르쳐달라고 졸라대었다는 겁니다. 난감한 사제는 밤새워 기도했으나 응답이 없다가 마침내 새벽하늘이 밝아올 무렵에 신께서 저쪽으로 가면 살 수 있다는 방향을 제시해주었습니다."

그 방향을 바라본 사제는 사색이 되었다는 것이다. 그곳은 망망한 바다였기 때문이었다.

"바다로 들어가라는 말씀입니까. 그건 그대로 죽으라는 이야기 아닙니까."

마침내 날이 밝아 사제가 하느님의 계시를 전하자 아연실색한 사람들은 낙담 천만이었다. 그중에 신심이 깊은 사람들이 바다로 나가면 아주 작은 섬들이 있는데 그곳에 가서 몸을 피하자고 권했다. 사람들은 모든 것을 다 버리고 일엽편주에 몸을 싣고 바다로 나아가 그 섬에 숨어 있다가 정착하게 되었다. 좁은 섬을 늘리기 위해 섬과 섬 사이의 얕은 바다 밑에 나무들을 솟대처럼 빽빽이 세우고 그 위에 흙과 돌을 쌓아 올려 인공적인 땅을 만들게 된 것이 베니스의 유래라고 했다.

영서는 가이드의 말을 아주 흥미롭게 들었다. 영서도 지금 인생의 어느 방향으로 가야 할지 막막한 심정이었기 때문이었다.

유리공예 시범을 보여준다는 유리 세공점으로 가는 골목길은 한 사람이 겨우 지나갈 정도로 비좁았다. 가파른 계단을 비집고 올라가자 시원한 에어컨이 가동되어 좀 살 것 같았다. 채근을 받고 서둘러

들어간 토굴처럼 생긴 방 안에는 큰 불가마가 뜨거운 불길을 토해내고 있었다. 짙은 갈색 피부에 건장해 보이는 중년 남자가 가마 앞에 미동도 하지 않고 앉아 있었다. 그의 온몸을 타고 땀이 흘러내렸다.

일행이 자리 잡고 앉자 그는 불가마에서 붉은 연등처럼 타오르는 유리덩어리를 집게로 꺼내든 다음 유리를 이리저리 다듬고 흔들어서 모양을 형상화시켰다. 순식간에 꽃무늬가 달린 유리 화병이 손끝에서 태어났다. 사람들이 탄성을 지르고 한 번만 더 보여달라고 하자 곧 유리 화병을 불가마 안에 넣었다가 투명하게 붉은 유리덩어리가 되자 다시 꺼냈다. 그는 집게로 유리덩어리의 여러 곳을 집어 모양을 잡더니 곧 앞으로 달려 나가려는 생생한 말을 만들어내었다. 어렴풋하게 푸른빛과 회색이 감도는 말은 신비하고 아름다웠다. 남자는 자랑스러운 표정으로 그 말을 일행 앞에 놓인 테이블의 유리 쟁반에 놓았다.

영서가 갑자기 영어로 말을 던졌다.

"그 말을 살 수 없을까요?"

장인은 고개를 젓더니 쇠 집게로 말을 집어 휙 불가마 안으로 던져 넣었다. 영서는 얼굴이 하얗게 질렸다. 무언가 강력하게 거부당한 느낌이 몸을 휩쓸었다. 여기서 만드는 것은 시범용이고 작품이 아니기 때문에 외부로 반출될 수 없다는 가이드의 주의 사항은 이미 들었음에도 불구하고 벽에 부딪힌 듯 낙담이 되었다. 영서가 시무룩한 기색으로 움직이려고 들지 않자 여자가 다가와서 어디가 불편하냐고 물었다. 영서는 작은 소리로 말했다.

"먼저들 가세요. 곧 괜찮아질 거예요. 더위를 먹은 것 같아요."

다른 사람들은 컵이며 그릇, 장식품들을 보러 전시장으로 나갔지만 가이드는 가게를 돌아보고 싶지 않다는 영서를 외진 곳에 있는 시원한 손님방에 있도록 주선을 해주었다. 여자가 함께 있겠다고 했지만 영서가 거절했다.

"혼자 있을게요. 좀 쉬고 싶어요."

여자가 방문을 닫고 나가자 영서는 갑자기 울음이 솟구쳐 올랐다. 처음 사귀던 시절, 영서가 남편에게 주었던 생일 선물이 도자기로 구운 말이었다. 자기가 말띠라 그렇게 말이 좋다던 남편은 몹시 기뻐했다.

앞으로 달려 나갈 듯한 자세를 취한 말을 갖고 싶었던 심정을 뭐라고 설명하기는 힘들었다. 아이들처럼 마구 떼를 쓰고 울부짖고 싶은 심정이었던 것은 사실이었다. 한참 동안 울면서 앉아 있던 영서는 눈물을 닦고 매무새를 가다듬은 다음 방문을 열고 나왔다. 사람들에게 이상한 느낌을 주어서 이런저런 질문을 더 받고 싶지 않아서였다.

혼자서 여행을 견디어낼 수 있다고 스스로를 달래던 영서가 드디어 우려하던 일이 터진 셈이었다. 인생의 모토로 삼고 있는 이성을 잃은 셈이었으니까.

"지나간 일을 이제 어떻게 하자는 거야. 당신이 나를 제대로 대해줬으면 그런 일이 일어났겠어? 당신도 일말의 책임이 있다는 생각해본 적 없어?"

속죄하는 의식도 설득도 받아들이지 못하는 영서에게 마침내 남편이 적반하장 격으로 공격의 언사를 던졌을 때 영서는 자기가 처음 선물했던 말을 던져서 깨뜨려버렸다. 깨진 말은 붙여볼 수도 없이 여러 조각이 났다.

산마르코 광장 성당 앞 그늘에 모여서 베네치아의 역사를 들으면서도 남편에게 남은 앙금 때문에 영서의 마음은 밑으로 가라앉기만 했다. 설명이 길어지자 곁에 서 있던 여자가 거의 가이드가 들을 정도의 큰 소리로 영서의 귀에 대고 말했다.

"어이유, 유식하시기도 하지. 그냥 쇼핑이나 하게 풀어놓아 주었으면 좋겠구먼."

가이드의 시선이 잠시 여자에게 멎었다. 영서는 창피한 느낌이 들어 한 걸음 옆으로 떨어져 섰다. 그러자 여자도 영서를 따라 함께 한 걸음 움직였다. 가이드는 시선을 돌리고 다시 말을 이어나갔다.

"적어도 유럽, 특히 베네치아 같은 곳을 관광하려면 기본적으로 알아두어야 할 것들이 있습니다. 그냥 물 위에 건물이 서 있으니 아, 신기하다 이 정도라면 인천 부두에 한번 나갔다 오는 게 더 낫지 뭣 때문에 돈과 시간을 들여 이곳까지 오겠습니까."

"정말 인천 부두에나 갔다 올 걸 그랬나 봐."

여자는 다시 영서의 귀에 대고 속삭였다. 가이드는 말을 이었다.

"1348년에 외부에서 들어온 흑사병 때문에 베네치아는 엄청난 타격을 받았지요. 매일 육백 명이 넘게 죽어 나갔다니까요. 꼬르뻬 모르띠! 꼬르뻬 모르띠!라고 키잡이들이 울부짖는 소리가 어디서나 들렸지요. 여기 송장 치워! 송장 치워!라는 소리였지요."

꼬르뻬 모르띠! 그 단어가 영서의 기억에 그대로 들어와서 박혔다.

일행이 관광을 마치는 시간에 가이드는 내일 일정을 설명해주었다.

"오늘 저녁에는 한가롭게 자유 관광을 하시고요. 원하시는 분들은 쇼핑도 하시고……."

그의 시선이 언뜻 여자에게 가서 맞는 것을 영서는 느꼈다. 이제 좋아하는 쇼핑이나 실컷 하라는 의사표시였을까. 그러나 여자는 별달리 마음이 상하는 느낌도 없는 것 같았다. 저녁을 먹고 자유 시간에 쇼핑을 하자는 여자와 헤어져 영서는 혼자 산책을 나섰다.

"베네치아의 진수를 맛보는 제일 좋은 방법은 수로 사이에 놓인 수많은 작은 다리와 큰 다리를 걸어보는 것입니다."

가이드의 말이 기억난 영서는 다리들을 건너다니며 도시를 구불구불하게 휘감아 복잡하게 얽힌 수로와 운하에 온통 시선을 뺏겼다. 뒷골목에서 길을 잃고 헤매기도 했다. 거미줄처럼 골목으로 얽힌 도시는 들어온 길을 다시 찾을 수 없을 만큼 복잡했다. 북적거리던 단체 관광객들이 떠난 밤의 베니스는 의외로 고요했다. 베네치아의 거리를 가리켜 세계에서 가장 멋진 거리이자 가장 아름다운 주택가라고 평한 화가도 있다는 가이드의 말에 수긍이 갔다. 작은 골목길들은 정답고 아늑했다.

밤이 이슥해져서 호텔로 돌아갔을 때 여자는 자지 않고 영서를 기다리고 있었다.

"걱정했어요. 하도 늦어져서. 이제 괜찮아요?"

그녀의 질문에 영서는 순순히 고개를 끄덕였다.

영서가 샤워를 마치고 간편한 옷으로 갈아입고 나오자 여자가 커다란 꾸러미 하나를 내밀었다. 이게 뭐냐고 의아한 눈빛으로 질문을 던지는 영서에게 여자는 간단히 말했다.

"풀어봐요."

영서는 귀찮은 느낌이 들었지만 축구공만 한 크기의 꾸러미를 싼 리본을 풀었다. 안에는 볼록볼록 튀어나온 비닐로 겹겹이 포장된 상자가 들어 있었다. 책 두 권 정도 크기의 상자를 열자 잘게 자른 흰색 스티로폼 조각 속에 헝겊으로 싼 작은 물건이 보였다. 헝겊을 제치자 유리로 세공한 말의 모습이 나타났다. 청회색의 빛깔에 방금 달려 나갈 듯한 모습을 하고 서 있는 말은 아까 시범으로 만들었던 말하고 똑같았다.

영서는 놀라 여자를 바라보았다.

"선물이야. 아까 만들었던 말하고 똑같은 걸 온 매장을 뒤져서 찾아달라고 부탁했지. 마침 그 사람이 만들어놓은 작품이 하나 있더라고……."

영서는 말을 손에 꼭 쥔 채 그대로 앉아 있었다. 뭐라고 형언할 수 없는 심정이었다. 여자는 영서에게 한동안 말을 걸지 않다가 불쑥 엉뚱한 이야기를 꺼냈다.

"그런데 내 이름은 알고 있어요?"

영서는 뜻하지 않은 질문을 받고 말문이 막혔다. 그러고 보니 여자가 자기 이름을 언제 말했는지 몰라도 전혀 기억에 없었다.

"그래 한국에서부터 따라온 우리 가이드 이름은 알고 있어요?"

영서는 고개를 저었다. 관심도 없었던 것이다.

"그거 봐요. 당신 문제는 주위 사람들을 다 산 채로 송장을 만드는 거라니까. 뭐에 씌인 사람 같다니까."

불현듯 아까 가이드가 말하는 것을 듣고 몇 번을 되뇌어보았던 말이 뇌리를 스쳤다.

꼬르삐 모르띠! 송장 치워!

"내 처음부터 참 되게 잘난 척하는 여자라고 생각했었지. 하지만 마음속은 참 쓸쓸한 사람 같다는 생각이 들었어. 내가 그런 거 하도 겪어봐서 겉으로는 안 그런 척하지만 너무나 잘 알거든."

영서의 가슴을 채우고 있던 얼음덩이리 한 조각이 녹아서 부서지는 것 같았다. 속으로 무시하던 여자가 하고 싶었던 이야기를 영서는 알 것 같았다.

유럽 여행에서 돌아 온 영서가 서재에 놓아둔 말을 보고 남편은 물었다.

"말을 산 거야?"

영서는 고개를 저었다. 남편은 픽 웃었다.

"난 또 깨뜨린 말에 대한 속죄로 사 온 줄 알았지."

영서는 찬바람이 돌도록 냉정하게 말했다.

"속죄를 왜 내가 해요. 그건 내 말이에요. 내가 받은 선물이에요."

지금 그 말은 영서의 서재 책상에 놓여 있었다. 앞으로 견디어야 할 삶의 무게에 대해 우울한 생각에 잠겨 있다가 말에 시선이 가면서 불현듯 여자가 알려주었던 골목집이 생각나서 나섰던 길이었다.

영서는 마지막으로 따른 소주잔을 비웠다. 속물처럼 보였던 여자보다 자신이 더 속물이 아닌가 하는 생각이 스멀스멀 기어들어왔다. 여자는 어쨌든 당당하고 활기찬 생의 의지를 지닌 사람처럼 보였다.

여자가 주방으로 무언가 가지러 들어간 사이에 영서는 슬며시 몸을 일으켰다. 카운터에 음식 값을 넉넉히 놓고 밖으로 나왔지만 어디로 갈지 방향이 서지 않았다. 밤기운이 제법 시원했다. 이제 여름도 기세가 꺾이는 모양이었다.

그동안 살면서 만나왔던 여러 사람들의 모습이 스쳐 지나갔다. 골목길은 그런 생각들을 더듬기에 더없이 좋은 장소였다.

"고기는 이 집이 최고야. 주인아주머니도 끝내주고……."

이야기를 주고받으며 골목집으로 다가서는 회사원 같은 사람들 네댓 명에게 영서는 조금 비켜서서 길을 열어주었다.

밥상도 차려놓지 않고 저녁에 사라진 아내를 남편은 기다리고 있을까.

배운 건 없어도 자기를 왕처럼 섬기는 여자하고 살아봤으면 했던 것뿐이라던 남편……. 별로 내세울 것도 없는 여자와 한동안 관계를 가져온 일이 들통 나고도 냉정하고 거만한 여자하고 사는 게 힘들었다고, 아이 때문에 참고 살아왔다고 오히려 큰소리치던 남편. 유럽여행을 다녀와서 어영부영 화해하기를 기대하던 남편.

갑자기 옆집 노래방에서 쉰 목소리의 노래가 반주에 맞추어 흘러나왔다.

    골목길 접어들 때에
    내 가슴은 뛰고 있었지

    커튼이 드리워진
    너의 창문을

말없이 바라보았지

골목길 위로 둥그렇게 뜬 달이 멀리 보였다.

베네치아에서 걷던 골목길 위에도 저렇게 둥그렇게 달이 떠 있던 기억이 났다.

한참 그 자리에 서 있던 영서는 어디로 갈지 뚜렷한 작정 없이 골목길을 천천히 걸어 나가기 시작했다.

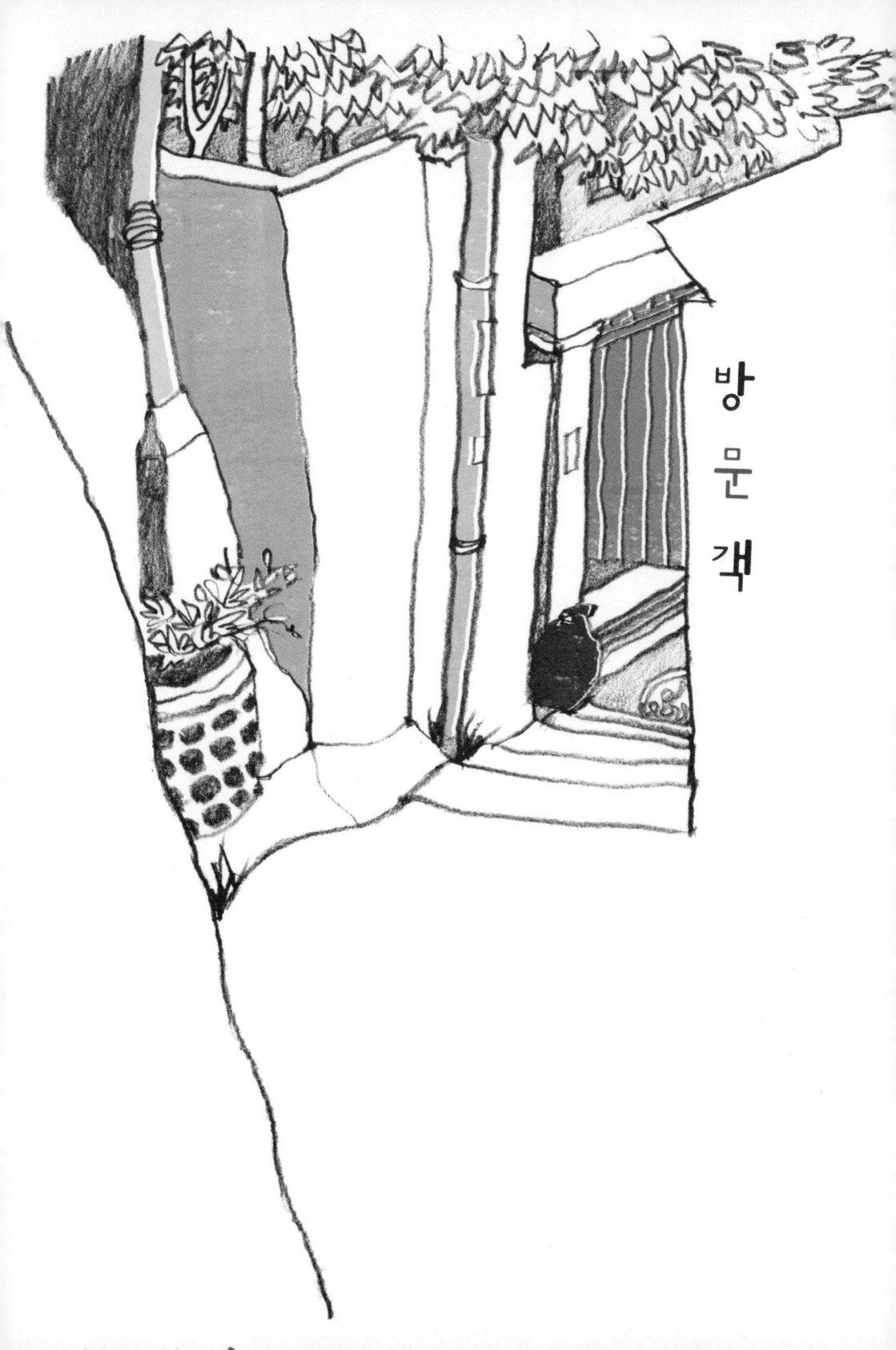

방문객

아내가 친구 부부를 집으로 초청하겠다고 말했을 때 나는 탐탁한 생각이 들지 않았다.

아내 친구가 아들 결혼식 때문에 십 년 만에 미국에서 귀국했다는 이야기는 이미 들어서 알고 있었다. 친구 부부는 귀국해서 호텔에 묵다가 결혼식이 끝난 다음 날 돌아갈 예정이라고 했다. 그녀는 귀국한 후에야 아내에게 전화를 걸어 근황을 알렸다. 그리고 오늘 저녁 약속이 이루어진 셈이다. 비행기로 열다섯 시간 가까이 걸리는 곳에서 온 손님이니까 먼 곳에서 온 손님이기는 했다.

아내가 호텔로 가서 집으로 태워 오겠다고 했지만 친구가 극구 사양했다고 한다. 아내도 그 친구를 본 지 햇수로 꼭 십 년이 되었다는데 그 사이에 자주 연락을 취하고 있었던 것 같지는 않았다. 전화를 주고받은 것 같지도 않고 가끔 이메일을 통해 소식을 주고받은 정도로 알고 있었다. 아내 친구의 남편에 대해서 나는 아무런 정보가 없었다. 미국 남자이고 한때는 세칭 잘나가던 사람이었으며 사랑에 눈이 멀어 가지고 있던 것들, 예를 들면 미국인 아내라든가, 연금, 집,

자녀들이나 손주들과의 다정한 관계, 친지들의 추수감사절이나 크리스마스 모임에 참석하는 자격 등을 거의 다 포기했다는 정도가 내가 아는 전부였다.

나는 그가 선택한 삶에 대해 당연히 일말의 회한이나 후회가 있으리라고 생각했다. 그런 모습을 보인다면 그것도 마땅치 않은 노릇이었고 그렇지 않은 모습을 보이려고 애쓴다면 그것도 또한 곤혹스러울 노릇이었다. 아내의 친구 또한 마찬가지였다. 그 열렬한 사랑을 위해서 남편도 집도 아들도 포기하고 입은 옷에 큰 가방 두 개만 든 채로 집을 나가버렸던 여자였다. 이제 와서 그녀가 어떤 식의 태도를 취한들 내 가슴을 훈훈하게 만들거나 설레게 할 일은 없었다.

"밖에서 만나면 안 되나?"

심드렁한 내 말에 아내는 내가 집이거나 밖이거나 간에 그들을 만나고 싶어 하지 않는다는 것을 진작 알고 있는 것처럼 대꾸했다.

"오히려 집에서 만나는 게 당신, 덜 어색하지 않겠어요?"

나는 속마음을 정통으로 찔린 것 같아 입을 다물었다. 부드러운 성품 같지만 한 번 결정을 한 후에는 좀처럼 후퇴하지 않는 아내를 잘 알고 있기 때문이었다. 하기야 아내 친구와 그 미국 남자가 무엇을 택했는지 무엇을 버렸는지 아내가 말해주지 않았다면 난들 어떻게 이 모든 것을 알 수 있었겠는가. 그렇지만 세상에는 몰라도 좋은 일도 많은 법이다. 이래저래 못마땅해서 불통거리는 내게 별다른 요구 없이 혼자 손님맞이 준비를 하느라고 테이블보를 꺼내고 냅킨을 고르고 고기를 재우느라고 동동거리는 아내의 부아를 지른 것이 화근이 되었다.

"난 이 사람들 오는 데 정식으로 동의한 적 없어."

"당신이 집으로 부르는 손님들은 다 내가 동의해서 오는 건가요? 그 많은 친척들 이야기를 내가 대하소설처럼 한번 풀어볼까요?"

"그거하고는 다른 문제잖아. 솔직히 말해서 나 그 사람들 만나고 싶지 않다고. 밖에서 만나든지 전화로 인사하든지 해서 기본 예의만 지키면 되지. 이렇게 가까운 척하고 집으로 부르고 그러고 싶지 않아."

"그러니까 제발 오늘 저녁에 그냥 기본 예의만 지켜달라는 거예요. 더도 덜도 말고……."

우리가 처음 사귀기 시작했을 때 아내가 마음에 들었던 점은 상담 전문가답게 내가 앞뒤가 맞지 않는 소리를 할 때 직접적으로 공격하지 않고 스스로 물러나도록 대하는 침착한 태도였다. 결혼하고 나서야 그런 점이 내가 꼼짝없이 코너에 몰리게 하는 데 일조를 하는 점이라는 것을 깨달을 수 있었다. 이럴 때는 더 말을 해봐야 소용이 없었다. 더 이상 말을 하지 않고 소파에 앉아 신문을 펴 들고 관심도 없는 내용들을 들여다보고 있으려니까 아내가 다가와 맞은편에 앉았다.

"자, 또 우리 서로 신문 다른 페이지 읽기 하는 건가요?"

더 이상 말하고 싶지 않을 때 신문을 펴서 얼굴을 가려버리는 버릇을 아는 아내가 차분한 어조로 말을 건넸다. 언젠가 아내는 내가 신문으로 얼굴을 가리는 버릇이 마땅치 않아 노려보다가 신문 뒷면을 읽게 되는 바람에 배우는 것이 상당히 많다고 은근히 일침을 가한 적이 있었다. 아내는 신문을 거의 읽지 않았다. 지금 머릿속에 들어 있는 사람과 세상에 관한 생각만 가지고도 충분히 복잡하다는 게 그 이유였다.

천천히 신문을 접으면서 나는 사정하듯이 말했다.

"정말 내키지 않아. 내가 왜 그 사람들을 집에서 만나 접대를 해야 하는 건데?"

"그러니까 서로 마주 앉아서 마음을 터놓고 그러기가 싫다는 거지요?"

"아니, 뭐. 솔직히 말해서 영어를 해야 하는 것도 부담스럽고, 할 말도 없고······."

"영어야 당신이 웬만큼 하잖아요. 그냥 예의에 어긋나지 않을 정도로만 있으면 당신이 불편하지 않게 내가 알아서 할게요."

"그렇게 알아서 잘할 거면 당신이 알아서 밖에서 초대하지 왜 나를 끌어들이지 못해서 그래?"

"나도 그러려고 했는데 십 년 만에 귀국해서 우리 집에 한번 와보고 싶다는데 어떻게 거절을 해요?"

나는 그동안 은근히 당해왔던 모든 억울함이 한꺼번에 떠올라 한껏 비아냥거렸다.

"당신은 정말 하고 싶지 않은 일은 은근히 기술적으로 거절 잘하잖아."

"그래서요? 내가 정말 하고 싶은 일이라 당신을 끌어들였다는 거예요?"

내가 대꾸 없이 탁자에 놓았던 신문을 다시 집어 들려고 하자 아내가 명령조로 말했다.

"애꿎은 신문 좀 내버려두세요. 그거 그저께 신문인 거 아세요?"

"알아. 볼 게 있어서 그래."

시답지 않은 변명을 하기는 했지만 나는 마지못해 신문을 내려놓았다.

"내 친구가 재혼한 게 못마땅해서 그러는 거지요?"

아내의 목소리는 조금 낮아져 있었다.

"아니야. 당신 친구가 재혼하거나 말거나 그게 나하고 무슨 상관이야. 사람들은 다 자기 살고 싶은 대로 사는 거지. 그냥 그렇게 사는 건 다 좋은데 다른 사람들한테 그런 걸 인정받으려고 과시하는 것 같은 게 싫을 뿐이야."

"그래 가지고 어떻게 젊은 대학생들한테 문학인지 뭔지를 가르쳐요? 세상이 얼마나 변했는지 아세요?"

"알았어. 알았어."

"뭘 알았는지 모르겠지만 이제 몇 시간만 있으면 손님들이 올 텐데 이제 와서 그런 소리를 하고 있으면 뭐해요?"

내가 탁자 위에 내려놓은 신문을 마저 읽는 척 몸을 굽히고 있자 아내가 벌떡 일어서면서 앞치마의 끈을 풀었다.

"알았어요. 내가 옷 갈아입고 문 앞에 서 있다가 두 사람이 오면 그대로 데리고 나가서 밖에서 저녁을 사 먹이고 올게요."

다른 때 같으면 아내가 엇나갈 때 달래보려고 들었겠지만 이번에는 그럴 마음이 들지 않았다. 왜 나만 언제나 양보해야 하는가 말이다. 나는 짐짓 담담하게 말했다.

"그러지 그래. 그럼."

아내는 서슬이 푸르게 일어서 침실로 가더니 문을 꽝 닫고 한동안 기척이 없었다. 부엌에서는 소고기 무국이 익어가는 냄새가 솔솔 나고 있었다. 친구에게 뭘 먹고 싶으냐고 물었더니 소고기 무국이 먹고 싶다고 했다고 한낮부터 불에 올려놓았던 국이었다.

나는 한숨을 한 번 쉬고 일어났다. 큰소리는 치지만 결국 스스로 못 견디고 양보하는 성질이라고 사주쟁이가 설명하던 말이 지긋지긋하기는 하지만 아무래도 맞는 것 같았다. 침실 문은 잠겨 있었다.

"미안해. 내가 그냥 손님들 오면 점잖게 있을게."

말이 끝나기가 무섭게 방문이 열렸다. 아내는 엄포를 놓은 것처럼 외출복으로 갈아입고 있지는 않았다. 워낙 내가 마음이 무른 걸 잘 아니까 시위를 한 모양이었다.

"나를 조금이라도 생각해주는 마음이 있다면 그렇지 않아도 힘들어 죽겠는데 이럴 거예요? 하루 저녁 고향처럼 쉬어 가고 싶어서 오는 사람에게 그럴 수가 있느냐고요?"

"그 고향을 버린 건 본인 아냐."

아내가 다시 문을 닫을 기세라 나는 급히 문손잡이를 잡았다.

"알았어. 알았어. 그 사람들의 고향이 되어줄게. 고향이든 고양이든 하라는 대로 할게."

조금 사이를 두었다가 아내는 마지못한 듯 방에서 나와 천천히 부엌으로 가면서 나를 쳐다보지도 않고 말했다.

"당신 마음 모르는 거 아녜요. 그러니 이제 와서 어쩌겠어요. 손님은 오고 있는데. 솔직히 나는 뭐 좋아 죽겠는 줄 아세요?"

언제나 그렇듯 또 내 판정패였다. 아내가 강하게 나가면 한풀 꺾이고 마는 이 유약한 마음이 나 자신도 싫었다.

"이거 봐. 내가 어려서부터 계모 밑에서 눈치 보고 살아서 양보만 하잖아."

내가 불퉁스럽게 말하자 아내는 간단하게 대꾸했다.

"당신이 제대로 대처하지 못하는 일에 사사건건 과거를 들이대는 일은 이제 그만할 때도 됐지 않아요?"

"그렇지만 하고 싶은 이야기를 솔직하게 하는 게 정신 건강에 도움이 된다며?"

"그래서 그놈의 과거 때문에 당신이 오늘 몇 가지 집안일을 도와주는 게 불가능하다는 거예요? 과거라는 놈이 당신 다리를 붙잡고 걸어 다니지 못하게 족쇄라도 걸어놓았느냐고요."

"과거의 상처는 스스로 탐색해서 잘 알고 있지 않으면 풀어지지 않는 거라면서?"

"그거야 책에 나오는 소리지. 실제로는 그래봤자 도움이 될 게 하나도 없네요. 쓸데없는 소리 하지 말고 옷이나 갈아입으세요."

나는 입은 옷을 내려다보았다. 집에서 늘 입는 회색 스웨터에 밤색 바지 정도면 괜찮지 싶었지만 이제 아내와 더 실랑이를 할 때가 아니었다. 이 위에 그대로 두터운 점퍼를 입고 밖으로 나가버리고 싶은 생각이 굴뚝같았지만 그랬다가는 그 후유증이 두려웠다.

남색 셔츠에 자주색 체크무늬 조끼를 입고 회색 바지로 갈아입고 부엌으로 가자 생선저냐를 부치던 아내가 반색을 하며 말했다.

"그렇게 입으니까 십 년은 젊어 보이네요."

"그래? 당신 친구가 나를 보면 어제 만났던 줄 알겠네. 딱 십 년이 지났으니 말이야."

 찬장에서 목이 길고 투명한 포도주 잔 네 개를 꺼내고 아내가 미리 차게 식혀둔 포도주를 거실 테이블로 옮기면서 나는 아내를 더 괴롭히지 않으리라고 마음에 작정을 했다. 아닌 게 아니라 아내가 늘 주장하는 것처럼 어쩔 수 없는 일은 받아들이는 수밖에 없다는 건 자명한 사실이었다.

 내가 심경이 불편한 건 아내 친구가 선택한 삶이 과연 어쩔 수 없는 일이었느냐에 대해 마음이 풀리지 않기 때문이었다. 그래서, 본인이, 지금 남편이, 전남편이, 아들이 전보다 더 행복해졌는지도 의심스러웠다. 인생이 그런 거려니 하고 이제야 받아들이게 되었다고 친구가 전화로 말하더라고 아내가 말했었다. 그렇다면 그놈의 인생을 받아들이려면 왜 진작 받아들이지 못하고 어떻게든 바꿔보려고 모든 일들을 다 비틀어놓은 다음에 이제 와서 받아들이는가 말이다.

 아내 친구가 십 년 전 이혼하고 한국을 떠나 미국인과 결혼했을 때 실상 나보다 더 상심하고 화를 냈던 건 아내였다. 친구의 아들이 이제 막 대학에 들어가 성인이 되었다고는 하지만 아직 어린아이라고 하면서 그런 결정을 내리지 않도록 아내는 무던히 친구를 설득해보려고 했던 것 같다. 그때도 아내는 자세한 이야기는 하지 않고 혼자 꿍꿍 앓는 눈치였다. 내가 집에 돌아오면 전화를 받고 있다가 다음에 이야기하자면서 뚝 끊어버리기도 하고 컴퓨터 앞에 앉아 뭔가 두드리고 있다가 내가 방에 들어가면 서둘러 다른 화면으로 바꾸기도 했다.

 결혼 바로 전까지 계모가 친어머니가 아니라는 이야기를 하지 않았던 나를 알고 있던 아내이니 내 눈치가 보이기도 했을 것이었다. 생모에 대한 원망은 깊이 내 마음에 뿌리를 내려 사라지지 않았다. 살면서 겪었던 모든 어려운 일들의 원인 제공자가 어머니라는 생각이 화석처럼 굳어져 다른 사람들에게 마음을 열지 못하고 나는 책에만 파묻혀 젊은 시절을 보냈다. 아내를 만나고 나서 내 마음은 조금씩 안정을 되찾았다. 사람이나 세상을 보는 눈이 독특한 아내는 내가 불편한 심정을 내비치거나 할 때면 말하고는 했다.

"그러게 사람들은 다 자기 운명의 별 아래 태어난다니까요. 우리가 모르는 부분이 사람들마다 다 있다니까."

"모르기는 뭘 몰라? 당신 같으면 그런 일을 그렇게 쉽게 심정적으로 받아들일 수 있을 것 같아?"

"아이고, 그런 소리 마세요. 어떤 때는 나도 우리 어머니가 감당이 안 되네요."

장모는 고집스러웠다. 가끔 아내와 감정적으로 부딪치기도 하는 것 같았다. 하기야 아내의 고집이 어디서 유래된 것인지 알 만했다. 십여 년 전 혼자되어 여든이 넘은 장모는 처남하고 살면서 지금도 가끔 분란을 일으키고는 했다. 장모가 올케나 오빠에 대해 서운한 심정을 털어놓을 때 아내가 그냥 직선적으로 그 말을 막아버리는 것도 불씨가 되고는 했다.

"아, 그냥 잠자코 들어주기만 하지 그래. 어째 자기 어머니 이야기도 못 들어주나."

한번은 대뜸 반격이 날아왔다.

"그러는 당신은 혼자 자유주의자인 척하면서 어째서 자기 어머니만 용서를 못하는데요?"

나는 더 대꾸하지 않았다. 사람들은 항상 자기 문제가 더 크다고 생각하기 마련이었다. 아내 친구가 집을 떠나 미국으로 가버렸다는 사실을 알게 된 것은 그해가 지난 후였다. 한두 번 지나가는 말처럼 그 친구 요새 왜 그렇게 연락이 없느냐는 말에 아내는 바빠서 그런가 보다고 둘러대고는 했다. 하긴 그런 질문을 할 만도 했던 것이 한동안 메일로, 아니면 전화로 아내하고 무언가 시시콜콜하게 이야기를 나누던 친구가 어느 날인가부터 전혀 전화하지 않으니까 궁금하기는 했다. 그 전에도 얼핏 들어보면 아내가 전화에 대고 언성을 높이고 몹시 화를 내고 해서 무슨 일인가고 넌지시 묻기도 했지만 아내는 별일 아니라고만 대답했었다. 이리저리 추측은 해보았지만 갱년기에 흔히 나타난다는 신경질적인 짜증 때문에 친구들한테도 나한테 하듯 뭔가 트집을 잡는가 보다고 생각했지 그런 일이 걸려 있으리라고는 상상도 못했다. 나중에 아내가 그렇게 상상력이 빈약하냐고 농담하듯 말하기도 했지만 정말 짐작도 못했기 때문에 그 소식을 처음 알게 되었을 때 받은 충격은 작은 것이 아니었다.

"이런저런 일들이 용서가 안 될 때는 이렇게 생각해보니까요. 다 죽은 다음에 생각해보면 그렇게 용서 못 할 일도 아니었다는 걸 알게 될 거라고요."

"살았거나 죽었거나 용서 못 할 일도 인간에게는 있는 거야."

"마음대로 하라니까요. 당신에게 용서 못 받았다고 집안에 나타나는 귀신들도 없는 것 같으니까. 혼자서 그놈의 상처인가 무엇인가를 부둥켜안고 하고 싶은 대로 하라니까요."

결혼하기 전부터 알고 있었던 아내 친구의 전남편과는 넷이 어울려 몇 번 만나기도 하고 풍광이 좋은 춘천 소양호에 함께 놀러 간 적도 있었다. 말수가 적은 사람이었지만 속마음이 깊어 보이는 사람이라 내심 호감을 지니고 있었다.

아내가 상담소에 나가고 혼자 집에 있던 날 아내 친구가 아내에게 보낸 편지를 보고서야 처음으로 그녀가 미국에 살고 있는 것을 알게 되었다. 거기에다 익숙하던 한국 이름 뒤에 바짝 붙어서 미국 성이 붙어 있는 것이 아닌가. 그때 왜 그렇게 놀랐는지는 사실 설명이 되지 않는 부분이기는 했다. 저녁에 돌아온 아내에게 편지를 건네주면서 어떻게 된 일이냐고 묻자 아내는 잠깐 당황스러워했다.

"어떻게 되기는 뭐, 미국에서 편지를 보낸 거구만……."

뭐라고 중얼중얼하면서 아내가 방으로 들어가려는데 내가 다그쳐 물었다.

"그런데 왜 이름 뒤에 영어 이름이 붙어 있어?"

"글쎄, 어떻게 된 거지?"

어물어물 넘어가려던 아내는 할 수 없다는 듯 실토정을 했다. 하지만 갑자기 사라져버렸다가 미국 남자와 결혼한 친구에 대한 아내의 변명은 옹색하기 짝이 없었다. 친구의 이혼과 재혼을 더 이상 숨길 수 없었는지 그 친구 남편이 다른 여자가 생긴 것 같아 어쩔 수 없이 그렇게 되어버렸다는 것이다. 나는 그 구구절절한 드라마 같은 설명을 믿기 어려워 다시 물었다. 그렇다면 왜 전남편은 아직 결혼도 안 했는데 자기가 먼저 결혼을 했느냐는 질문에 아내는 앞뒤가 안 맞게 화를 냈다.

"그럼 그게 내 잘못이라는 거예요? 대체 왜 그렇게 꼬치꼬치 물어요. 나도 화가 나 죽겠는데."

"사정을 모르겠으니까 그렇지, 그러니까 당신이 맨날 그랬잖아. 화가 나거나 억울하거나 할 때 억누르고 있으면 점점 더 상황이 나빠지기만 한다고……."

"제발 그런 이야기 좀 급할 때 들먹이지 마세요. 살아 있는 사람이 어떻게 책에 쓰여 있는 이론대로 살아요?"

그럼 아이는 어떻게 했느냐는 물음에 아이는 무슨 아이냐, 스무 살이 넘었는데, 그리고 아버지가 재력이 있으니까 아버지하고 살기로 했다는 말에 넘어가는 척하기는 했다. 내가 볼까 봐 그동안 미국에서 온 편지도 내게 말하지 않고 몇 번이나 감추었던 기색이었다. 이런저런 모든 정황이 수상쩍기는 했었다.

그 후 아내 친구 전남편은 십 년이 넘도록 재혼하지 않고 아들하고 함께 사업을 운영하면서 살아온 터였다. 참 좋은 사람이라는 느낌이 들었지만 애매한 입장이 되어버린 내가 연락을 하거나 더 관계를 유지할 수도 없었다. 모처럼 마음을 열고 사귈 만한 사람을 갑자기 누군가가 방해해서 못 만나게 된 것처럼 나는 심경이 불편하기만 했다.

아내 친구가 자기 아들 결혼식에 참석하러 귀국한다고 아내가 지난주에 이야기했을 때 겉으로 드러내지는 않았지만 내가 그 아들이라면 어머니가 결혼식장에 오는 것을 바라지 않을 것 같다는 생각을 했다. 지금도 어머니 산소를 찾아가 보지 않는 나를 대신해 아내가 가끔 성묘를 가는 모양이었다. 나는 알면서도 모르는 척해온 셈이었다.

잘게 다진 소고기와 불린 표고버섯, 양파를 썰어서 한쪽 쟁반에 담아놓고 당면을 물에 담가놓으면서 아내가 마른안주를 큰 유리 쟁반에 담고 테이블보도 좀 깔아달라고 도움을 청했다.

그렇지 않아도 나한테 별다른 부탁도 하지 않고 이것저것 혼자 준비하느라고 애를 쓰는 아내가 딱해 보여 군소리 없이 노력 봉사를 하기로 했다. 음료수도 거실 테이블에 꺼내놓고 묻어며 새우 말린 것, 잣과 호두 같은 마른안주도 세팅을 해놓고 흰빛 식탁 테이블보도 새로 깔고 냅킨도 단정하게 접어놓았다. 여섯 시가 가까워오자 아내가 말했다.

"자, 그 맨날 기분이 꿀꿀할 때마다 만병통치로 한다는 심호흡 한 번 하세요."

"필요 없어. 괜찮아."

이렇게 이야기하기는 했지만 서재를 정리하고 있는데 벨 소리가 울리자 가슴이 철렁했다. 정말 심호흡이 필요한 것 같았다. 아내가 문을 열고 반가이 영어로 맞는 소리가 들렸다. 나는 천천히 문 쪽으로 나갔다. 아내 친구 곁에 온화한 용모에 키가 큰 미국인이 서 있었다. 아내 친구에게 먼저 인사하고 미국 남자에게 악수를 청하자 그는 반갑게 손을 잡고 이야기를 많이 들었다고 했다. 아내 친구는 그동안 머리가 거의 반백이 된 것 같았다. 혈색은 그런대로 괜찮아 보였지만 십 년의 세월은 그녀의 얼굴에 감출 수 없는 흔적을 남겨놓았다. 조용히 미소 짓는 그녀의 손을 아내가 부산스럽게 잡아끌며 안으로 안내했다.

거실 소파에 모두 자리 잡고 앉은 후에 아내가 물었다.

"저녁에 고기하고 생선을 함께 준비했는데요. 어느 쪽을 좋아하실지 몰라서. 레드와인으로 할까요. 화이트와인으로 할까요."

"글쎄요. 우리는 레드와인이 좋겠는데요."

미국 남자가 말했다. 아내 친구 부부라고 했지만 나로서는 미국의 나이 든 외교관과 한국인 비서가 함께 방문한 것 같다는 생각밖에 들지 않았다. 나란히 앉은 두 사람은 별로 많은 말을 나누지는 않았지만 서로에게 다정해 보이기는 했다. 아내가 집 안의 이곳저곳을 가리키며 설명을 하기도 하고 안주 중에 어포를 집어 권하기도 했다. 우리는 편하게 앉아 저녁식사를 하기 전에 여러 가지 이야기를 나누었다. 비행기를 예약하기가 힘들었다는 이야기며 연착이 되는 바람에 공항에서 두 시간이나 기다렸다는 이야기들이 허물없이 오고 갔다.

저녁을 먹으려고 넷이 함께 식탁에 둘러앉자 아내 친구가 물었다.

"아이들은 다 어디 갔어?"

"큰애는 분가했잖아. 딸애는 학교에서 엠티 갔어."

"정말 귀여운 아이들이었는데 그 애들이 벌써 커서 장가도 가고, 대학도 가고……."

아내 친구의 눈빛이 회상에 젖는 듯했다. 우리가 포도주를 한 잔씩 더 하는 동안 아내는 밥과 소고기 무국을 아끼던 도자기 그릇에 담아 날랐다. 혹시 미국 남자가 밥을 별로 좋아하지 않을지도 모른다고 아내가 흰빛 냅킨을 깐 작은 대바구니에 빵을 담고 버터도 작은 접시에 곁들여 놓았다.

"잘됐네."

빵을 보고 아내 친구가 반색을 했다.

"사실은 이 사람이 밥보다 빵을 좋아해. 불고기며 만두는 아주 좋아하는데 소고기 무국만은 질색이야."

"그럼 다른 국을 끓일 걸 그랬잖아."

"아냐. 사실은 내가 그 국을 너무 좋아하는데 먹을 기회가 별로 없어서. 네가 묻기에 그 이야기를 했지 뭐. 괜찮아. 여기 불고기, 만두, 잡채 다 이 사람이 너무나 좋아하는 것들이야. 뭘 이렇게 많이 차렸니."

우리는 이런저런 이야기를 나누며 음식을 먹기 시작했다. 미국 남자는 열심히 빵과 불고기와 잡채를 먹었다. 이상한 음식의 조합이라는 생각이 들기는 했지만 그거야 뭐, 자기 마음이니까 하고 생각했다. 아내 친구는 소고기 무국 한 그릇을 다 비우고 또 청해서 거의 두 그릇을 먹었다. 먹기라면 뒤질 내가 아닌데 그러고 보니 아내와 신경전을 벌이다가 점심을 제대로 먹지 못해 시장기가 발동했는지 나도 한껏 배부르도록 음식을 먹어치웠다. 아마 남들이 보았으면 무인도에서 구조된 사람들 네 명이 배에서 첫 번째 밥상을 받은 것으로 알지도 몰랐다.

포도주를 따르고 함께 건배를 하면서 분위기를 띄우기로 작정을 했는지 아내는 별로 우습지 않은 일에도 깔깔 웃고 농담을 던지고는 했다. 나는 사교적인 예의 정도로만 응대를 했다. 마음의 준비를 단단히 했다고 생각했지만 그 자리에 앉아 즐거운 척하기가 쉬운 일은 아니었다. 하지만 시간이 흐르자 아내와 아내 친구가 아주 내어놓고 한국말로만 이야기를 주고받는 바람에 미국 남자만 멀뚱하게 있어 말을 걸지 않을 수 없었다. 아내는 다른 손님이 왔을 때처럼 그때 그 이야기 좀 해보라고 부추긴다든가 하면서 중간에 끼어들어 화제를 잇게 하는 윤활유 노릇을 전혀 하지 않았다. 늘 그렇듯 아내는 이번 경우에도 나를 다루는 데 있어 상당히 고단수였다.

미국 남자는 적당한 유머 감각도 있고 성품도 따뜻한 사람 같기는 했다. 아내가 만든 생선저냐며 잡채 같은 음식이 맛있다고 아내 친구나 미국 남자가 번갈아 칭찬하는 가운데 우리는 그런대로 기분 좋게 함께 식사를 마쳤다. 중국의 임어당이 말한 것처럼 어색한 사람들끼리 한자리에 앉아야만 할 때는 맛있는 음식을 배불리 먹는 것이 제일 좋다는 말도 일리가 있는 것 같았다.

"소고기 무국은 참 오랜만에 먹어보네. 정말 맛있어."

아내 친구가 말하는 곁에서 미국 남자도 서툰 한국말로 거들었다.

"많이 많이 맛있습니다."

아내는 웃으면서 이것저것 접시를 옮겨가며 미국 남자에게 더 드시라고 권유했다. 저녁을 먹고 거실로 옮겨 앉자 아내가 식혜를 내온 후 단감과 배를 깎아서 접시에 담아 내왔다.

"네가 감을 유달리 좋아했잖아. 미국에 감은 없다면서?"

"가끔 농부들이 직접 과일이나 야채를 파는 장이 설 때 가면 감이 나올 때도 있어. 맛은 없지만…… 정말 여기 감은 다네."

이제 열렬하게 먹을 일도 다 끝나서 약간 난처한 느낌이 든 채로 마른안주를 이것저것 집어먹고 있는 내게 아내 친구가 불쑥 말을 건넸다.

"전에 뵐 때보다 말수가 많이 줄어드신 것 같아요."

"그런 것 같습니까?"

무덤덤한 내 대꾸에 이어 아내가 얼른 눙치며 끼어들었다.

"그렇지 않아도 이이가 나이 들어가면서 점점 더 말수도 적고 재미도 없어져가고 있단다. 오늘 같은 정도로만 말하는 것도 아주 훌륭한 거야."

분위기 조정도 좋지만 내가 언제 그랬느냐고 아내에게 항의하고 싶은 걸 나는 꾹 참았다.

"전에는 농담도 아주 잘하시고 그러셨던 것 같은데."

"내가요?"

아내 친구의 말에 나는 쓴웃음을 지었다. 미국 남자는 상당히 민감한 사람이었다. 한눈에 우리 사이에 흐르는 애매한 기류를 파악한 것 같았다. 아마 반동, 보수, 꼴통인 나이 든 남자가 이혼과 재혼을 수용하지 못하는구나 하고 생각하고 있을지도 몰랐다. 그렇게 진보적인 성향을 내세우는 사람이 이성 문제에 관해서는 앞뒤가 숨도 못 쉬게 꽉 막힌 사람이라고 아내가 나를 힐난한 적도 여러 번 있었다. 그렇지만 함께 잘 지내던 부부 중 한 사람이 다른 사람으로 대치되었는데 그 상황을 기계 부품 바꿔 끼우듯 자연스럽고 편하게 받아들일 만한 위인이 되지 못하는 건 사실이었다.

아내와 친구는 어느새 말문이 풀어져서 시시콜콜한 동창들 이야기며 한국 이야기, 미국 이야기, 아이들 이야기를 쉬지 않고 나누고 있었다. 숨이라도 제대로 쉬고 있는 건지 의심스러웠다.

"워낙 오래간만이라 할 이야기가 많은 것 같군요."

미국 남자가 미소를 띠고 말했다. 아마 묻는 말에 짧게 대답만 하는 내가 부담스러워서 아내와 아내 친구가 떠드는 것이 부러웠는지도 모르겠다. '지금 어느 대학에 나가십니까.' '아이들 전공은 무엇입니까.' '아이들 이름은 무엇인데요.' '여기는 언제 이사 오셨습니까.' 그러다가 정신 차려 보니까 그는 묻고 나는 입사시험을 보러 온 사람처럼 단답형으로 대답만 하고 있는 중이었다. 아마 아내가 자기 친구하고 이야기에 빠져 있지 않았다면 은근히 나를 손을 보았을지도 몰랐다. 내가 화장실 갈 때 잽싸게 따라와서 충고할까 봐 좀 걱정되기도 했다.

마침내 자기들끼리 재미있게 이야기를 나누던 아내가 대단히 빠르게 한번 시선을 던졌는데 나는 그 시선의 의미를 잘 알고 있었다. 좀 더 이야기를 자연스럽게 하라니까요. 고향이 느껴지도록. 나는 속으로 혀를 찼다. 이 사람은 여기가 고향이 아니잖아. 타향이잖아. 그러니까 타향처럼 느끼도록 해주어야 맞는 것 같은데……. 아무튼 나는 좀 더 긴 영어로 말했다.

"내가 영어가 좀 서툴러서요. 긴 이야기를 잘 못합니다. 그동안 한국말은 좀 배우셨습니까?"

내 물음에 그는 고개를 저었다.

"무슨 말씀을……. 영어를 상당히 잘하시는데요. 나야말로 한국말을 못 배웠습니다. 너무 어려워서요. 젊어서 외국 생활을 할 때는 그 나라 말을 배워보려고 애도 많이 쓰고 그랬는데 나이 드니까 다른 나라 말이라는 게 배우기 쉽지 않더군요. 아내가 영어를 못하면 그런대로 배웠을 텐데, 워낙 영어에 어려움이 없는 사람하고 사니까 그만……."

"한국에는 처음이십니까?"

"아니요. 젊어서 한국에서 몇 년 지낸 적이 있습니다. 그 당시는 사실 외교관 일이 바빠서 한국어를 배우려고 다른 신경을 쓰지는 못했습니다. 대사관에서 일하던 지금 아내를 처음 만난 것도 그때였지요."

나는 깜짝 놀라 씹던 감을 그대로 삼킬 뻔해 사레가 들렸다. 심하게 기침을 하자 아내가 따뜻한 녹차를 더 따라주며 조금씩 마시라고 권했다.

"저기, 우리는 서재에 가서 이야기를 나눌게 두 분이 편하게 영어로 이야기하세요."

아내는 점차로 기침이 잦아드는 내게 말하고 친구하고 서재로 쓰는 작은 방으로 차 쟁반을 들고 건너갔다. 미국 남자를 아주 내게 떠맡기려는 심보인 것 같았다. 그런대로 간단한 의사소통은 하지만 영어가 서투른 아내는 외국 사람과 한자리에 앉아 있는 걸 대체로 고역스러워했다.

이제 가라앉기는 했지만 조금씩 밭은기침을 하며 나는 한동안 침묵을 지키고 있었다. 아내는 자기 친구가 그 미국 남자와 젊어서부터 알던 사이라는 이야기를 전혀 한 적이 없어서 남편과 불화가 시작된 다음에 만나게 된 사람인 줄로만 알고 있었다. 그렇다면 젊어서부터 이 남자를 마음에 두고, 그래서 그렇게 결혼생활에도 문제가……. 미국 남자는 대꾸 없이 점점 더 복잡해지는 내 표정을 보면서 무슨 생각을 하고 있는지 대체로 파악이 된 것 같았다. 갑자기 그가 말했다.

"아, 그때 알고 지내기는 했지만 십 년이 넘도록 서로 아무 연락도 없었습니다. 영사로 있을 때 대사관에서 일하던 아내와 직장 관계로 알기는 했지만 특별한 사이는 아니었습니다."

"……."

대체 이 사람은 어떤 지경에 이르러야 특별한 사이라고 생각할까. 두 사람만 무인도에 남겨져 다른 사람들과의 관계가 다 사라져야만 특별한 사이라고 생각하는 것일까. 아무튼 신기한 일은 갑자기 미국 남자가 하는 영어를 전혀 어려움 없이 다 알아들을 수 있게 된 점이었다.

"그런데 어떻게 해서 갑자기 특별한 사이가 되었습니까?"

내 말투가 아마 다정하지는 않았을 것이었다. 그는 개의치 않는 것 같았다.

"십 년 전 우연히 한국에 들렀던 길에 마음에 품고 무덤까지 가지고 가려고 했던 이야기를 고백했지요. 쓸쓸한 인생의 마지막 추억처럼……."

"……."

"그랬는데 의외로 격정적으로 반응을 보이고 자신의 결혼생활은 실상 몹시 불행했다고 이야기를 하더군요."

"……."

"그때 나도 법적으로는 결혼한 상태였지만 이십 년 넘게 별거에 가깝게 지냈거든요. 나는 주로 외국을 떠돌고……."

"당신 아내 전남편과 내가 예전부터 잘 알고 있는 사이라는 건 알고 계십니까?"

느닷없이 내가 말의 허리를 잘랐다. 묻지 않는 과거에 대해 설명하는 이야기를 더 듣고 싶지 않았다. 자세한 사연을 알고 나서 내가 이해하든 하지 않든 이제 와서 달라질 일은 아무것도 없는 게 아닌가.

내 무례한 응대에 개의치 않는지 그는 담담하게 고개를 끄덕였다.

"다 들었습니다."

"그래서 솔직히 말하자면 저는 이런 자리가 별로 편하지 않습니다."

"그러신 것 같다는 생각은 들었습니다."

그렇다면 왜 자기 아내를 만류하지 않고 이렇게 어색한 자리에 참석을 했느냐는 이야기가 불쑥 튀어나오려는 걸 나는 간신히 참았다.

"아내의 슬픔을 좀 덜어주고 싶었습니다."

"……."

"이번 결혼식에도 혼자 귀국하겠다고 하는 걸 여행 삼아 와보고 싶다고 내가 우겨서 함께 왔습니다. 물론 결혼식에 나는 참석하지 못하지만요. 아들은 자기 친아버지가 있으니까요."

"함께 산 지 십 년이 지난 지금도 당신의 그 놀라운 사랑은 그대로 있습니까?"

말을 끊다시피 끼어드는 퉁명스러운 내 질문에 그는 잠시 침묵했다. 나를 이렇게 위험한 지경에 놓아두고 서재로 가버린 것은 전적으로 아내 불찰이었다. 아내의 감시도 없는 자리에서 예의 바른 소리만 하기는 어려웠다. 나는 대답하지 않는 그를 다그치듯 이어서 물었다.

"당신 아내가 전남편하고도 열렬한 사랑에 빠져 모든 반대를 무릅쓰고 결혼했다는 것도 알고 계십니까?"

"알고 있습니다."

"두 사람 다 가정을 깨고 사랑의 이름으로 결혼을 해서 얼마나 많은 사람들에게 상처를 주었는지 생각해본 적이 있습니까?"

"그래서 지금도 늘 마음이 아픕니다."

나는 이제 그만 이 이야기를 접고 싶었다. 내 태도가 촌스럽고 부당하다는 것도 알고 있었다. 그리고 전후좌우를 살펴본다면 내가 이렇게 감정적으로 분노할 일도 전혀 아니었다. 친척인 것도 아니며 내게 아무런 해도 끼친 적이 없는 사람들의 사생활에 대해서 내가 이러고저러고 할 일은 아니라는 생각이 이성적으로는 들었지만 이 남자가 이렇게 담담하고 솔직하게 이야기하는 바람에 오히려 화가 더 치밀어 올랐다. 저만 무슨 인생의 도를 닦고 있다는 것인가.

"아내가 잘못한 일에 대해서 벌을 받아야만 한다면 이미 충분히 받고 있습니다. 한동안 아들이 한국에서 학교를 그만두고 방황할 때는 반신마비가 와서 몇 달 동안 걷지 못하기도 했습니다."

"……."

"의사들이 모든 검사를 다 해보았지만 원인이 나오지 않아 심인성 증상인 것 같다고 신경과 치료를 권유하기도 했습니다. 그런데 살던 장소를 자연의 풍광이 좋은 곳으로 옮기고 조용한 생활을 하면서 증상이 점점 호전되었지요."

"아무 치료도 받지 않았습니까?"

"아들이 방황을 접고 돌아가지 않겠다던 학교에 복학했다는 소식을 들은 후부터 증세가 완화되었습니다. 워낙 아들에 대한 사랑이 지극했거든요."

"그렇게 지극했습니까?"

내 말이 빈정거리는 것처럼 들렸는지 그는 단호하게 말했다.

"그렇게 지극했습니다."

"아이를 두고 다른 남자를 따라갈 정도로요?"

내 신랄한 질문에 한동안 말이 없던 그가 불쑥 말했다.

"어머니가 어릴 때 집을 나가셨다면서요?"

순간 머리로 피가 역류하는 듯한 느낌이 들었다. 아내가 이런 이야기까지 친구에게 한 것일까? 도대체 어디까지 이야기를 한 것일까. 다른 남자를 따라서 밤도망을 하다시피 떠나버렸다는 이야기도? 도대체 여자들의 그 알량한 우정이라는 게 결국 남편의 약점까지 다 털어놓는 그런 것일까? 내가 안색이 확 바뀌었는지 그가 위로라도 하듯이 말했다.

"기분 상해하지 마십시오. 언뜻 아내가 이야기하더군요. 그래서 더군다나 당신 아내에게 연락을 하기 어려운 마음이 든다고요."

"그래서 지금 내가 어머니 때문에 당신에게……"

"아니, 그런 어려운 이야기는 아닙니다."

한참 침묵한 후 그는 말했다.

"아내는 지금 몸이 건강하지 않습니다. 많이 쇠약해졌지요."

"……"

"아내는 친구와도 당신과도 화해하고 싶어 합니다."

"화해라니요. 우리하고는 싸우거나 언짢은 일은 없었습니다."

"이번에 아내와 함께 한국에 오거나 이 집을 방문한 것도 아내가 지나치게 슬퍼하지 않기를 바라서입니다."

"……"

"이제 나이 들어 보니까 마음속 깊이 슬퍼하는 사람은 용서받을 수 있다는 생각이 드는군요."

임종하기 전 여러 번 만나기를 간청했던 어머니를 거절한 장면들이 스치듯 지나갔다. 가슴속 한가운데가 꽉 막히는 듯한 느낌이 들었다.

작별인사를 할 때 미국 남자는 내 두 손을 꼭 잡았다.

"참 좋은 시간이었습니다."

아내 친구 부부가 돌아간 후 여러 가지 이야기를 하고 싶어 하는 아내에게 혼자 있고 싶다고 말했다. 내가 화가 나 있는 것도 아니고 위로를 해줄 상태도 아니라고 느꼈는지 아내는 뒷설거지도 미루고 나를 거실에 남겨둔 채 혼자 침실로 들어갔다.

나는 거실의 전등을 끄고 오래 앉아 있었다. 울고 싶었지만 울 수도 없었다. 가슴속이 자그락거리는 돌덩이들로 가득 차 있는 것처럼 무거웠다.

젊은 시절 내 슬픔은 하도 깊은 곳에 자리 잡고 있어서 어린 아들을 두고 다른 남자를 따라 집을 떠났던 어머니의 슬픔이 들어올 자리는 전혀 없었던 것 같았다.

얼마나 시간이 지났을까.

"그만 자야 하지 않아요? 내일 아침 강의도 있는데……."

아내가 침실 문을 열고 내게 말을 건넸다. 불빛이 어두운 거실 쪽으로 쏟아졌다. 아내도 여태 잠들지 못했던 모양이었다. 아무것도 묻지 않는 아내가 고마웠다.

나는 천천히 소파에서 일어섰다.

사막 여행

여자는 더 이상 젊지 않았다. 얼굴에는 윤기가 사라지고 옅은 주름이 뒤덮였다. 아무도 여자에게 미소를 지어주거나 시선을 보내지 않았다. 다들 바쁘고, 늙은 여자는 거리에서조차 필요하지 않았다.

젊었을 때도 사람들은 여자를 바라보지 않았다. 눈에 띄지 않는 평범한 외모에 별다른 매력이 있어 보이지도 않는 여자는 묵묵히 그저 살아왔을 뿐이었다. 부모가 일찍 세상을 떠나 결혼할 기회도 없었고 사랑을 간청하는 남자도 없었다. 아기도 낳아본 적이 없고 애틋한 기억도 없었다. 가슴이 뛰는 연애의 기억도 가슴이 찢어지는 실연의 기회도 없었다. 여자는 그저 묵묵히 세무서에서 하급 공무원으로 일하고 월급을 받아 최소한의 생활비를 쓰고는 나머지 돈을 저금했다.

이제 그녀는 정년이 되었다.

직장에서 해주는 마지막 종합건강검진을 마친 후 여자는 정밀검사를 받아야 한다는 우편물을 받았다. 정밀검사가 끝나고 일주일이 지난 후 여자는 전화를 받고 다시 병원을 찾았다. 중년의 의사는 차분하게 가족이 있느냐고 물었다. 없다고 대답하자 그는 좀 난처한 표정이었다. 여자는 괜찮다고, 직접 이야기를 듣고 싶다고 했다. 의사는 여자를 정면으로 바라보지 못하면서 몇 가지 소견을 이야기해주었다. 이야기를 다 듣고 여자는 조용히 일어섰다. 언제든지 도움이 필요할 때 연락하라고 의사는 말했다.

병원 문을 걸어 나오면서 여자는 막연히 여행을 떠나고 싶었다. 우선 사막에 가보고 싶었다. 그림이나 영화에서 본 사막은 황갈색의 부드러운 둔덕을 이루는 아름다운 모습이었다.

여행사에 들러 혹시 사막을 여행하는 프로그램은 없냐고 묻자 여직원이 고개를 끄덕였다. 비슷한 프로그램이 있기는 하지만 체력이 달리실지 모른다고 했다. 미국 서부지역 관광이 있는데 애리조나 사막을 가로질러 가게 된다고 여직원은 말했다. 원하시는 게 사막을 보시는 거라면 버스를 타고 가며 하루 온종일 볼 수 있다고 했다.

"사막을 걸어볼 수도 있나요?"

여직원은 그런 기회는 별로 없을 거라고 하며 덧붙였다.

"어떻게 하시겠어요? 마침 이번 주말에 떠나는 단체관광에 한두 분 더 가실 수 있는데요."

여자가 조금 망설이는 기색이자 여직원은 물었다.

"그런데 혼자 가시게요?"

"네."

여자는 단호한 어조로 대답했다.

"다른 사람하고 방을 함께 쓰시겠어요? 혼자 계시려면 돈을 더 내셔야 하거든요."

잠시 생각해본 후 여자는 혼자 쓰겠다고 말했다.

"그러시겠어요?"

여직원은 예사로운 말투로 물었다.

"돈은 여유가 있어요."

여자는 묻지도 않는 말을 했다. 여직원은 여자를 잠깐 올려다보았다.

"그야 그러시겠지요. 그런데……."

여직원은 조금 망설이며 말했다.

"혼자 가시면 여러 가지로 좀 불편하실 텐데……. 식사할 때도 다른 사람들과 함께 앉아야 하고 자유 시간에도 혼자 움직이시기는 좀 그런데요."

"괜찮아요."

여자는 갑자기 조급증이 났다. 얼른 이야기의 결론을 짓고 사막을 건너고 싶었다.

부드럽고 완만하게 누워 있는 사막을 낙타를 타듯이 버스를 타고 건너가보려는 마음이었다.

샌프란시스코 공항에 내려 처음 탄 버스에서 만난 젊은 청년은 운전석 옆자리에 선 채 사람들에게 자기소개를 하며 이번 여행에 동행할 가이드라고 말했다. 활달한 어조로 그는 자기가 이곳 가이드 중에서 제일 머리도 좋고 미남이기 때문에 여러분들은 정말 운이 좋은 분들이라고 농담을 던졌다. 사람들은 낯선 곳에서의 긴장을 풀고 와자하게 웃음을 터트렸다. 청년은 요세미티를 거쳐 그랜드캐니언, 라스베이거스를 지나가는 앞으로의 일정에 관해 버스가 달리고 있는 동안 자세히 설명했다.

키도 크고 잘 단련된 건장한 몸매에 검정 티셔츠, 베이지색 바지를 받쳐 입은 청년은 호감을 주는 타입이었다. 쌍꺼풀 지지 않은 시원한 눈매며 친근한 말투도 정다웠다. 여자가 구태여 혼자 앉으려는 건 아니었지만 다들 일행이 있어 아무도 여자 곁에 앉지 않았다.

여행객들은 아이가 낀 가족부터 중년부부, 노부부, 친구 커플에 이르기까지 다양했다.

식사할 시간이 되면 네 명이 앉는 식탁에서도 여덟 명이 앉는 식탁에서도 여자의 위치는 애매했다. 가끔 여자는 자리를 잡지 못해 식당 안에 그저 서 있기도 했다. 그러면 가족들 중 누군가가 여자를 불러서 자기 테이블에 앉으라고 했다. 친절하다기보다는 신경이 쓰여 하는 몸짓이었다.

여자는 권하는 자리에 앉아서 밥을 먹었다. 하루에 한두 번은 한식을 먹고 점심이나 저녁은 양식을 먹거나 여러 나라 음식을 뒤섞은 음식을 전시하는 뷔페를 먹었다.

값을 헤아리기도 어렵게 비싸다는 벤츠 버스는 승차감도 좋고 의자도 편안했다. 그러나 52인승 버스에 50명이나 타고 있으니 뒤에 앉은 사람들은 운이 나쁘면 뷔페 식당에서 줄을 서서 이십여 분이나 기다려야 하는 경우도 생겼다.

여자는 늘 앞자리에 앉았다.

아버지를 따라 이민을 오게 되었다는 청년은 사람들이 귀를 기울이게 하는 말솜씨가 일품이었다. 한번 버스를 타면 으레 서너 시간 이상 달리는 여정을 전혀 지루하지 않게 이끌어나가는 입담이 있었다.

여자는 사람들이 매일 자리를 앞뒤 교대로 바꾸어 앉으면 좋겠다는 청년의 권유를 무시했다. 앞에서 세 번째 자리, 여자는 지정석처럼 그 자리에 늘 앉았다. 어떤 사람은 타고 내릴 때 앞에만 앉는 여자를 못마땅한 기색으로 바라보기도 했다.

여자는 청년이 잘 보이는 자리에 앉고 싶은 마음이 제일 컸다. 이렇게 가까운 거리에서 이야기를 들려준 남자가 있었던 적이 없는 여자에게 청년을 바라보며 그의 말을 듣는 일은 아주 신선한 경험이었다.

사막은 생각보다 실망스러웠다. 군데군데 보이는 먼지를 쓴 키 작은 시든 나무나 풀들은 삭막하고 건조해 보였다. 초록색이라기보다는 오히려 검은빛이 섞인 회색처럼 느껴지는 나무들이 군데군데 흩어져 있는 사막은 기대하던 아름다운 구릉이 아니라 까칠한 황무지처럼 보였다.

그때 청년이 사막을 달리고 있는 버스 안에서 마이크를 잡고 사람들에게 말했다.

"이곳이 모하비 사막이라는 곳입니다. 저기 듬성듬성 난 볼품없는 풀들이 보이시지요? 저게 바로 세이지 그러쉬라고 사막에서 자라는 풀입니다. 이 풀이 아주 재미있어요. 환경이 살아남기 어려운 한계 상황에 이르게 되면 자기가 또르르 굴러다니면서 살 수 있는 곳으로 이동한다는 겁니다. 살아 숨 쉬는 생명체가 하나도 없을 것 같은 사막에 저렇게 스스로 살아남는 풀이 있다는 사실이 너무나 신기하지 않습니까?"

 여자는 청년의 이야기를 들으면서 사막이 깊은 생명의 의미를 지닌 신비한 곳처럼 다르게 느껴졌다. 그녀는 새삼 달리는 차창 밖을 골똘하게 내다보았다.

 가끔 사람들이 어색하게 혼자 서 있는 그녀를 못 본 체하고 자기들끼리 밥을 먹을 때 청년은 여자를 자기 자리에 합석시켰다. 운전기사는 엄청나게 큰 덩치에 큰 소리로 웃기를 잘하는 흑인이었다. 웃을 때면 유달리 흰 이가 쫙 드러나 보였다. 기사는 여자를 마마상이라고 불렀다. 기사와 청년은 서로 영어로 농담도 하고 웃기도 잘했다. 어떤 때 흑인기사의 말에 마마상이라는 말이 섞여 나오는 걸 보면 여자 이야기를 하는 게 틀림없었다.

 청년이 한번은 가족관계에 대해서 물었지만 여자는 다들 바빠서 혼자 떠났노라고만 이야기했다. 이제 여자는 사막을 건너는 뜨거운 한낮을 버스 안에서 청년을 바라보면서 지냈다.

 "제가 사실은 아르바이트로 시작했던 가이드 일이 워낙 인기 폭발이다 보니까 휴학했던 학교로 쉽게 돌아가지 못하고 있습니다."

 청년이 말했다.

 "아유, 그래도 가이드 일이 수입이 좋은가 봐. 그러니까 학교에도 돌아가지 않았지."

 뒤에 앉은 중년 여자가 한마디 했다.

 "사실 돈을 벌려면 라스베이거스에서 잭팟을 터뜨려야 하는데……."

 그 곁에 앉은 남편이 말했다.

"그런 소리 마십시오. 제가 라스베이거스를 백 번도 넘게 왔다 갔다 했는데 그렇게 마음대로 부자가 되는 거라면 제가 왜 여태 가이드를 하고 있겠습니까?"

버스 내에 웃음이 터졌다.

"제가 도움이 되는 조언을 해드릴게요."

청년은 짐짓 심각한 표정으로 말했다.

"우선 라스베이거스에서 도박장에 들어갈 때 십 달러나 이십 달러 정도 이상 몸에 지니지 마시고요. 그리고 전부 오 센트짜리로 바꿔서 그 돈만 다 쓰고 들어가 주무시는 게 좋습니다. 겨우 팔 퍼센트 정도의 사람만 돈을 조금이라도 딴다고 합니다. 그 외에는 다 꽝이지요."

라스베이거스 호텔 앞에 선 버스에서 사람들이 다 내리자 청년이 여자에게 다가와서 친절하게 물었다.

"저녁 드신 후에 그냥 주무실래요? 한번 게임을 해보실래요?"

여자는 당황스러웠다.

"말도 통하지 않고 일행도 없어서……"

가이드는 싱글싱글 웃더니 자기가 곁에서 도와주겠다고 했다. 여자는 얼굴이 붉어졌다. 저녁을 먹은 후 여자는 객실에 짐을 놓고 약속한 대로 로비에 내려와 그가 권하는 기계 앞에 앉았다.

"허황된 꿈은 꾸지 마시고요. 그냥 재미 삼아 애들처럼 구슬치기 한다고 생각하시고 하나씩 하나씩 넣어보세요. 재미있어요."

20달러를 5센트짜리로 바꿔다 주면서 청년이 말했다.

"여기 앉아 계시면 술도 가져다주거든요. 그냥 음료수를 주문하셔도 되고요. 돈도 안 받아요. 팁으로 그냥 일 달러만 주시면 돼요."

여자는 그가 하라는 대로 맥주도 주문하고 팁으로 일 달러도 냈다. 그리고 동전을 하나씩 넣으면서 기계 손잡이를 당기기 시작했다. 그가 권하는 대로 맥주도 조금 마셨다. 속이 휘청하고 흔들리는 기분이었다.

"이제 다른 분들은 어떻게 하고 계시나 한번 둘러봐야겠습니다. 조금 더 하시고 올라가셔서 주무세요."

청년이 일어서자 여자는 그가 자기 곁에 좀 더 있어주었으면 했지만 차마 그 말을 할 수는 없었다. 청년은 웃으면서 앉아 있는 여자의 어깨에 가볍게 손을 댔다가 자리를 떠났다. 그의 손이 어깨에 닿자 온몸에 전류가 흐르는 것 같았다.

동전은 삼십 분도 되지 않아 바닥이 났다. 아무 정신도 없이 그저 넣고 당기고만 하다가 마지막 동전이 기계로 들어간 후 소식이 없자 여자는 힘없이 일어섰다. 선 채로 이쪽저쪽 살펴보았지만 웬만한 시장보다도 더 큰 도박장 안에는 외국어로 떠드는 사람들의 음성과 환호작약하는 소리, 기계음이 울리는 소리만 가득했다. 청년은 보이지 않았다.

방에 돌아온 여자는 샤워를 하고 나서 조그맣게 몸을 웅크리고 큰 침대 한 귀퉁이에 몸을 눕혔다. 그가 손을 대었던 어깨의 따뜻했던 감촉이 되살아났다. 갑자기 눈물이 흐르기 시작했다. 눈물은 베개를 적셨다.

문득 그가 버스에서 들려준 스토커처럼 따라다녔다는 못생긴 여자의 이야기가 생각났다. 여자는 몸을 흠칫 떨었다. 내가 더 말을 걸

85

면 다음 버스에 탄 관광객들에게 재미 삼아 내 이야기를 이렇게 꺼낼까. '글쎄 어떤 늙은 여자가 내가 마음에 드는지……' 여자는 고개를 저었다. 새벽녘에야 여자는 겨우 선잠이 들었다.

"자, 지난밤에 아주 조금이라도 돈을 따신 분은 손을 들어보세요."

아침에 버스가 출발하면서 청년이 묻자 여기저기서 네 명이 손을 들었다.

"보세요. 오십 명 중에 네 명이니까 정확히 팔 퍼센트네요."

사람들 사이에 웃음소리가 퍼졌다. 청년은 다시 물었다.

"혹시 꽤 큰돈 잃은 분 계십니까? 손들어보실래요?"

아무도 손을 들지 않았다. 가이드는 웃으면서 말했다.

"제가 뵙기에 한 두세 분 계신 것 같지만……. 뭐, 그저 재미있는 추억으로 여기십시오."

버스가 그랜드캐니언으로 향하는 동안 가이드는 그곳에 관한 여러 가지 이야기며 그곳에 살던 인디언들의 이야기를 들려주었다.

"이런저런 일로 스트레스 받고 속상하다가도 그랜드캐니언의 장엄한 모습 앞에 서면 모든 스트레스가 다 풀려요. 아마 그래서 내가 일을 그만두지 못하는지도 모릅니다. 광대한 신전 앞에 작은 인간으로 혼자 서 있는 것 같은 느낌이 들거든요. 볼 때마다 다른 빛깔, 다른 모습으로 다가오는 참 신기한 곳입니다. 간혹 하루 종일 버스를 타고 달려와서 겨우 이런 모습밖에 볼 게 없느냐고 하시는 분들도 있어요. 사진에서 영화에서 너무 싫도록 봐서 벌써 식상했다는 거지요. 그렇지만 이곳에 직접 마주 서서 바라보면 신의 음성이 들리는 것 같아요. 이곳에 내 꿈이 담겨 있습니다."

　여자는 청년이 들려주는 꿈 이야기를 들으면서 일과 사람에 시달리다가 낡은 담요처럼 가혹한 중년이 그에게 다가올 것이 마음 아팠다. 초라하게 껍데기만 남겨진 자기 같은 삶을 살아가기에는 그 청년이 아깝다는 생각이 들었다.

　여자는 경비행기를 타고 한 시간 동안 그랜드캐니언 위를 날았다. 비행기를 타기 전에 관광객들은 비행사와 함께 사진을 찍었다. 여자가 사진 찍기를 거절하자 청년이 그래도 큰 기념이 될 텐데 한 장 찍으시라고 권했다. 중년의 백인 조종사는 두 사람이 무슨 이야기를 주고받는지 귀를 기울이다가 함께 찍으라는 제스처를 취했다. 다음에 탈 사람들이 사진을 찍으려고 기다리고 있기 때문에 더 시간을 끌 수는 없었다.

　"함께 찍어도 될까요?"

　청년이 묻자 여자는 용기를 내어 고개를 끄덕였다. 청년은 여자 곁에 서서 가볍게 어깨를 감싸 안았다. 비행기 안에서 아래를 내려다보며 여자는 입가에 미소를 띠고 그의 손이 닿았던 왼쪽 어깨를 가만히 쓰다듬어보았다. 따뜻한 온기가 아직도 느껴지는 듯했다. 사막에서 느끼고 싶었던 모습이 바로 내려다보였다. 여자는 깎아지른 절벽이며 지층 들을 바라보며 전에 느껴보지 못했던 아늑한 느낌이 들었다.

　그랜드캐니언에서 돌아오는 길에 점심을 먹는 자리에서 흑인 운전기사가 청년의 어깨를 툭 치며 뭐라고 말을 걸었다. 그의 빠른 말소리에 마마상이라는 말이 몇 번 들렸다. 청년의 얼굴이 붉어졌다.

"뭐라고 하는 거예요?"

여자가 물었다.

"아무것도 아닙니다. 이 친구가 워낙 험한 농담을 잘해서요."

여자는 잠자코 밥을 먹었다. 말속에 러브니 뭐니 하는 말이 섞여 있는데다가 청년이 그러지 말라는 몸짓을 하자 흑인이 흰 이를 드러내고 더 크게 웃는 걸 보니까 뭐라고 여자의 이야기를 하고 있는 것 같았다.

여자는 몇 숟갈 뜨고 수저를 놓았다.

"혹시 내가 전에 말하던 여자처럼 따라다닌다고 말하는 거예요?"

"아니, 뭐 그런 건 아니고……."

청년은 당황한 표정이 되더니 엄격한 어조로 흑인에게 몇 마디 했다.

"이렇게 말해주세요. 난 남편도 있고 가이드하고 나이가 비슷한 아들도 있다구요. 내가 아들 생각이 나서 허물없이 대하는 거라구요."

청년이 뭐라고 흑인에게 이야기를 했다. 흑인은 멈칫하더니 미안한 표정으로 여자를 보고 사과했다.

"쏘리, 마마상."

여자는 부끄러웠다. 자신의 비밀스러운 감정이 놀림감이 되는 것이 수치스러웠다. 여자는 그의 빛나는 젊음과 친절함이 안타깝고 고마울 뿐이라고 스스로에게 새삼 들려주었다.

여자는 밤에 호텔 방 안에서 청년과 조종사와 함께 찍은 사진을 한참 동안 바라보았다. 그리고 침대 곁, 작은 탁자 위에 사진을 세워놓았다. 한참 동안 가만히 앉아 있던 여자는 사진을 들어 올려 사진 속 청년의 이마에 입을 맞추었다. 가슴속으로 싸하는 바람이 지나갔다. 여자는 사진을 내려놓고 두 손에 얼굴을 묻은 채 목이 메어 오랫동안 울었다.

다음 날은 로스앤젤레스로 다시 되돌아와서 관광이 끝나는 날이었다. 여자는 그동안 불편한 일은 없었냐고 묻는 청년에게 작은 목소리로 말했다.

"젊은 시절을 낭비하지 말고 학교로 돌아가세요."

청년은 미국 사람들처럼 어깨를 으쓱했다.

"우리 어머니도 노상 그 소리세요. 이렇게 세월 좋게 지내다 청춘이 다 지나가버린다고. 빨리 학교로 돌아가라고요."

여자는 아무 말 없이 가만히 청년을 바라보았다.

"그런데 그게 마음대로 되나요. 사실은 우리 집 생계를 지금 제가 다 책임지고 있거든요. 개인 가이드도 하고 그래서 수입이 나쁘지는 않아요."

여자는 있는 용기를 다 내어 말했다.

"내가 학교로 돌아가게 도와줄게요."

가이드의 표정이 당혹스러워졌다. 그는 말을 멈추고 여자를 곤란한 눈빛으로 바라보았다. 아마 색다른 종류의 광신자를 만난 것으로 생각할지도 몰랐다.

"자, 자, 그런 소리 하시지 마시고 얼른 가족들에게 돌아가세요. 혹시 남편 되시는 분하고 싸우시거나 무슨 일로 집을 떠나셨는지 모르지만 여행에서 만난 사람에게 쓸데없는 신경 쓰지 마시고요."

여자는 말했다.

"가족 없어요."

가이드는 잠시 침묵을 지키다가 말했다.

"사실은 사람들 틈에서 어쩔 줄 몰라 하시는 모습이 뵙기에 안타까웠어요."

청년의 목소리는 다정했다. 저쪽에서 누군가가 도움을 청하러 그를 부르는 소리가 들리자 청년은 그 사람을 도와주러 떠났다.

여자는 출국을 도와주러 공항에 나온 미국 쪽 여행사의 한국 직원에게 다가갔다.

"저분에게 선물이라도 보내고 싶은데요. 주소를 좀 가르쳐주시겠어요?"

그는 흔쾌하게 여행사의 전화번호와 주소를 적어주었다. 이리로 연락하면 언제든지 본인에게 전달이 된다는 말과 함께.

여자는 그의 주소를 적은 종이를 네 번 접어서 그와 함께 찍은 사진이 담겨 있는 가방 안에 소중하게 넣었다. 이제 비로소 여자는 자기가 그동안 일을 하고 돈을 모았던 이유를 찾아낸 것 같았다.

여행을 떠나기 전, 정밀검사 결과를 말해주던 의사는 시선을 피하면서 어눌하게 말했었다.

"주위에 정리하실 부분이 있으면 하시는 게 좋겠습니다."

그리고 의사는 여자가 걸린 병이 불치병이고 3개월 정도의 시한밖에 없다는 이야기를 조심스럽게 들려주었다.

여자는 자기가 살아보지 못한 의미 있고 빛나는 생애를 청년이 살아갈 수 있기 바랐다. 빛깔도 의미도 없이 자기처럼 살지 않도록.

출국하는 게이트 앞에서 여자는 청년에게 악수를 청했다.
"고마웠어요."
청년은 여자의 손을 두 손으로 마주 잡으며 말했다.
"제 생각을 그렇게 깊이 해주셔서 그것만으로도 감사합니다."
그 손의 온기는 여자가 청년의 친절이 직업적인 것만은 아니었다는 믿음을 갖게 해주었다.
게이트 쪽으로 걸어가면서 여자는 뒤를 돌아보았다. 청년은 미소를 지으며 손을 흔들었다. 여자는 고개 숙여 목례하고 안으로 걸어 들어갔다.
생을 마감할 의미를 찾은 여자의 발걸음은 가벼웠다.

와인 바에서

"언니. 우리가 전에 살던 집 기억나?"
전화기로 들려오는 동생의 목소리는 흥분으로 들떠 있었다.
"어느 집 말이야?"
"어느 집이기는. 우리가 함께 살던 집이 사간동 집 말고 또 어디 있어."
"그 집은 없어지지 않았니?"
"아니야. 그 집이 없어진 게 아니라 그 앞의 집들을 헐고 근사한 와인 바가 되었어."
놀라운 소식이었다.
그 집이 남아 있다니…….
한동안 그 집이 요릿집이 되었다는 둥, 절의 일부가 되었다는 둥 여러 가지 설이 무성하더니 몇 년 전 들은 소식으로는 그 집을 헐고 그 자리에 미술관이 들어섰다는 것이 전부였다. 어떤 개인이 그 집을 사서 살고 있다는 풍문은 들어본 적이 없었다. 아마 너무 크고 불편한 한옥을 개인이 유지하기에는 힘들기 때문이었으리라 싶기는 했었다.

　동생의 이야기를 들으면서 제일 먼저 떠오르는 것은 아버지의 모습이었다. 드넓은 한옥집의 툇돌 하나, 문짝 하나에도 일일이 관심을 기울이고 다음에 태어날 손주들이 딛고 오르내릴 수 있도록 툇돌의 높이도 조절했던 아버지였다. 넓은 정원에 있는 나무 한 그루마다 아버지의 손이 가지 않은 곳은 없었다.

　그 집을 떠난 것은 영주가 대학 졸업반이던 해였다. 일본에서 수입한 몇백 대의 차들이 통관이 되지 못해 부산 세관에 묶이면서 하루하루 피를 말리듯 사채를 끌어 쓰던 아버지는 결국 부도를 내고 말았다. 경매에 부쳐진 그 집을 인수한 사람은 아버지의 막역한 고향 친구였다.

　"그 이야기는 어디서 들었니?"

　"어디서 듣기는……. 내가 지금 그 와인 바에 앉아 있다니까."

　"뭐라고?"

　"어때? 오늘 학교에 저녁 강의 없으면 지금 와서 와인 한잔하지 않을래?"

　"뚱딴지같기는. 밑도 끝도 없이 갑자기 무슨 소리야. 정말 어떻게 된 거야?"

　"아까 직원들하고 점심 먹고 차 한잔하러 이 집에 왔었어. 점심식사는 제공하지 않고 티타임으로만 두세 시간 연대요. 그런데 무언가 들어설 때부터 낯익은 느낌이 들더라니까. 천장을 가로지른 통나무들을 보고 밖의 지붕 장식들을 보니까 선명하게 기억이 나지 않겠어? 내가 어릴 때 대청에 누워 바라보았던 바로 그 통나무들이더라고."

"정말이야?"

"그래서 같이 왔던 직원들보고 아무래도 이 집이 내가 살던 집 같다고 이야기하니까 이것들이 다 웃다가 숨이 넘어가는 거야. 그러시겠지요. 워낙 공주과시니까. 이 집에서 사셨겠지요. 그래서 아닌가 보다고 생각을 했는데, 회사에 돌아와서 곰곰이 생각해보니까 그 집이 정말 우리가 살던 집이라니까. 안에 새로 디자인을 하고 단장을 했지만 하나씩 하나씩 거짓말처럼 기억이 되살아나는 거야. 집 앞에 있는 큰 은행나무 두 그루도 그렇고……."

"그 집이 그대로 있단 말이야?"

"아냐. 그렇지는 않은 것 같아. 그 집은 골목을 들어가야 있었지. 그런데 이 집은 앞의 작은 집들을 다 헐고 큰길에서 바라보이게 개조를 했어. 그래서 퇴근하는 길에 이리로 다시 와봤어. 언니가 대학생일 때 나는 초등학생이었잖아. 그래서 내 기억이 혹시 잘못되었나 해서……."

"지금 혼자 있는 거니?"

영주는 전화기를 움켜쥐었다.

"응. 지금 오지 않을래?"

"그래. 지금 갈게."

전화기를 내려놓고 가벼운 코트를 걸치면서 영주에게 만 가지 감정이 교차했다. 가재도구들이 거의 다 차압을 당한 후 얼마 되지 않는 짐들을 작은 트럭에 싣고 삼십여 년 전 떠났던 그 집을 다시 방문하러 간다는 생각은 마음 한구석을 아프게 했다. 가슴이 하도 떨려 차를 운전할 기분이 들지 않아 택시를 잡았다. 택시 안에서 영주의 기억은 트럭을 타고 그 집을 떠나던 추운 겨울철로 되돌아가 있었다.

황해도 사리원이 고향인 아버지는 성장하면서 할아버지가 하는 일에 별로 관심을 보이지 않았다고 했다. 아버지는 개성과 서울을 드나들며 자동차와 기계에 매료되었다. 원래 새로운 것을 좋아하고 기계에 대한 관심과 재능이 남달랐다는 아버지가 신문명의 첨단인 자동차에 정신을 잃은 건 어찌 보면 당연한 일이었다. 그는 생애를 통해 자동차에 관심을 두었고 해방 후 자동차 무역 분야에서 나름대로 성공을 거두었다.

부산 피난 시절, 부르는 것이 값이던 자동차 사업으로 큰돈을 마련한 아버지는 서울로 환도하자마자 마음에 드는 집을 찾아 나섰다. 그러고는 경복궁 앞 사간동에 정원이 넓고 유서가 깊다는 큰 한옥을 상당한 돈을 주고 매입했다.

아버지는 그 집이 첫눈에 마음에 들어 비싼 가격도 마다하지 않았던 건 정원이 사리원 집 넓은 마당과 너무 흡사해서였다고 했다. 돌아갈 수 없는 고향을 향하는 실향민의 비애인지도 몰랐다.

그 집에서 차일을 치고 할아버지의 칠순 잔치가 열렸다. 큰 부엌에서도 감당 못 할 정도로 일감이 넘쳐나 온 마당에 임시 화덕을 놓고 무쇠솥 뚜껑 여러 개를 뒤집어놓고 장작불을 지폈다. 갈비찜에 빈대떡이며 배추김치에 소고기와 대파, 버섯, 고사리를 꿰어놓은 산적이며 온갖 전유어를 마련해내는 친척 아주머니들의 부침개질과 음식 마련을 어머니는 익숙한 솜씨로 감독했다.

젊었을 때부터 훤한 용모에 아낌없이 돈을 풀어 쓰던 할아버지는 걸핏하면 여자 문제를 일으켰다고 했다. 가까운 곳에 새 여자를 두고 드나든다는 풍문 때문에 화병이 난 할머니는 심장마비로 갑작스럽게 세상을 떠났다. 할머니가 세상을 떠나고 무거운 수심이 집안을 내리누른 지 석 달도 되지 않아 눈매와 태깔이 고운 여자가 문 안으로 들어섰다고 했다.

아버지의 격노는 상상을 넘었다. 할아버지의 입장을 보아서 참는 기색을 보이던 그는 보름이 지나 할아버지가 출타한 후 안방으로 달려들었다. 여자는 문을 열고 들어오는 아버지의 굳은 얼굴을 보고 이제 끝장이 오는구나 하는 예감을 했다. 아버지는 들어서면서 소리 내어 미닫이문을 닫았다. 어머니는 문 밖에서 벌벌 떨고만 있었다고 했다.

"앉으시지요."

일어선 채로 두 손을 잡았다 놓았다 하면서 어쩔 줄 모르는 여자에게 던지는 아버지의 말은 정중했다. 엉겁결에 무릎을 꿇고 앉는 그녀에게 아버지는 예절 바르게 다시 말했다.

"편히 앉으십시오."

한 무릎을 세우며 다시 앉는 여자 앞에서 아버지는 품 안에 숨겼던 식칼을 꺼내 방바닥에 콱 꽂았다. 누르는 힘을 이기지 못해 식칼은 부르르 떨며 그 자리에 멈추어 섰다. 여자의 얼굴에 핏기가 가셨다.

"어머니가 돌아가신 원인이 된 사람이 이 집에 자리 잡고 있는 걸 더는 참을 수 없습니다. 이렇게 된 이상 댁이나 나나 한 사람은 없어져야 할 것 같습니다. 누가 없어지는 게 좋겠습니까?"

또렷이 뜬 아버지의 눈을 바라보며 여자는 이를 떠느라고 말을 잇지 못했다.

"아이구, 그야 내가, 나가야지……. 그렇지만……."

"사흘 여유를 드리겠습니다."

아버지는 방을 나갔다.

거래하는 대처 상인들과 만나 거나하게 술을 걸치고 밤에 들어온 할아버지를 맞은 여자는 목을 놓아 울었다. 할아버지의 만류도 여자를 잡지 못했다. 온갖 세상 풍파와 여러 남자를 겪어본 그 여자는 알 수 있었다. 아버지의 말은 단순한 협박이 아니었다. 조용한 살기는 허풍 섞인 큰소리보다 더 무서운 것이었다. 아버지가 그 여자를 식칼을 들고 쫓아 보낸 이야기를 할 때마다 어머니는 고개를 절레절레 흔들었다.

"아버지가 양심이니 정의감이니 따질 때 보면 그 성질이 보통이 아니란다. 나나 하니까 견디지 웬만큼 마음 약한 여자를 얻었다가는 제물에 나가떨어졌을 거다."

하기야 가족사를 관통한 여러 번의 무서운 풍파들을 꺾이지 않고 헤쳐나갔던 기세를 보면 어머니의 성정도 강하기는 한 것 같았다.

아버지는 현실적인 아들들보다 몽상적인 영주에게 각별한 애착을 보였다. 영주가 어릴 때부터 사준 책들은 대부분 나이에 맞지도 않는 심각한 책들이었다. 그 영향 때문이었는지 영주는 성장하면서 점점 말이 없어지고 학교에 다녀오면 집 밖으로 나가려고 들지 않았다. 오로지 책에만 파묻혀 지내는 영주에 대해 어머니나 오빠들은 걱정을 하기도 했지만 아버지는 염려하지 않았다.

사춘기를 넘는 고비에 영주는 멀리 바닷가에 가서 혼자 살고 싶다고 가출을 하기도 했고 힘들게 들어간 대학이 마음에 들지 않는다고 불쑥 휴학계도 내지 않고 그만두어버리기도 했다. 겉으로 보기에 온순해 보이는 딸이었지만 말하자면 몇 번 대형 사고를 낸 셈이었다.

집이 경매에 넘어가고 가족들이 흩어질 때 영주가 산골의 학교에 일하러 가겠다고 이야기했을 때 아버지는 처음에 묵묵부답이다가 무겁게 입을 열었다.

"가서 마음도 쉬고 책도 많이 읽어라. 그저 인생에 그런 시기도 필요하다고 생각해라."

산골로 떠나던 날 아버지도 영주도 울지 않았다. 어머니와 어린 여동생이 오히려 눈물 바람을 했다. 대학을 갓 졸업한 딸을 차도 다니지 않는다는 산골로 보내던 날 밤 아버지는 혼자 많이 우셨다고 여동생은 편지에 썼다. 아끼던 집도 자식도 알 수 없는 혼미함 속으로 다 떠나간다는 회한 때문이었을까.

그 집에 얽힌 수많은 기억들 중에서도 몇몇 일들은 거의 사진으로 찍어놓은 듯 기억 속에 선명하게 박혀 있다. 반공포로 친척 아저씨가 몇 년씩 살다 나가기도 하고 가난한 친척집 아들들이 몇 달씩 터전을 잡고 있기도 했다. 시골에서 살기가 어려울 때라 시골 처녀 두세 명이 집에서 상주하며 식구들과 손님들을 보살폈다.

조기 철이 오면 알이 밴 황금빛 조기들을 몇백 마리가 넘도록 궤짝으로 사들여 말리고, 김장철이면 거의 천 포기에 가까운 김장을 해서 마당에 묻기도 했다. 번잡스럽고 시끄러운 집안의 대소사들이 당시에는 지겹기도 했지만 그 모든 일들이 이제는 다 그리움의 흔적으로 남아 있었다.

라일락 향기가 공기 속에 스며드는 계절이 되면 꽃나무 아래 놓인 등의자에 앉아 아버지와 이야기를 나누던 기억이 아련했다. 모던 보이라는 호칭을 젊어서 들었을 정도로 생각이 앞서 있었던 아버지는 기계뿐이 아니라 영화며 음악이며, 사진, 문학에 관심이 많았다.

아버지는 장편소설을 쓴 적도 있었다. 그 시대다운 테마였다. 국군장교와 인민군 간호장교의 사랑 이야기였다. 그런 진부한 이야기를 아무도 읽지 않을 거라고 직선적으로 말해서 아버지를 낙담시킨 데 대해 영주는 나중에야 미안한 느낌이 들었다. 글을 쓰기 시작하면서 공들여 쓴 글에 대한 비판이 가슴을 주저앉게 하는 경험을 여러 번 해보았기 때문이었다. 헤밍웨이의 《무기여 잘 있거라》를 표절해서 그대로 써놓은 소설 같다고 일침을 가하는 딸에게 아버지는 그저 허허 웃기만 했다. 그 소설은 다락 어딘가에 굴러다니다가 그 집을 떠날 때 없어진 것 같았다.

〈하이 눈〉의 게리 쿠퍼나 〈워터프론트〉의 마론 브랜도, 〈역마차〉의 존 웨인 같은 배우들은 아버지의 우상이었다. 언젠가 여자들은 하나도 나오지 않고 진짜 사나이들만 나오는 멋진 영화를 한 편 감독해보고 싶다는 게 아버지의 꿈이었다. 그러고 보면 애당초 아버지는 사업에 맞지 않는 비현실적 로맨티스트였는지도 몰랐다.

나중에 아버지는 사간동 집 이야기가 나오기만 하면 쓸데없는 소리들 꺼내지 말라고 지나칠 정도로 역정을 내었다. 그래서 아버지가 없을 때만 형제들끼리 가끔 그 집의 이야기를 나누었다. 절이 되었더라는 이야기도 있고 재벌이 그 집을 별장으로 샀다는 이야기도 있고 요릿집이 되었다는 이야기도 있다는 풍문을 전하면서 그 집에 얽힌 추억들을 주고받고는 했다. 합의나 한 듯이 아무도 그 집에 가서 사실을 확인하려고 하지는 않았다.

아이들을 기르면서 여러 번 집을 옮겨 다녔지만 영주에게 집이라고 하면 떠오르는 원형은 이십 년간의 추억으로 그득한 사간동 집뿐이었다. 겨울철이면 불빛이 환한 집에서 식구들이 모여 냉면을 시켜 먹고, 이북식 순대를 만들어 먹고, 만두를 빚어 마당에 놓은 큰 상 위에 나란히 놓아두어 얼리던 기억들도 생생했다.

아버지의 칠순 잔치는 할아버지 칠순 때 꿈꾸었던 것처럼 사간동 집에서 열리지는 못했지만 큰 회관에서 성대하게 열렸다. 그 무렵 아버지는 부쩍 더 노인처럼 보이고 거동에도 활기가 사라져 혼자 걷기도 힘들어했다. 그런대로 어머니와 나란히 앉아 자식들의 잔을 받으며 아버지는 흐뭇한 표정이었다. 잔치가 끝나갈 무렵 영주의 부축을 받고 화장실에 다녀오던 아버지는 너하고 꼭 할 이야기가 있다고 어눌하게 운을 떼었다.

"무슨 이야기인데요? 지금요?"

"아니야. 지금 말고……. 언젠가 그 이야기를 네가 글로 남겨주기 바란다."

"글은 무슨, 그런데 무슨 이야기인데요?"

영주의 질문에 아버지는 고개를 저었다.

"간단한 이야기가 아니야. 내가 왜 그 사간동 집 이야기를 그렇게 듣고 싶어 하지 않았는지 너 모르지?"

"하도 애지중지 가꾸신 집이라 그러셨지요."

"그것뿐만이 아니야. 내가 아무에게도 하지 못한 이야기가 있어. 그 이야기를 언젠가 너한테 꼭……."

영주는 그 말을 별로 대수롭지 않게 들었다. 아마 사업에 실패해서 식구들에게 어려운 일을 겪게 한 일이 미안하다는 이야기려니만 여겼다.

칠순 잔치가 끝나고 얼마 지나지 않아 아버지는 갑자기 쓰러졌다. 응급실에 옮겨 응급조치를 한 다음 의식을 되찾기는 했지만 여러 가지 검사 끝에 뇌수술을 해야만 한다는 의사의 통고를 받았다. 뇌의 한쪽에 혈액순환이 잘 안 되고 있어 너무 위험부담이 크기 때문에 서둘러 수술할 수밖에 없다는 것이었다.

수술 이틀 전 아버지는 영주만 밤에 좀 남아 있으라고 당부했다. 병원에서 일해본 경험이 있는 영주를 믿는 거려니 하고 다른 식구들은 집으로 돌아갔다. 병원에서 나오는 저녁식사를 마친 후 침대 머리 부분을 올려 편하게 침대에 기대앉은 자세가 된 아버지는 정색을 하고 말문을 열었다.

"내가 너한테 용서를 빌 일이 있다."

"아버지. 무슨 그런 말씀을……. 그럴 일이 뭐가 있으세요."

영주는 두 손으로 아버지의 오른쪽 손을 가만히 잡았다. 아버지는 한동안 침묵하고 있다가 말을 꺼냈다.

"그 사간동 집에 관해 너한테 꼭 들려줄 이야기가 있어."

자존심 강한 아버지는 경매가 들어오기 전에 한 번만 더 고향 친구인 김 사장에게 가서 사정해보라는 어머니의 말을 무시했다. 생명의 은인이나 다름없는 아버지를 그렇게 대할 수가 있느냐고 어머니가 다그치기도 했지만 아버지는 버럭 화를 내며 다시는 더 그런 이야기를 하지 말라고 소리쳤다.

경매에 밀려 집을 떠나기 몇 달 전 천지를 뒤흔들 듯 폭우가 쏟아지는 오전에 급한 전화를 받고 불려 나갔던 아버지는 이삼 일 동안 집에 돌아오지 못했다. 어렴풋이 어머니와 전화하는 내용을 듣고 짐작해보기에 김 사장의 아들이 큰 교통사고를 냈다는 것 같았다.

사흘 후 돌아온 아버지는 그 일에 대해 입을 열지 않았다. 아버지 친구 중에 경찰청에 근무하는 높은 사람이 있어서 어떤 형태로 그 일은 무마가 되었던 것 같았다. 소위 빽이라는 것이 있으면 그런 일들이 얼마든지 가능했던 시기였다.

비 오는 날 새벽녘에 논에 물고랑을 트러 나왔던 아버지와 소년이 리어카를 끌고 가다가 워커힐을 향해 과속으로 질주하던 차에 치였다. 리어카는 길 곁 진흙 밭에 처박히고 두 사람은 공중으로 떠서 길가 풀숲에 떨어졌다. 심한 충격을 받아 진흙길 쪽으로 기우뚱 밀렸던 차는 잠깐 그 반동으로 멈추었다가 그대로 속도를 높이고 달려가 버렸다. 비 내리는 새벽녘, 캄캄한 주위에서 이 일을 바라본 사람은 없었다.

그 차에는 김 사장의 아들과 여자가 타고 있었다. 호텔에 투숙했던 두 사람은 날이 밝은 후 차를 추적해서 따라온 형사들에게 붙잡혔다. 진흙에 박혔던 차의 타이어 자국이 그 당시 우리나라에 몇 대 없었던 외제 차바퀴의 패턴을 드러내고 있었기 때문이었다. 당시 한적했던 그 시골길을 따라서 유일하게 갈 수 있는 유일한 곳인 워커힐이 첫 번째 수색 대상이 되었다. 주차해놓은 차들 중에 바퀴에 진흙이 잔뜩 묻어 있는 차는 금세 형사들의 눈에 띄었다.

농사꾼 아버지는 그 자리에서 숨지고 소년은 살아 있었다고 했다.

아버지는 소년의 이야기를 더듬더듬 했다. 의식이 말짱하고 다친 곳도 없어 보이던 눈이 맑은 소년은 자기는 아픈 곳이 없는데 아버지가 어떻게 되었는지 모르겠다고 걱정했다. 너희 아버지는 무사하시지만 잠들어 계시기 때문에 나중에 볼 수 있다고 말했다는 아버지는 말을 잇지 못했다. 뇌의 출혈을 잡지 못했던 소년은 그날 오후 숨졌다. 아버지는 눈이 붓도록 울었다.

"그 눈빛이 나를 따라다녀."

아버지는 침통하게 말했다.

"발견되었을 때는 벌써 몇 시간이 지나서……. 사고가 나고 즉시 병원에 데리고 갔더라면 아들은 살릴 수도 있었을 텐데……."

그 당시에도 무언가 이상한 생각이 들기는 했었다. 그러나 무슨 일이 일어나서 어떻게 무마가 되었는지에 대해 확실한 것은 알 수 없었다. 아버지도 이야기하지 않았고 영주도 묻지 않았다. 실제로 일어났던 일의 진상을 들으면서 영주는 목소리가 떨려 나왔다.

"그렇다면 아버지, 엄밀하게 말해서 그 사람은 살인자 아니에요?"

"……."

"그 사람이 무사해지도록 그렇게 동분서주하신 거예요?"

"그 사람이 처벌받는다고 죽은 사람이 살아 돌아오는 것은 아니라고 생각했다."

"그런 이야기가 어디 있어요. 그런 사람은 처벌을 받아야 해요. 여자하고 놀러 가는 길이었다면서요. 정신 나가게 술에 취해 있었다면서요. 살아보려고 밤중에 길을 나선 아버지하고 아이를 차로 치고 그대로 호텔로 갔다면서요."

"너무 주위가 어두웠고 그 사람들도 차가 다니는 차도로 그냥 지나가고 있었기 때문에……."

영주는 본 적도 없는 남자에 대한 분노가 치밀어 오르는 것을 지그시 눌렀다. 그럴 이유가 없다고 생각해서였다.

"아버지. 이제 와서 제가 몰라도 좋은 이런 이야기를 하시는 이유가 뭐예요?"

아버지는 금세 대답하지 않았다.

"나는 죽기 전에 그 이야기를 너한테는 하고 싶었어. 아무것도 모르는 순박한 사람들을 돈으로 회유해서 뺑소니가 아닌 단순 교통사고로 처리해버린 그 일이 그렇게 마음에 무거웠다. 그뿐만 아니라……."

한참 말문을 닫았던 아버지가 천천히 입을 열었다.

"그 집에서 아들과 네 혼담을 추진시켜보지 않겠냐는 권유를 받고는 내심 지푸라기라도 붙잡듯이 그렇게 되기를 바라는 마음이 있었어. 말이 되는 이야기냐. 너를 그렇게 잘 아는 내가……. 그런 집에서 꺼내는 이야기를 뿌리치지 않고 너한테 의중을 물어보기까지 했으니까."

그러고 보니 언젠가 그 뒤숭숭한 와중에 한번 선을 보고 싶은 마음은 없냐고 아버지가 말한 적이 있었다. 어떤 집이라는 이야기는 물론 없었지만 그런 일을 강요하면 집을 나가 따로 살겠다고 딱 부러지게 이야기하는 영주를 보며 아버지가 오히려 안도하는 모습으로 더 말을 꺼내지 않았던 기억이 났다.

영주는 마음을 추스르기 위해 한동안 침묵을 지켰다. 어쨌든 수

술을 앞둔 아버지를 생각하면 흥분해서는 안 될 일이라고 생각했다. 영주는 조용한 어조로 입을 열었다.

"아버지. 이제 다 지나간 일이에요. 뭐. 그런 상황에서 달리 어떻게 하셨겠어요."

"내가 마음에 걸리는 건……. 이번 일만 도와주면 사간동 집은 지켜주겠다는 언질을 받았었거든. 그리고 이어서 네 이야기도……. 내가 집에 대한 애착이 너무 커서 너한테도 마음의 죄를 너무 많이 지었구나. 옳은 일이 아니었는데……. 비겁하게, 그렇게 살고 싶어 하던 아이의 눈빛이 문득문득 떠오르면서도……."

아버지가 그 집 이야기를 하고 싶어 하지 않는 이유를 집에 대한 마음 아픈 기억 때문이리라고 생각했던 영주였다. 그런 일들이 배후에 있었다는 것은 금시초문이었다.

"아버지. 큰 수술을 앞두셨잖아요. 그런저런 일들은 그만 잊으세요. 그 정도의 타협이나 죄를 짓지 않고 살아가는 사람들은 드물 거예요."

한동안 병실에 침묵이 흘렀다.

"저야말로 용서를 빌어야 할 부분이 많아요. 사춘기 때는 가출을 하고 대학에 들어가서는 멋대로 학교를 그만둬버리고……."

"그런 일들은 아무것도 아니야. 나는 내가 이루지 못한 꿈을 너한테서 이루고 싶었다. 그렇게 어려운 책들을 네가 읽는 게 얼마나 대견했는데……."

영주는 아버지를 달래듯 웃음기를 머금고 말했다.

"아버지. 우리가 지금 몇십 년에 걸쳐서 할 이야기를 하룻밤에 다

몰아서 하고 있는 거 아세요?"

아버지는 웃지 않았다.

"어쩐지 수술 받으면 깨어나지 못할 것만 같아서 그래. 하고 싶던 이야기를 해서 이제 마음이 편하다."

"겨우 그런 이야기를 하지 못해 그렇게 괴로워하셨어요? 저는 어디 감춰둔 유산이 있다거나 사간동 집을 다시 살 돈이 인왕산 바위 밑에 있다거나, 그런 이야기를 하실 줄 알았는데……."

"농담으로 넘길 이야기가 아니라는 걸 너도 잘 알고 있지 않니?"

아버지의 얼굴빛은 침통했다.

"아버지. 수술해서 다 나으시면 우리 같이 그 사간동 집에 가요. 그 집 뜰이나 대청마루에 한나절 앉아 놀면서 엉킨 감정을 다 풀고 나오도록 해요."

"그 집이 지금 요릿집이 되어 있다는 게 사실이냐?"

"그렇다면야 더 좋지요. 돈을 뿌리면서 그 집에 가서 한번 큰 상을 받고 살풀이를 하자고요."

"그래, 그러자꾸나."

아버지는 어느새 마음이 편안해진 모양이었다. 이제 너한테 이야기를 하고 나니까 마음이 가벼워져 편하게 잠이 올 것 같다는 이야기를 두세 번 되풀이하다가 아버지는 잠이 들었다.

병상 곁의 보조의자에 누워 영주는 잠들지 못했다. 사고를 냈던 당사자도 아버지처럼 마음속에 회한을 지니고 속죄하는 마음으로 살아가고 있을까. 아니면 다 잊어버리고 기억조차 하지 못하면서 살아가고 있을까. 하기야 인류의 대부분이 조용히 절망의 삶을 살아가고 있다는 헨리 소로의 말이 사람들에게 가장 맞는 이야기인지도 몰랐다.

 다른 사람 같으면 작은 부분일 수도 있는 일을 그토록 크게 기억하는 아버지. 고달픈 칠십여 년의 삶이 아버지에게 준 것은 대체 무엇일까. 가슴속에 칼날처럼 회한을 새겨놓는 것들이 상상도 못했던 일일 수 있다는 사실이 새삼 놀라웠다.

 이틀 후 뇌수술을 받은 아버지는 다시 깨어나지 못했다.

 영주는 세로로 반만 창호지를 바른 정갈한 유리문 밖을 내다보았다. 그래, 저만치에 커다란 라일락꽃 나무 두 그루가 서 있었지. 그 아래 등의자가 있었고, 그리고 저기 저 뒤쪽에 운치 있게 쌓아 올린 돌 틈 사이로 무리지어 철쭉꽃들이……. 큰 은행나무 두 그루 이외에 다른 나무를 심지 않아 단아한 느낌을 주는 뜰을 내다보며 영주는 기억을 더듬어 나무들을 불러내어 이 자리, 저 자리에 다시 배치해보았다. 기뻐하고 괴로워하던 모든 추억들이 소리를 낼 듯 한꺼번에 몰려들었다.

 "무슨 생각에 그렇게 골똘해? 주문할 생각은 하지도 않고……."
 메뉴를 보고 있던 동생이 불쑥 말했다.
 "응, 아버지 생각이 나서. 살아 계시면 이 집에 와보시면 좋을 텐데……."
 "이제 언니도 한 노인네가 다 되어가네. 멋진 집에 와서 맛있는 음식을 보고 서러운 생각부터 떠올리는 게……."
 영주는 동생의 농담에 대꾸하지 않고 테이블이며 의자들을 품위 있고 우아하게 배치한 실내를 새삼 둘러보았다. 아버지가 인생의 양심과 원칙까지 꺾어가면서 지켜보려고 애썼던 집에서 동생과 마주 앉아 있는 기분은 미묘했다. 그렇게 오랜 세월이 지난 후에, 외부만 그대로 있고 내부는 완전히 바뀌어버린 장소에…….

"정말 산다는 게 무얼까."

영주는 혼잣말처럼 뇌었다. 동생이 대꾸했다.

"어떤 포도주를 선택하느냐 하는 것과 비슷하다고 볼 수 있지."

단정하게 차려입은 젊은 웨이터가 다가왔다. 동생에게서 세세한 음식 주문을 받은 후 그는 영주에게 예의 바르게 물었다.

"와인은 어떤 것으로 하시겠습니까?"

"내가 와인을 잘 몰라서…… 주문한 음식하고 맞는 와인을 추천해주실래요?"

"언니. 술 안 마시잖아?"

동생이 조금 놀란 어조로 말했다.

"아버지 대신 마실 거야. 오늘은……."

웨이터가 추천해주는 와인 중에서 동생이 한 병을 주문했다. 음식이 오기를 기다리는 동안 동생이 말했다.

"여기 얼마나 비싼 곳인지 알아?"

"아닌 게 아니라 메뉴를 보니까 대단하네."

"와인 바 이름도 얼마나 명품스러운지, 뭔가 옛날 양반집 도서관 이름 같지 않아?"

"이 집이 무엇이 되었든 간에 함께 와서 한나절을 지내자고 수술 전날 아버지하고 약속했었는데……."

"이십 년 전에?"

"그래. 이십 년 전이네. 벌써……."

영주는 포도주 병이 담긴 바구니와 목이 긴 크리스털 와인 잔 두 개를 내려놓은 웨이터에게 청했다.

"와인 잔 하나만 더 가져다주시겠어요?"

"아, 누구 한 분이 더 오십니까?"

영주는 잠시 가만히 있다가 고개를 끄덕였다.

"네. 말하자면……."

영주는 동생 잔에 와인을 따르고 웨이터가 새로 가져온 잔에도 와인을 따랐다. 동생이 병을 받아 들고 영주의 잔에 와인을 따랐다.

"아버지. 한잔 드세요. 잘 계시지요?"

영주가 옆에 앉은 사람에게 말하듯 소리 내어 말하자 동생이 웃음 섞어 말했다.

"정말 가지가지 하시네. 그래 잘 계시대?"

"그렇다고 하시는데? 인생이 와인 고르는 거하고 비슷하다고 하셔."

웃으려고 했지만 눈물이 고여 올라 영주는 얼굴을 창 쪽으로 돌렸다.

아주 오래전, 두꺼운 스웨터를 입고 영주를 기다리던 어린 동생의 모습 뒤로 아버지의 모습이 저쪽 대나무를 심어놓은 길모퉁이에 언뜻 보이는 듯했다.

자살연구

자살 연구

그날 아침은 몹시 추웠다. 텔레비전 뉴스는 올해 들어 가장 추운 날씨라고 한파에 주의할 것을 당부하고 있었다. 나는 무거워서 잘 입지 않던 두껍고 긴 모직 코트를 아내가 권하는 대로 입고 집을 나섰다. 세 살배기 아들은 잘 다녀오라고 뽀뽀를 해주었다.

저녁 때, 게임 프로그램 때문에 전달할 자료가 있어서 영규의 오피스텔에 들르게 되었다. 아직 미혼이지만 부모로부터 독립해 오피스텔에서 살면서 작업하고 있는 그는 자기 분야에서 상당한 평가를 받고 있었다.

영규가 컴퓨터를 켤 때 바탕화면을 보게 된 것은 우연한 일이었다. 전문 게임 프로그래머답게 다양한 사람들을 화면에 균형 있게 배치해놓은 것이 흥미를 끌었다. 클레오파트라, 히틀러, 반 고흐, 헤밍웨이, 마릴린 먼로, 미시마 유키오가 한자리에 모여 담소라도 나누고 있는 것처럼 보이는 화면이었다.

"이거 아주 재미있는 화면이네."

내가 화면 쪽으로 몸을 기울이자 영규가 무덤덤하게 말했다.

"너한테는 재미있냐?"

"가만있어 봐. 그런데 이건 연관성이 전혀 없는 사람들 아냐. 여왕, 독재자, 화가, 작가, 배우······. 흠, 대체 뭐야. 바탕화면에 이런 그림들을 늘어놓은 이유가?"

"너 진짜 이 사람들의 공통점을 모르겠냐?"

한참 화면을 들여다보던 나는 고개를 저었다.

"글쎄, 역사적으로 알려진 유명한 사람들?"

"뭘로 알려졌는지 안 보이냐?"

"미모, 독재, 재능, 부귀······. 그런 것들?"

컴퓨터 의자에 앉아 나를 올려다보는 영규와 내 시선이 마주쳤다. 그의 시선이 짧은 순간 어두운 느낌을 주었다.

"그게 아니야. 전부 다 자살한 사람들 아니냐."

나는 섬뜩해져서 바탕화면을 다시 보았다. 그러고 보니 전부 다 자살로 생애를 마감한 것으로 알려진 사람들이었다. 영규는 내 안색이 변하는 것을 쳐다보다가 실쭉 웃었다.

"너 인류 역사상 처음으로 그만 살고 싶다고 생각했던 사람이 누구였는지 추측해본 적 있냐? 원시인들 중에도 그런 사람이 있었을까? 하기야 수렵에 실패하면 어차피 죽게 되어 있으니까 수렵 실패 끝에 낙담하여 자살, 이런 기사는 당시에 신문이 있다고 하더라도 뜨지 않았겠지."

평소에 하지 않던 괴상한 이야기를 늘어놓는 영규가 의아스러웠다.

"너 사이코냐? 바탕화면에 이런 걸 띄워두면 컴퓨터를 켤 때마다 이 사람들을 보게 되는데 그게 좋으냐?"

"사이코라니, 인마. 자살 연구가라든가, 자살 전문가라든가 좀 그 럴듯한 이름으로 불러주면 안 되겠니?"

대학 시절부터 친했지만 괴짜 같은 행동을 많이 하던 영규라 나는 별생각 없이 그의 어깨를 툭 쳤다.

"그래, 연구해서 뭘 어쩌자는 건데?"

"생각해봐. 아무튼 역사상 첫 번째 자살이 있었을 거 아냐. 그 후에 다른 사람들이 그 행위를 되풀이하게 되었을 거 아니냐구. 나는 인류 역사상 첫 번째 자살자를 추적해내려는 노력을 하고 있는 거야. 그 원인이 무엇이었을까 하는 것도……."

"그래서?"

"그 사람을 위해서 추도시라도 한 편 지으려고 그런다. 왜. 이제 됐냐?"

영규는 논쟁이 더 길어지는 것을 원하지 않는 듯 게임 프로그램을 열었다. 바탕화면의 사람들이 사라지자 나는 컴퓨터 곁에 있는 작은 소파에 앉았다. 영규가 냉장고에서 찬 오렌지 주스 병을 꺼내 컵에 따라주었다. 그렇지 않아도 갈증이 났던 터라 주스를 달게 마시고는 한마디 했다.

"참 인생에 도움이 안 되는 녀석이로군. 그렇게 저런 인간들에게 몰두할 거면 너부터 저 대열에 합류해보지 그러냐. 어차피 장가도 못 간 노총각이 죽는다고 애통할 가족이 있는 것도 아니고."

영규는 그렇지 않아도 좀 쉬려던 참인데 내가 간 다음에 작업을 시작해야겠다고 하며 맞은편 소파에 와 앉았다. 오피스텔은 제법 넓고 쾌적했다. 가구들의 배치도 균형 잡혀 있어 이런 자유를 누리는 그가 부럽기도 했다.

"난 말이야. 이상적인 결혼은 아내와 합의가 되면 함께 죽을 수도 있는 혼연일체의 사이여야 한다고 생각해."

그는 테이블 위에 놓인 담뱃갑을 집어 들며 말했다.

"애들은 어떡하구? 바로 너처럼 생각하는 놈들이 혼연일체니 뭐니 하면서 애까지 끌고 동반 자살하는 거 아니냐."

내가 언성을 높이자 그는 별 관심 없다는 듯이 말했다.

"애들은 안 되지."

"그러면 너하고 아내하고 둘이 합의만 되면 애들은 놔두고 그냥 함께 죽는다 그거냐?"

그는 잠자코 담뱃갑에서 담배를 한 개비 꺼낸 다음 나한테 담배를 권하는 제스처를 취했다. 내가 질색을 하고 두 손을 흔들자 잠자코 불을 붙여 입에 문 다음 농담처럼 말을 던졌다. 결혼하고 담배를 끊은 나를 지조 없는 놈이라고 놀리던 그였다

"이거 해. 저건 하지 마. 이러고 끊임없이 잔소리를 해대는 여자하고 어떻게 매일 함께 사냐. 그러니까 내가 장가를 안 가는 거 아니냐. 언제든지 부담 없이 내 손으로 인생을 끝낼 수 있다는 이 엄청난 자유. 그 절대 자유를 생각하면 난 정말 세상의 어떤 고난이든지 다 견딜 수 있을 것 같아. 작은 일에 찌질이처럼 괴로워하지 않고 말이야."

자유로운 삶을 자랑하는 것 같은 그의 어조에 나는 그만 부아가 치밀어 올랐다.

"알겠다. 그러니까 넌 열심히 살고 있는 다른 사람들이 다 찌질이처럼 보인다 이거냐? 너 같은 놈은 사이코란 말도 과남하다. 그냥 곱

게 미친놈이지."

그는 가시가 박혀 있는 내 말에 화도 내지 않고 심드렁하게 말했다.

"그렇지만 너도 잘 생각해봐. 우리가 그렇게 사는데 목을 매고 괴로워하면서 살아갈 이유가 이 세상에 실제로 있는지 말이야."

"자살하면 사랑하는 사람들에게 얼마나 큰 고통을 주게 되는지 알기나 하냐? 자칭 자살 연구가라는 놈이 그걸 모르지는 않겠지."

아내 얼굴과 한창 재롱을 떠는 세 살배기 아들 얼굴이 눈앞을 스치고 지나갔다.

"그러니까 내 행동 때문에 고통을 받는 사람들을 안 만들려고 결혼도 안 하고 있는 거 아니냐."

담배 연기에 살짝 얼굴을 찡그린 그의 얼굴은 무슨 대단한 학문을 연구하는 사람처럼 진지하기까지 했다. 가끔 우수에 젖어 보이는 그의 얼굴은 내가 봐도 꽤 괜찮은 매력이 있었다. 대학 다닐 때 여자들이 그에게 접근한 적도 많았지만 그는 의외로 깊이 마음을 주는 법 없이 냉담했다.

"결혼이야 그렇다 치더라도 부모님이 계시잖냐. 가족도 있고 친구들도 있잖아. 예를 들면 네가 자살하면 내가 좋을 것 같으냐?"

내뿜은 담배 연기가 허공을 사라지는 모습을 바라보고 있던 그가 불쑥 말했다.

"그럼 너 내가 죽으면 따라 죽을 수 있냐?"

나는 어이가 없어 혀를 찼다.

"그래, 네 알량한 사랑은 상대방이 죽으면 그냥 따라 죽는 거냐?"

"정말 사랑한다면 그래야 하는 거 아닐까?"

나는 쓴웃음을 지었다.

"이거 정말 미친놈이네. 세상이 두 쪽이 나도 네놈이 죽는다고 나는 따라 죽지 않는다. 알겠냐?"

그는 표정이 심각해지더니 담배를 재떨이에 비벼 껐다.

"그러니까 말이야. 제일 친한 친구라고 하는 너도 내가 살았거나 죽었거나 관계없이 살아갈 수 있다는 거 아니냐."

어쩐지 말이 되는 것도 같은 이 말에 적당한 답을 찾지 못한 나는 불쑥 엉뚱한 소리를 했다.

"나는 결혼도 하고 애도 있잖아."

"그럼 네 아내나 애는 네가 죽으면 따라 죽을까?"

나는 그만 성질이 버럭 치밀어 올라 냅다 소리를 질렀다.

"그만 둬. 네 이야기를 듣고 있으니까 나까지 돌아버리겠다."

"너도 그렇지만 말이야. 사람들은 자살에 대해 엄청나게 많은 것들을 알고 있다고 스스로 믿고 있거든. 뭐, 실연이라든가 경제적 어려움, 직업에서 오는 고통, 육체적인 장애, 치욕감을 주는 상황, 알코올 중독이나 약물 남용처럼 자살하는 이유야 수도 없이 많겠지. 이제 사람들은 어떤 사람들이 자살을 하는지, 위험한 연령대는 언제인지, 사회적 배경은 어떤지, 남자가 더 많은지, 여자가 더 많은지, 자살은 주로 어떻게 어디서 언제 이루어지는지, 자살의 방법이나 그 장소와 시간, 심지어 계절에 대해서도 통계를 통해 잘 알고 있어."

쏟아져 나오는 그의 장광설을 들으면서 나는 그만 입이 딱 벌어졌다.

"야, 너 정말 자살 연구가같이 말하는구나."

그는 담배 한 개비에 새로 불을 붙여 물었다.

"그런데 문제는 말이야. 진짜로 그 사람이 왜 자살을 하는지에 관해서는 누구도 확실히 모른다는 점이야. 그 심리적인 상태나, 이루 말할 수 없이 복잡한 수많은 동기, 미묘한 생물학적 차이점들에 관해 정확하게 말하기는 불가능하거든. 같은 일을 겪어도 사람들에게 미치는 영향력이 다 다르기 때문이야. 그래서 자살에 관해 수많은 사람들이 정확하게 설명해보려고 오랜 세월에 걸쳐 노력해왔지."

한때 죽이 맞아 골초였던 나는 속이 답답해져서 한 대 피워 물고 싶어졌다. 담배 연기가 내 핏속에 도사리고 있는 자유의 열기를 자극하는 것만 같았다.

"그래 이제 너는 그 답을 대강 알아낸 것 같으냐?"

"제일 큰 문제는 말이야. 죽은 자는 진술하지 못한다는 거지. 살아 있는 사람들은 온갖 추측을 다하지만 죽기로 결심한 사람이 마지막 순간에 무슨 생각을 하고 어떤 느낌을 지니고 있었는지는 영원히 미지의 세계로 들어가버리는 거야. 그래서 말이야. 의심이 가는 시체를 부검하듯이 자살자들의 심리적 원인을 파헤쳐 들어가는 걸 심리적 부검이라고도 하거든. 유언 같은 것도 있을 수 있지만, 그것조차도 그 사람이 죽을 당시의 심경을 정확하게 묘사하고 있는 건 아니라는 거야. 그래서 그 사람과 관계가 있었던 사람, 그 사람에게 일어났던 일, 가까운 사람들이 이 사람과 겪었던 일들을 추적해서 가능한 한 근접하게 자살의 동기를 밝혀보려고 하는 거지."

"그래서 밝혀지는 게 뭔데."

영규는 일이 분 동안 침묵을 지키다가 불쑥 말했다.

"인생이 살 만한 가치가 있느냐 없느냐를 판단하는 일이야말로 철학의 근본 질문이라고 카뮈가 말한 거 너 알고 있냐?"

나는 갈증이 치밀어 올라 반쯤 남겨놓았던 주스를 단숨에 들이켜고는 퉁명스러운 소리를 했다.

"그 사람은 자살한 거 아니잖아. 사고로 죽은 거지."

"그게 말이야. 카뮈나 제임스 딘이나 이런 사람들이 정말 교통사고로 죽은 건지 심정적으로 자살한 것이었는지 우리는 영원히 알기 어려운 거야. 약물 과용이라는 애매한 이야기 너도 들어보았지. 마릴린 먼로나 히스 레저 같은 배우들을 생각해봐. 잠이 안 오니까 단순히 약을 더 먹은 건지, 아니면 죽을지도 모른다는 생각을 하면서 무의식적으로 죽음을 초청하기 위해 먹었는지 말이야."

무언가 내 영혼을 조여드는 것만 같은 이상한 느낌이 들었다.

"그러니까 내 말은 그걸 알아낸다고 해봤자 그게 이미 생명을 잃은 사람에게 무슨 소용이 되느냐는 거야."

"말하자면 앞으로 스스로 자기 살해를 할 수 있는 사람들의 생명을 구하는 데 기여할 수 있게 되기를 바라는 거지."

"그래서 너는 누구 생명을 구했는데? 눈 아파 죽겠다. 담배 좀 그만 피워라."

내가 퉁명스럽게 말하자 그는 의외로 고분고분하게 반쯤 남아 있는 담배를 그대로 재떨이에 비벼서 껐다.

"지금까지 결과를 보자면 말이야. 내 생명을 당분간 구하고 있다고 볼 수도 있지."

"그럼 너는 그동안 너 때문에 그 많은 자살에 관한 공부를……"

어이없어 하는 내게 침착하게 그는 말했다.

"대학에서 널 만나기 전에 일어났던 일을 너한테 들려줄게. 그럼 나를 좀 이해할 수 있게 될 거야."

그는 담담한 어조로 자기 이야기를 들려주었다.

내가 처음으로 자살을 시도했을 때가 열다섯 살이었어. 그 시도는 나밖에 모르는 일로 끝나버렸지. 어쨌든 살고 싶지 않다고 생각했던 나는 죽고 싶었지만 떠오르는 방식들이 마음에 들지 않거나 성가셨어. 약을 사 모으러 다니는 것도 귀찮은 일이었고 강에 뛰어들거나 기차에 뛰어드는 방식은 사후 처리가 싫었거든. 어쨌든 다른 생각에 골똘해서 성적이 바닥을 헤맸고 대학에 못 갈 지경에 이르게 된 거지.

처음 대학에 떨어진 후 생각해냈던 건 한강 다리에서 그냥 일직선으로 떨어지는 거였어. 차들이 연락부절로 다니는 다리 한가운데서 난간으로 기어올라가려고 하는데 트럭이 급정거를 하더니 몸집이 큰 중년 남자가 뛰어내려 뒷덜미를 잡아채더라고.

'이놈아. 이렇게 훤한 대낮에 뛰어내리겠다는 놈이, 그게 죽고 싶은 거냐. 살고 싶은 거지.'

그 사람은 얼이 빠진 나를 번쩍 들다시피 해서 조수석에 태우더라니까. 기운도 장사더라고.

'내 일에 간섭하지 마세요. 아저씨 일에나 신경 쓰시라구요.'

있는 힘을 다해 항거했지만 그 힘을 당해낼 재간이 없었어. 그 사람이 차를 몰면서 말하더라고.

'네가 마음대로 죽는 거야 난들 어쩔 수 없지만 인마, 내 눈앞에

서 네가 뛰어드는 걸 보라는 거냐. 그렇지 않아도 좋은 일이라고는 하나도 없는데.'

날 어떻게 하려는 거냐고 물어보니까 대답도 안 하고 속도만 내더라.

'내 마음대로 하면 네놈을 흠씬 두들겨 팬 다음 강에 처박고 싶지만 지금 내가 배달이 바빠서 그럴 시간이 없는 게 유감이다. 하여튼 한강 다리에서 멀리 떨어진 데다 내려놓고 갈 테니까 다시 버스 타고 한강으로 가든 말든 알아서 해라. 이거 원 재수 옴 붙은 날이 따로 없네.'

나는 그 사람한테 물었어.

'아저씨는 그렇게 재수 옴 붙은 날에 그만 죽고 싶지 않으세요?'

'인마, 그래서 죽을 거면 내가 수백 번은 더 뒈졌을 거다. 짜식, 멀쩡해 보이는 놈이……'

그 사람은 혀를 끌끌 차더니 김포로 접어드는 길가에 날 내려주더라니까. 그리고 잠시 망설이더니 만 원짜리 한 장을 손에 쥐어주었어.

'집에 갈 때 차비로 써라.'

'필요 없어요.'

내가 볼멘소리를 내자 그 사람은 피식 웃더라.

'받아. 인마, 나 액땜한 값으로 주는 거니까.'

할 수 없이 돈을 받아 쥐고 차에서 내렸는데 차가 사라지는 모습을 멍하고 바라보고 있으려니까 이상한 생각이 들었어.

'저렇게 고생하고 살면서 어떻게 죽을 생각도 하지 않고 남을 도와줄 생각까지 하는 걸까.'

어쨌든 갑자기 배가 고파져서 근처 중국집에서 그 사람이 준 돈으로 자장면을 한 그릇 사 먹었어. 울음이 나와 목이 메는 걸 그냥 국수를 밀어 넣었어. 그리고는 버스를 타지 않고 몇 시간이나 걸어서 집으로 돌아왔지.

무엇 하나 제대로 하는 게 없는 판에 하다못해 자살조차 제대로 하지 못한다는 게 마음을 쓰라리게 하더라니까. 생각해봐. 지하철에 고속도로에 고층 건물에……. 사실 이놈의 도시는 자살을 꿈꾸는 사람들에게 성능 좋은 버라이어티 숍이나 마찬가지인데 비겁하게 용기를 내지 못하고 실패만 하고 있는 내가 너무 싫었어.

자살 미수에 그치는 사람들은 죽고 싶다기보다 도와달라는 몸부림이 더 크기 때문에 되도록 사람들에게 발견되기 쉬운 자리나 시간을 택해 덜 치명적인 방법을 쓴다는 이야기는 정말 말도 안 되는 억울한 소리라고 나는 생각해.

죽을지도 모르는 일을 감행하는 사람들에게 어떻게 그렇게 모욕적이고 비인도적인 해설을 가할 수 있단 말이야. 전문가라는 인간들의 글을 읽어보면 인생에 성공하지 못하고 자살에도 성공하지 못하는 찌질한 인간들은 다 어디로 가는 것이 좋은지에 관한 이야기는 하나도 없더라구. 하찮은 인생에 목을 매기로 한 사람들이 자기 인생을 한마디로 표현하고 있는 말이 있잖아.

'죽지 못해 삽니다. 죽지 못해……'

그런 너절한 인생에 합류하느니 얼른 새로운 방법을 개발해서 이놈의 지구를 떠나버리는 것이 인생의 최대 상책이라는 생각은 내 머리에서 떠난 적이 없어.

어차피 정말로 죽고 싶은 사람은 죽게 되어 있어. 그런데 쓸데없이 상담을 받게 하고 정신 치료니 성격 개조니 하고 들볶을 필요가 있을까. 자살하려는 인간에게도 최소한의 인간적인 배려나 편의는 보아주어야 하지 않는가 말이야. 그렇게 죽으면 남는 사람들 생각을 해보라고? 참 언제부터 인간들이 그렇게 다른 사람들 생각을 했는지 눈물이 다 나네.

마침내 확고한 결심을 하고 간단한 유서까지 써놓고 아파트 옥상에서 뛰어내리려는 참에 경비원에게 붙잡혀 유서하고 함께 집으로 운반되었지. 우리 부모는 더 이상 모르는 척할 수 없다는 결론을 내렸는지 나를 정신과 폐쇄 병동에 덜컥 집어넣었어. 거기서 정신과 의사가 아니라 동네 큰형처럼 보이는 앳된 얼굴의 의사와 막상막하로 생사에 관련된 이야기를 나누었지. 이렇게 끊임없이 죽으려는 이유가 뭐냐구요? 아니, 그렇다면 나도 묻고 싶어지는데 선생님이야말로 그렇게 끊임없이 살려고 하는 이유가 뭡니까? 하나님의 피조물이라는 그런 이야기라면 시작도 하지 마세요. 이렇게 생긴 인간을 만들어놓고 재미있어 하는 그 하나님한테 내가 무슨 의무로 생명을 부지해가면서 만족감을 주어야 한다는 말입니까. 가족처럼 가까운 사람에 대한 사랑을 생각해보라구요? 그게 누군데요? 대체 사랑이 뭐냐구요? 내 마음속에 무슨 생각이 있는지는 전혀 모르면서 끊임없이 귀찮게 굴고 잔소리하고 비난하는 게 사랑입니까? 하여튼 우리는 살아야 할 의무가 있다구요? 그런 소리 마세요. 대체 뭘 고치겠다는 겁니까. 초지일관 죽으려는 일념 하나로 살아온 사람을 공연스레 못살게 구느라고 허송세월 하지 말고 나를 그만 놓아달라니까요. 생명은 소중한 거라구요? 그렇게 소중한 내 생명의 권리는 내게 있다는 거 아니까. 나도 생명이 너무 소중해서 이따위로 갈팡질팡하다가 죽고 싶지는 않다니까요. 한시라도 더 젊을 때, 한시라도 더 용기가 있을 때, 늙고 병든 모습 보이기 전에 가겠다니까요. 나한테 혹처럼, 벽돌처럼, 짐처럼 매달리는 그놈의 애매한 가족 같은 거 없을 때 가겠다는데 왜 야단입니까. 머리가 있다면 잘 생각해보십시오. 다른 사람에건 사회에건 국가에건 별로 쓸모도 없고 생산성도 없는 인간 하나가 자원을 축내면서 살아 있다가 장가도 들고 애도 낳고 그런 다음에 세상을 떠나면 뭐 하나라도 더 도움이 되는 거 있습니까…….

그는 갑자기 장광설을 멈추었다. 그의 이야기는 대단히 흥미로웠다.
"그래서 정신과 의사하고 논쟁을 해서 이겼냐?"
영규는 진이 빠진 듯 소파 등에 머리를 기대더니 맥 빠진 소리를 내었다.
"말하자면 그렇지. 어쨌든 날 내보내주었으니까……."
"각서라도 썼냐?"
"참, 너야말로 제정신이냐? 정신병원에 들어온 놈이 각서를 쓴들 죽은 다음에 안 지켰다고 처벌할 수 있는 것도 아니고……. 약속은 했지."
"무슨 약속?"
"인류 최초의 자살자가 누구인지 왜 죽었는지 확실하게 알아낼 때까지는 절대 자살 시도는 하지 않겠다고……."
"그래, 그 말을 믿고 너를 내보내주었다는 말이냐?"
"믿었든지, 안 믿었든지……. 여러 가지 검사 결과를 보니까 정신적으로 이상 증세가 있지는 않다는 거야."

"그게 언제였냐?"

"대학 들어오기 전이였어. 그리고는 재수해서 대학에 갔지."

"나 만나기 전에?"

영규는 담배를 다시 피워 물며 고개를 끄덕였다.

"그렇다면 이제 십 년이 다 되어가는데, 그동안은 한 번도 그런 일이 없었니?"

"그렇다니까. 그 대신 자살에 관해 어마어마한 연구를 그동안 해 온 거지. 일을 하는 틈틈이……. 이제 서광이 비칠 것도 같아."

나는 깜짝 놀라 그에게 몸을 기울였다.

"서광이 비치다니……. 정말 인류의 첫 번째 자살자를 찾아내게 되었냐?"

"좋도록 생각해봐."

"그걸 말이라고 하냐. 네가 설령 찾아냈다고 주장한들 그게 역사적으로나 과학적으로 증명될 것도 아니잖아. 공연스레 쓸데없는 소리 하지 말고 이제 너를 따르는 여자들 중에 한 사람에게 마음을 주고 자리 잡고 다른 사람들처럼 살아."

그는 입가에 냉소적인 미소를 띠었다.

"너처럼?"

나는 좀 머쓱해졌지만 수긍했다.

"말하자면 그렇지."

"그래, 넌 행복하냐?"

"인마, 가정을 꾸리게 되면 행복이니 불행이니 그런 생각 안 하고도 술술 살아진다니까."

영규는 아이들처럼 손뼉을 쳤다.

"브라보! 바로 그거야. 자살에 관해 연구하고 있노라면 나도 술술 살아진다니까."

"그럼 죽을 때까지 그거나 연구하고 있겠다는 거냐?"

"그게 어때서."

말 같지 않아 내가 더 이상 대꾸를 하지 않자 영규가 진지하게 물었다.

"대체 왜 그렇게 죽으려고 날뛰었는지 궁금하지도 않냐?"

대꾸도 하지 않고 자기를 쳐다보는 내 표정이 심각했는지 그는 한숨을 토해내었다.

"신경 쓰지 마. 이제 그렇게 쉽게 죽으려 들지는 않을 테니까."

"무슨 일이 생기면 그냥 죽으려고 드는 인간이라고 자기 입으로 말해놓고서는 이제 그만 신경을 쓰지 말라니 그걸 말이라고 하냐?"

"이제는 내가 목표를 확실하게 일단 정했거든."

"그게 뭔데?"

"인류 최초의 자살자가 누구인지, 왜 죽었는지 밝혀낼 때까지 나는 연구를 계속할 거야. 그 전에는 절대로 죽지 않을 거야. 안심해도 좋아."

"만약에 못 밝혀낸다면?"

"그렇다면 할 수 없지. 운명이 정한 시한까지 살아갈 수밖에."

일단 마음이 좀 놓이기는 했다. 첫 번째 자살자를 밝혀내는 일은 불가능할 테니까……. 알타미라 동굴의 벽화를 그린 놈이 그림을 끝내자마자 자살했다던가. 피라미드를 쌓던 일꾼 중 하나가 인생에 절망해서 자살했다던가 하는 이야기를 이 녀석이 중언부언하더라도 그 사람이 최초의 자살자였다는 근거를 댈 수는 없을 테니까.

'정말 괴상한 놈이로군.'

그와 헤어져 집으로 돌아오면서 나는 혼자 중얼거렸다.

"그래, 너는 뭣 때매 그렇게 열심히 사는 건데?"

그의 질문이 불쑥 떠올라서 머리가 복잡해지려는 걸 털어내려고 머리를 흔들었다. 나는 아파트로 들어가는 초입에 있는 군고구마 장수에게서 군고구마 한 봉지를 샀다. 아내와 세 살배기 아이가 워낙 군고구마를 좋아해서 그동안 낯을 익힌 아저씨는 누런 털이 달린 방한모자를 뒤로 젖히고 드럼통 속을 들여다보면서 잘 익은 고구마로 골라 한 봉지 담아주었다.

"아무리 경기가 없다지만 군고구마가 이렇게 안 팔려보기는 처음입니다."

나는 군고구마 한 봉지를 더 담아달라고 했다. 갑자기 영규에게 한 봉지 전해주고 갈까 하는 생각이 들어서였다.

"아니, 안 팔린다고 해서 뭐 그러실 거 없습니다."

아저씨가 사양했지만 갑자기 친구 생각이 나서 그런다고 대답했다. 구조조정에 해당될까 봐 하루하루 회사에서 살얼음을 걷는 듯한 내 입장이 이 아저씨보다 더 나을 것도 없었다.

"그래도 이럭저럭……. 또 어차피 먹는장사라 고구마가 남으면 우리 식구들이 먹기도 하니까 굶지는 않지요."

아저씨는 봉투에 고구마를 담은 후 잠깐 망설이다가 제법 큼직

129

한 고구마 한 개를 더 집어넣었다. 사실은 이게 오늘 개시라고 하면서…….

영규가 살고 있는 오피스텔은 우리 아파트에서 한 정거장 거리밖에 안 되었다. 문을 연 영규는 깜짝 놀라는 기색이더니 잠자코 내가 내미는 군고구마 봉투를 받아 들었다. 나는 내심 놀라지 않을 수 없었다. 두 눈이 붓고 충혈되어 있는데다가 얼굴에 눈물 자국이 있어서였다.

"아직 따뜻해. 집에 사가려다가 네 생각이 나서."

영규는 말없이 몸을 안쪽으로 비키며 들어오라는 몸짓을 했다.

"아냐. 그냥 갈게."

"잠깐만 들어와 봐."

그의 목소리는 탁하게 잠겨 있었다. 잠시 망설이다가 나는 방 안에 들어섰다. 조금 전까지만 해도 그렇게 사변적이고 열기에 차서 말을 쏟아놓던 그가 너무 다른 분위기인 게 이상해 소파에 앉으며 물었다.

"무슨 일 있었니?"

그는 한동안 잠자코 탁자를 응시하고 있다가 불쑥 말했다.

"그래. 무슨 일이 있었어."

"무슨? 내가 나간 지 삼십 분도 안 되었잖아?"

영규는 침묵을 지키고 있다가 결심한 듯 말했다.

"그동안 아무에게도 할 수 없었던 이야기가 있어."

"……?"

"내가 열네 살 때였어."

그는 가슴에 안고 있는 군고구마 봉투를 내려놓지도 않고 열어보지도 않았다.

"나 때문에 사촌 형이 자살했어."

나는 깜짝 놀랐다. 전혀 들은 적이 없는 이야기였다.

"나는 그 후로 편한 잠을 자본 적이 없어. 무얼 하고 있어도 그 형 모습이 보이고 목소리가 들리는 거야."

나는 어물어물 애매한 위로라도 하듯 끼어들었다.

"너 아까도 이야기했잖아. 왜 자살했는지 그 이유는 사실 아무도 알 수 없다고. 너 때문이라니. 그때 네가 예민한 사춘기라서……."

"아니야. 나도 얼마나 그렇게 생각하고 싶었는지 몰라. 그렇지만 정확히 나 때문이야."

"……."

"누구에게도 말하지 못했어. 정신과 의사한테도 이야기할 수 없었어. 그때 내가 왜 그랬는지 모르겠어. 나는 너무 갖고 싶은 게 많았고 우리 집은 가난하지는 않았지만 지나치게 엄격했거든. 외삼촌 집에 갔다가 욕실 휴지통에서 금목걸이를 봤어. 휴지를 던지는데 무언가 반짝 빛나더라구. 외숙모가 옷을 벗다가 떨어뜨린 것이었을까. 갑자기 무슨 귀신이 쓰였는지 내버려두면 어차피 휴지에 휩싸여 버려질 거라는 생각이 들어 그냥 들고 나왔어."

나는 숨을 죽였다. 마른 입술을 축이며 말을 하려니까 목소리가 갈라져 나왔다.

"그건, 그 나이 때 누구나……."

영규는 한 손을 들어 내 말을 막았다.

131

"나도 그렇게 생각하고 싶어. 그런데 말이야. 그 다음 날 나는 그 금목걸이를 들고 집에서 멀리 떨어진 작은 금은방에 갔어. 엄마 심부름을 왔다고 했지. 나이 든 주인아저씨는 그런 일에 이력이 났는지 목걸이를 검사한 다음에 아무것도 묻지 않고 현금 뭉치를 꺼내더니 시세의 반값도 안 되는 값을 부르더라구. 나도 아무 소리 하지 않고 돈을 받아 들고 나왔어. 목걸이를 갖고 있는 게 너무 괴로웠거든. 밤새 그냥 버릴까, 땅에 묻을까. 별 생각을 다 했었거든. 그 돈을 어디다 미친 듯이 써버렸는지 이제 기억도 나지 않아."

"……."

"며칠 후 외사촌 형이 집으로 나를 찾아왔었어. 자기 아버지한테 얼마나 맞았는지 한쪽 눈이 안 떠질 정도로 얼굴에 피멍이 들었더라구……. 나보다 세 살 위고 좀 불량기는 있었지만 나한테 너무나 잘 해주던 형이었어."

영규는 고구마 봉투를 안은 채 고개를 꺾었다.

"됐어. 이제 됐어. 그만 이야기해."

나는 어딘지 모르게 두려운 느낌이 들어 그의 이야기를 막으려 했지만 그는 창백한 안색으로 쏟아붓듯 말을 이었다.

"그 형은 말했어. 이젠 정말 집에 들어가기 싫다고……. 자기가 이런저런 말썽을 부리기도 하고 집에서 잔돈푼을 몰래 들고 나간 적도 있지만 도둑질을 한 적은 없다고. 자기 아버지가 금목걸이를 훔쳐 갔다고 바른 대로 대라고 매질을 하는데 아무리 아니라고 피를 토하듯 말해도 매질을 멈추지 않았다는 거야. 집 안을 다시 찾아보라고 정말 아니라고 애걸해도 듣지도 않더라는 거야. 큰아버지는 공부 잘하는 큰형밖에 보이는 게 없고 언제나 그 형을 멸시했어. 나가 죽으라는 소리를 입에 달고 살면서……. 그 형은 너 같은 애는 우리 집에 필요 없다는 소리를 한두 번 들은 게 아니라고 했어. 홧김에 불량한 애들하고 어울리고 담배도 피우고 술도 입에 대고 했지만 정말 도둑질은 한 적이 없다고 형은 떨리는 목소리로 말했어. 나는 정말 무섭고 두려웠어. 그렇지만 내가 그 목걸이를 가져갔다는 이야기를 차마 할 수가 없었어. 내일 일요일이니까 내가 형 집에 가서 다시 한 번 샅샅이 찾아보자고 했지.”

그는 군고구마 봉투를 탁자에 내려놓으면서 더듬더듬 말을 이었다.

“그 다음 날 진짜 도둑질을 한 거야. 어머니 장롱에 있던 돈을 한 움큼 꺼내 새벽부터 문이 닫힌 금은방 앞에 가서 기다렸어. 추위에 덜덜 떨면서……. 늦게서야 나온 금은방 주인이 나를 보고 씩 웃더니 아무 말도 하지 않고 철제문을 열더라구. 내가 이야기를 꺼내자마자 그 금목걸이는 벌써 녹여서 아이들 돌 반지 만드는 데 다 썼다고 하더라구. 그 얼굴이 지금도 잊히지 않아. 탐욕스럽고, 어린아이의 죄를 이용해먹는 그 얼굴……. 내가 그때 받은 돈의 두 배를 드리겠다고 했더니 능글맞은 기색으로 가만있어 봐라. 내가 녹인 게 그 목걸이가 아니었던가? 어쩌고 하면서 찾는 시늉을 하더니 한참 걸려서 목걸이를 내놓더라구. 내가 서둘러 두 배가 되는 돈을 내놓으니까 실쭉 웃더니 몇만 원을 더 내놓으라는 거야. 며칠 사이에 금값이 껑충 뛰었대. 나는 구토가 나려는 걸 참고 두말 않고 돈을 더 내놓았어. 그리고 정신없이 외삼촌네 집으로 달려갔지. 형과 함께 집 안에서 찾는 척하면서 어느 구석에 감추어놓고 오려는 생각이었어.”

그는 한동안 침묵했다. 방 안에 정적이 흘렀다.

"그리고 정신이 다 나간 것 같은 외숙모에게서 형이 밤중에 한강 다리에서 투신했다는 이야기를 들었어."

나는 온몸이 그대로 굳어지는 것 같았다. 영규는 숨 가빠하면서 말을 이었다.

"나는 그대로 돌아 나와서 한강 다리가 있는 쪽으로 뛰었어. 가슴이 터질 정도로 숨이 찼지만 멈추지 않고 그냥 뛰었어. 그대로 나도 뛰어내릴 생각이었어. 그 다리에서……. 그렇지만 다리에 서서 그 검고 소용돌이치는 물결을 내려다보니까 공포가 내 마음을 가로막았어. 뛰어내리기 전에 형의 심정이 어땠을까. 나는 뛰어내리지 못했어. 그냥 울면서 서 있다가 주머니에서 금목걸이를 꺼내 강에 던졌어. 잘 가. 형. 나를 용서해줘. 나중에 꼭 형을 따라갈게."

그는 흐느껴 울었다.

"후회가…… 지금도 가슴을 찢어. 금목걸이를 집어 오지 말걸. 형이 우리 집에 왔을 때 사실을 말할걸. 형이 죽은 후 외삼촌에게 고백해서 누명이라도 벗겨줄걸. 그때 그냥 다리에서 나도 뛰어내릴걸. 그렇지만 나는 무서웠어. 정말 모든 게 다 무서웠어. 나는 마음속으로 형에게 맹세했어. 절대로 행복하게 살지 않을게. 내 죄를 다 갚고 죽을게……."

이제야 그림이 보였다. 이해할 수 없이 교차하던 그의 지나친 쾌활함과 우울함, 모든 좋은 일에서 비껴가려고 드는 것만 같던 그의 시니컬한 행동…….

나는 아무 말 없이 그의 어깨를 안았다. 격렬한 흐느낌 사이사이로 그는 중얼거렸다.

"미안해……. 형, 정말 미안해."

"괜찮아. 괜찮아. 정말 괜찮아. 너는 행복하게 열심히 살아야지."

나는 나도 모르게 그의 죽은 형인 것처럼 말했다.

그날 밤 나는 그의 곁을 떠나지 못했다. 혼수상태에 빠진 듯 잠든 영규를 내려다보며 나는 밤새 잠들지 못했다. 새벽에 깨어난 그는 말없이 내가 끓인 라면을 먹었다. 방을 나서기 전, 나는 그의 두 손을 잡았다.

"잘 지낼 거지?"

영규는 담담하게 대답했다.

"걱정하지 마. 이제 마음이 좀 편해졌어."

나는 고개를 끄덕였다.

오피스텔 정문 앞에 한참 서 있던 나는 무겁게 몸에 휘감기는 코트의 깃을 끌어올리며 발걸음을 떼었다. 새벽 거리는 겨울 안개에 휩싸여 있었다.

코끼리는
기억한다

　식구들이 나간 후 영수는 신문을 펴 들었다. 상아 이빨을 곤추세우고 앞으로 달려가는 코끼리 사진이 시야에 확 들어왔다.
　코끼리들이 갑자기 난폭해져서 사람들을 공격하거나 민가를 허무는 행동을 하는 경우가 종종 있는데, 그것이 오래전 일어났던 일에 대한 코끼리들의 복수라고 주장하는 사람들이 있다는 기사가 사진 밑에 실려 있었다. 아직 어린 코끼리였을 때 누군가 부모 코끼리를 죽이는 것을 보았거나 위해를 당한 경험이 있다면 그 기억이 나중에 되살아나 복수를 감행한다는 기사였다.
　영수는 쓴웃음을 지었다.
　우유부단하기만 하던 열 살 위의 남편. 십여 년 전, 출산을 하고도 결혼 허락을 받아내지 못해 어깨가 축 늘어져 시골집에서 돌아오던 그의 모습. 남편의 월급은 여전히 시골집으로 갔고 아기 때문에 간호사로 일할 수도 없었던 영수는 가난 속에서 돈을 쪼개 쓰며 셋방살이를 했다.

그들이 행사했던 모욕과 무시의 기억은 영수의 가슴속에 또아리를 틀었다. 아기 돌이 가까워서야 겨우 음식점에서 올린 초라한 결혼식의 기억. 하기야 혼잣몸으로 길러서 의사가 된 아들에 대한 집안의 기대는 무지갯빛이었을 것이다. 그런데 남쪽 섬에서 올라와 근본도 알기 어려운 나이 어린 간호사가 아들의 앞길에 검은 장막을 드리웠다고 그들은 생각했을 것이다.

하기야 두 사람 사이에 일어났던 일들이 과연 사랑이었을까?

남편이 당직이고 영수가 밤 근무일 때 처음 부딪쳤던 남편의 기억은 뚜렷하지 않았다. 수줍음을 몹시 타는 영수에게 의사들은 언제나 두려운 존재였다. 차트를 쓰다가 깜빡 졸았는지 그가 다가와 커피 잔을 내밀며 깨웠을 때 창피하고 부끄러웠던 기억은 났다. 얼마 후 영수가 자취하는 방으로 느닷없이 찾아왔을 때 그가 사랑한다고 속삭이던 말과 거의 강압적으로 이루어졌던 관계를 지금도 이해하기 어려웠다. 그리고 단 한 번의 관계로 아기가 들어섰다.

이제 늙고 의지가 필요한 시어머니를 서울로 모시자던 남편의 어조는 이견을 허락할 여지가 없이 강경했다. 영서는 그럴 수 없다고 맞서지 않았다. 그저 남편에게 그 이야기를 들은 후부터 잠들기 힘들었고 겨우 잠이 들어서도 새벽 두세 시쯤 되면 잠에서 깨었다.

십여 년 전에 있었던 일을 모두 잊고 그저 닥쳐올 일이 다가왔다고 여기기로 했던 영서였다. 그런데…….

코끼리가 치켜든 상아 이빨을 보면서 생생한 상처가 그대로 아프게 드러났다.

"누구 아이인지 알 게 뭐냐."

그 매몰찬 말투. 갓난아기를 안고 무작정 시집에 찾아들었을 때 대청에서 밥상을 받고 앉아 대문간에 서 있던 영수를 쳐다보지도 않던 시어머니와 시누이. 쏟아지는 빗줄기 사이로 바라보이던 그 아득한 정경. 그날 선 자리에서 아기와 비를 맞으면서 돌아올 때 다시는 그 집을 찾지 않으리라고 영수는 맹세를 했다.

그 후 우여곡절 끝에 영서를 받아들였던 시어머니는 순종하는 영서에게 더 이상 모질게 대하지는 않았다. 그렇게 두 사람 사이에 용서와 화해가 이루어진 것으로 영서는 믿고 싶었다. 한동안 흥겨운 이야깃거리를 시골 마을 사람들에게 제공하기는 했지만 그 후 특별한 문제가 일어났던 것도 아니었다.

몇 년 전부터는 제사도 외며느리인 영수에게 일임했다. 시어머니는 제사 당일에 올라왔다가 다음 날 새벽이면 만류를 무릅쓰고 내려가고는 했다. 그런데 일주일 전, 아무 부연 설명 없이 올라와서 지내겠다는 시어머니의 통보를 받고 영서는 가슴이 내려앉았다.

신문을 접으면서 미움과 두려움과 공포가 한꺼번에 영서의 가슴속을 헤집었다. 상아 뿔을 높이 쳐들고 누군가를 치받으러 달려가는 자신의 모습이 떠올랐다. 그리고 저 멀리 그 집이 보였다. 완강히 대문을 닫고 자신을 받아들이지 않던 그 집. 코끼리처럼 그 집과 그 밥상을 다 들이받고 발로 짓밟아 초토화를 시키고 싶은 심정이 영서의 마음속에 그대로 오롯이 남아 있었던 것이다.

둘째를 낳았을 때 시어머니가 미역과 다른 먹을 것을 줄줄이 싸들고 올라왔었던 기억이 아픈 기억과 대체되지는 않았다.

신문을 내려놓은 영수는 역으로 마중 나가라던 남편의 당부도 잊고 앉아 있었다. 갑자기 가슴속을 채우고 달려드는 분노가 움직일 기력을 빼앗아 간 것 같았다. 그 사람들은 알고 있을까. 그때 자신의 혼의 일부가 다 죽어버려 재생이 불가능하게 되었다는 사실을.

어린 시절 검은 화산석투성이인 바닷가에 앉아 장작불을 피워놓고 바닷속에 들어간 엄마를 기다리던 기억. 물결은 은비늘처럼 반짝거리고 파랗게 개어 있던 하늘과 추위. 호이호이 하고 멀리서 들려오던 엄마의 숨 내쉬는 소리. 웃으면서 뭍으로 올라온 엄마가 건네주던 소라를 받아 꼬챙이에 꿰어 장작불에 굽던 기억. 그 청명하고 아름답던 순간은 결혼한 후 한동안 전혀 기억나지 않았다.

얼마 전 남편 몰래 찾아갔던 정신과 의사가 처방해주었던 우울증약은 옷장 서랍 아래 깊숙한 곳에 그대로 놓여 있었다. 약으로 지워질 기억이 아니었다. 젖은 옷을 입고 추운 바닷가에 혼자 서 있는 것만 같은 황량함.

바닷바람과 쓸쓸함과 가난. 그래도 그 속에는 물옷에서 뚝뚝 물을 떨어뜨리며 소라를 건네주던 엄마의 사랑의 기억이 있어 혼자라는 느낌이 들지 않았었다.

넓은 아파트와 풍족한 생활비를 쓸 수 있는 환경이 행복하다고 영수는 늘 자신에게 들려주었다. 그러나 여전히 남편은 어렵고 마음속의 이야기를 털어놓기 어려웠다. 아들 둘이 위로가 되어주기는 했지만 이제 사춘기에 접어든 아이들에게 엄마가 인생에 제일 중요한 사람은 아닌 것 같았다.

정신과 의사는 불면을 호소하는 영수에게 마음속에 햇볕처럼 따뜻하게 떠오르는 기억이 있는지 물었다.

영수는 엄마가 소라와 고동을 따러 들어간 바닷가에 앉아 있었던 어느 겨울날의 이야기를 했다. 커다란 양철통에 피웠던 장작불이 타오르던 모습과 지금도 환청처럼 들리는 호이호이 숨을 내쉬는 엄마의 목소리, 금빛으로 빛나던 바다의 물결, 짙푸르던 하늘의 빛깔, 엄마가 내밀던 커다란 소라들과 영서를 바라보며 웃던 모습.

"결혼한 후 그렇게 행복하게 기억되는 일이 있습니까?"

영수는 고개를 저었다.

"결혼한 후에 몹시 불행하게 느꼈습니까?"

잠시 생각해보던 영수는 다시 고개를 저었다.

그렇게 불행한 결혼은 아니었다. 학대나 폭력, 외도 같은 것은 없었다. 그러나 금빛 나는 물결이 찰랑거리던 바다 앞에서 활짝 웃는 엄마와 장작불 앞에 앉아 소라를 구울 때처럼 충만된 인생의 기억도 없었다.

의사는 표정 없이 앞에 앉아 있는 영수에게 이야기했다.

"염려하시지 마세요. 여기서 저하고 한 이야기는 다 비밀이 보장됩니다."

침묵을 지키던 영수는 가장 힘든 시기에 배척과 미움과 모함의 대상이 되었던 기억을 더듬더듬 이야기했다.

"마음 아프셨군요. 그래서 시어머니나 남편이 용서가 되지 않는가요?"

영서는 잠시 생각해보았다. 그런 생각을 구체적으로 해본 적은 없었다. 시어머니는 둘째를 낳은 다음부터 모질게 군 적은 없었다. 그러나 수백 가지 호의도 생생한 상처의 기억을 다 지우지는 못했다.

"마음에 앙금이 깊으시군요."

대답 없는 영수에게 의사가 물었다.

"어떻게 하면 마음이 풀릴 것 같습니까?"

영수는 대답했다.

"내가 받은 것과 똑같이, 비 오는 날 대청에 밥상을 받고 앉아서 시어머니를 문간에 서 있게 하고 싶어요. 자기가 가장 귀하게 여기는 것을 품에 안고."

"시어머니가 가장 귀하게 여기는 것은 무엇인 것 같습니까?"

전에 생각해본 적도 없는 말이 입을 열고 뛰쳐나왔다.

"당신의 아들이오."

이제 중늙은이가 다 된 아들을 품에 안고 대청에서 상을 받고 앉은 자기를 바라보며 문간에 서 있는 시어머니의 모습이 보고 싶었다. 그 사이에는 발을 드리운 것처럼 가로막은 빗줄기가 있어야 했다.

신문을 테이블에 내려놓고 생각에 잠겨 있다가 잠깐 잠이 들었던 것일까. 갑자기 벨 소리가 들리는 바람에 영수는 정신이 들었다. 여러 번 울리던 벨 소리에도 응답이 없자 시어머니의 목소리가 들렸다.

"아가, 나다."

영수는 온몸이 굳는 것 같았다.

"아가, 안에 없니?"

영수는 일어섰다. 안에 자기가 있으면서도 열어주지 않는다는 것을 알려야만 했다. 영수는 라디오를 켜고 볼륨을 최대치로 높였다. 소음은 방 안을 채웠다. 다시 벨 소리가 울렸다.

"너 안에 있구나?"

영수는 아무 대답도 하지 않고 소파에 웅크리고 앉았다. 할 수 있다면 문밖에 비까지 내리게 하고 싶었다.

이제 밖에서는 아무 소리도 들리지 않았다.

— 널 잊을 수만 있다면 난 정말 무엇이라도 하겠어.

절규하는 가수의 노래만 방 안을 가득 채우고 넘쳐흘렀다.

선
유
실
리

선유실리

안개 낀 산속에서 집으로 가는 길을 찾을 수 없어 안타까워하는 꿈에서 정주는 겨우 깨어났다. 한동안 나타나지 않던 꿈이었다. 무슨 일이 있으려나……. 대개 어떤 큰일의 전조처럼 나타나던 꿈이었기에 마음이 쓰였다.

그날 학교 소강당에서 문학 특강이 끝나고 정주가 주차장을 향해 걷고 있는데 뒤에서 부르는 소리가 들렸다. 돌아보면서 놀라움과 반가움에 자신도 모르게 "목사님." 하고 소리쳤다. 낯익은 얼굴에 30여 년의 세월이 그대로 내려앉은 모습이었다.

"아, 알아보시는군요."

그는 활짝 웃으며 손을 내밀어 악수를 청했다.

"여기는 웬일이세요?"

"웬일은요. 선생님 특강을 들으러 왔지요."

"그럼 강당에 들어오셨었어요?"

"그랬습니다."

정주는 무안한 마음이 들었다.

"듣고 계신 줄 알았으면 좀 더 잘할 걸 그랬네요."

"아닙니다. 아주 좋았습니다. 흐뭇했고요."

웃는 얼굴에 예전 모습이 그대로 있었다. 정말 오랜만인데 차 한 잔 함께할 시간이 있느냐는 물음에 정주는 선뜻 대답했다.

"그럼요. 있고말고요."

이상하게도 어제 만났던 사람처럼 그에게 전혀 거리감이 느껴지지 않았다. 지금도 여전히 그에게 소년 같은 모습이 남아 있어 신기했다.

"차는 가지고 오지 않으셨어요?"

"지금 캐나다에서 살고 있습니다. 거기서 교회를 맡고 있는데 일 때문에 귀국했다가 우연히 선생님 특강 소식을 들었지요. 내일 돌아가는 날인데 만사를 접고 달려왔습니다. 정말 반가웠습니다."

괜찮으면 자기 차를 타고 가겠냐는 정주의 제의를 그는 스스럼없이 받아들였다. 부암동에 있는 작은 카페에 가는 동안 조수석에 앉은 그는 별로 말을 하지 않았다. 분위기가 가라앉는 것 같아 조금 어색한 느낌이 들어 짐짓 명랑하게 정주가 말을 건넸다.

"저를 금세 알아보시겠어요?"

"그럼요. 옛 모습이 그대로 있는데요. 좀 여유 있고 부드러워진 것 같기도 하고요."

"어떻게 옛 모습이 있겠어요. 얼마나 오래전 일인데요. 목사님이 학생들하고 그곳에 오셨던 게 벌써……."

"그렇지요. 삼십 년이 벌써 넘었군요."

낮 시간이라 사람들이 별로 없어 한적한 카페에 그와 마주 앉자 꿈에 본 듯한 그곳의 정경들이 한꺼번에 머리를 스치고 지나갔다.

그 당시 대학생활의 기억은 춥고 어두웠다. 데모와 최루탄과 휴교가 일상사가 되어 있을 때였다. 대학에 다니던 시절 전공은 제쳐놓고 도서관에 틀어박혀 닥치는 대로 책을 읽는 게 정주가 주로 한 일이었다. 그러다가 우연히 친구의 권유를 받고 집이 아닌 다른 곳으로 떠나고 싶다는 생각이 들어 농촌 계몽대를 처음 따라가게 되었다. 그 후 대학 시절 내내 방학이 되면 정주는 농촌 봉사대를 따라 산속에 자리 잡은 강원도 오지를 찾아다녔다. 여름방학이나 겨울방학 날씨는 찌는 듯 덥지 않으면 강파르게 추웠다.

어쭙잖게 그곳에 가서 문맹퇴치라는 이름으로 국어를 가르치고 행주 삶는 법이며 세균을 피하는 청결법과 응급조치같이 자기도 잘 모르는 것들까지 마을 사람들에게 가르친 생각을 하면 지금도 정주는 낯이 뜨거웠다. 그래도 학생들은 낡은 석회부대나 신문지로 도배한 방에서 메주 뜨는 냄새를 맡으면서 서투르게 새벽밥을 지어 먹고 열심히 담 쌓으며 잡초 뽑기 같은 일에도 참여하고는 했다.

그 당시 정주의 집안 사정은 여러 가지로 복잡했다. 대학 졸업반이던 해 사업이 기울어 사채를 끌어 쓰던 아버지는 결국 부도를 내고 말았다. 가재도구가 차압되고 집이 경매로 넘어가는 지경에 이르지 않았다면 그녀는 그곳으로 떠나지 않았을지 모른다. 부모는 먼 곳으로 피신해서 연락도 없고 넓고 휑뎅그렁한 한옥 안방에서 동생과 함께 웅크리고 밤을 새우며 채권자들에게 시달리는 일은 피를 말리듯 괴로웠다. 한밤중 겨우 잠든 꿈속에서 어렴풋이 깨어나면 머리맡에 앉아 두런거리는 채권자들 목소리가 들리고는 했다. 채권자들에게 시달리면서 정주는 점점 더 우울해지고 사람들을 만나는 일이 싫어지기 시작했다. 그때 농촌 봉사대 일을 맡고 있던 윤 교수가 정주에게 권유했다.

"선유실리라는 곳이 있는데 간성에서 삼십여 리가 넘거든. 산재 부락인데다가 아이들 숫자도 많지 않아 분교도 세울 수가 없어. 아이들이 간성까지 통학할 수가 없어 그냥 교육의 사각지대에 놓여 있었지. 그런데 대학 선배들이 이곳에 봉사활동을 왔다가 그 딱한 사정을 알고 몇 년 전 초등학교 과정을 가르치는 선혜학원을 세웠다. 네가 그곳에 가서 일 년만 아이들을 가르쳐줄 수는 없겠니?"

정주는 선뜻 윤 교수의 제안을 받아들였다. 어디론가 멀리 떠나 알고 지내던 사람들을 한 사람도 만나고 싶지 않다는 소망이 제일 컸다. 윤 교수는 그렇지 않아도 다음 후임자를 구하지 못할까 봐 걱정이 많았다며 기뻐했다.

새벽에 선유실리로 떠나던 날은 혹독하게 추운 한겨울이었다. 포장되지 않아 황토 흙이 뽀얗게 일어나는 산길을 버스는 마냥 털럭거리며 달려갔다. 거의 열 시간이 지나 간성에 도착했을 때는 피로와 허기에 지칠 대로 지쳐 있었다.

간성 버스 정류장에는 사냥일과 농사일을 하며 선혜학원의 사친회장을 맡고 있다는 기골이 장대한 중년 남자가 나와서 기다리고 있었다. 반가워하면서 정주를 맞은 그는 짐 가방을 지게에 싣고 앞장을 섰다.

"핵교가 가찹지 못해서. 저짝 아랫모탱이까지만 해두 한창 걸리실 텐데……. 하이간 날래 가서 날이 저물기 전에 대도록 합시다."

시외버스 정류장 옆 골목으로 접어들자 금세 논밭이 눈앞에 펼쳐졌고 논이 끝나는 곳에 산속으로 들어가는 가파른 비탈길이 있었다. 산등성이 여기저기에는 드문드문 흰 눈이 덮여 있었다. 낯선 사람을 따라 바람 부는 산속을 걷는 마음은 춥고 쓸쓸했다.

"우리 아덜 두 놈 다 그 핵교 학상인데 육 학년허구 삼 학년입니더. 다음에 오실 선상님이 당최 정해지질 않는다구 해서 이러다가 애덜 중핵교두 못 보내는 게 아닌가 허구 보통 애가 난 게 아닙니더. 이렇게 외딴 산속에 오셔주시니 울매나 고마운지요."

지게 위에 큰 가방 말고도 무거워 보이는 보따리를 두 개나 얹어놓았지만 사친회장이라는 남자의 걸음은 평지를 걷듯 가볍고 빨랐다. 빈손으로 걷는 정주가 따라오지 못할까 봐 오히려 가끔씩 걸음을 늦추고 조정하는 눈치였다.

한 시간 넘게 걸어 야트막한 산을 두어 개 넘자 눈앞이 탁 트이게 아름다운 계곡의 저녁 경치가 드러났다. 폭넓은 개울에는 얇은 얼음이 깔린 밑으로 개울물이 도란도란 소리를 내며 흐르고 있었다. 산비탈에 드문드문 작은 초가집들도 보였다. 계곡물이 웅성거리며 흘러내리고 바윗덩어리가 들끓고 옛날 바람이 그대로 부는 듯싶은 화전민 마을이 그대로 한눈에 들어왔다. 한 이십 분쯤 더 걷자 저쪽 언덕 위에 작은 건물이 보였다.

"선상님. 저 짝이 바로 그 학꼽니다. 그래도 이 근처에서는 젤루 좋은 건물입니더."

언덕길을 올라가자 산을 깎아낸 작은 운동장을 앞에 두고 유리창이 제법 깨끗한 기다란 단층 건물이 보였다.

"이기 다 이화 대학 선상님덜이 애가 나서 조르는 바람에 간성군에서 보조해줘서 지은 건물입니더."

사무실이라고 쓴 낡은 팻말이 붙어 있는 곁에 청록색 빛이 나는 작은 구리종이 매달려 있었다. 문을 열고 들어서자 낡은 풍금과 오래된 책들이 꽂혀 있는 마을문고, 나무로 만든 커다란 벽시계가 눈에 띄었다. 사친회장은 이곳저곳을 신기하게 둘러보는 정주를 교사 뒤에 있는 작은 초가집으로 안내했다. 교실과 집 사이에는 제법 넓은 밭이 자리 잡고 있었다. 작은 방 두 칸이 이어져 있는 초가집 내부는 작지만 정갈했다.

"이제 선상님 한 분만 더 오시문 심심허지 않구 좋으실 긴데……."

사친회장은 집 앞에서 지게를 내리고 큰 가방을 방 안에 들여놓아주었다.

"지금이사 겨울철이라 그렇지만 이제 날씨두 뜨뜻해지구 봄두 오믄 이 근처가 제법 경치가 좋은 곳이라 그 머이냐. 읍내에서두 귀경꺼리 삼아 이리루다가 소풍들을 오기두 합니더."

부엌에서 키 큰 중년 아주머니 한 사람이 꽃무늬 원피스에 스웨터를 걸쳐 입고 반색을 하며 밖으로 나왔다. 다리를 약간 절고 있었다.

"아이구, 우리 선상님이 오시는구마. 오시느라구 얼매나 심들었을까. 이래 고운 냥반이……."

"집사람입니더. 우리 집에서 지녁을 대접하려구 했는데 아무래도 여기 불두 때구 그래야 방에 온기도 돌고 할 것 같아서 아예 지녁두 여기서 지었십니더."

부엌에는 시멘트를 바른 부뚜막 위에 스무 명도 넘는 사람들의 밥을 해낼 수 있을 만큼 커다란 무쇠 솥이 김을 내뿜으며 얹혀 있었다. 뜬숯을 얹어놓은 풍로 위에서는 된장찌개가 보글보글 끓고 있었다. 부엌에 들어서려는 정주를 사냥꾼댁이 적극 막았다.

"이제부터 실컷 하실 일인데, 머이냐……. 얼른 아랫목에서 뜨끈허니 몸이라도 좀 지지세야지."

사친회장이 편히 쉬시라고 하면서 학교 곁에 있는 자기 집으로 내려갔다. 못 이기는 척 들어선 방은 장작불을 담뿍 때었는지 아랫목이 따끈따끈해서 그대로 깜빡 졸음이 밀려들었다. 갑자기 부엌과 통하는 장지문이 열리더니 사냥꾼댁이 작은 밥상을 들고 들어왔다. 자기는 벌써 먹었다고 하면서 어서 드시라고 정성껏 권했다.

시장기가 갑자기 몰려온 입에 흰 쌀밥과 감자와 호박을 썰어 넣은 된장찌개는 달고 맛이 있었다. 지난 장에 사 왔다는 간 고등어도 한 토막 상에 올라 있고 작은 뚝배기에 파를 송송 썰어 넣은 계란찜도 있었다.

"간두 안 맞을 낀데 달게 다 잡사주니 그기 고맙제."

숭늉도 떠오며 곁에서 허물없이 시중을 들던 사냥꾼댁은 어두워지자 남포등에 불을 밝히고 이불을 펴준 후 말끔히 설거지까지 해주었다. 식곤증이 온 정주는 대강 씻고 나서 그대로 쓰러져 달게 잤다.

새벽에 두런두런하는 소리에 깨어나 보니 장정들이 여러 명 집 뒤에 모여 장작을 쪼개고 있었다.

"낭구를 잴게 째개야 선상님덜이 불 때기 수월치."

지시를 내리며 진두지휘하던 사친회장이 정주를 마을 사람들에게 인사시켜주었다. 마을 학부형들이라는 장정들은 집 뒤뜰에 쌓여 있던 통나무들을 도끼로 쪼개서 처마 밑에 가지런하게 쌓고 있다가 순박한 웃음을 띠며 정주를 환영해주었다.

아침 조회시간에는 전교생인 50명이 다 모였다. 6학년 학생들이 일곱 명쯤 되고 그 아래 아이들이 학년마다 비슷한 숫자였다. 남루하지만 깨끗이 손질한 옷을 입은 아이들은 새로 서울서 선생님이 오셨다는 사친회장의 소개에 환호성을 지르고 웃고 박수를 치며 보통 기뻐하는 것이 아니었다. 원래 두 반으로 나누어 한 반씩 맡아서 가르치기로 되어 있는데 곧 한 분 선생님이 또 오실 거라고 사친회장은 말했다.

그날 오후 수업이 끝날 때가 되어서야 학부형들이 장작을 패서 처마 밑에 쌓는 일도 다 끝이 났다. 혼자 저녁을 먹고 벌써 어두워지기 시작하는 방에 남포등을 밝히고 앉자 온갖 상념이 한꺼번에 다 밀려 들어왔다.

그 후 한 달쯤 지난 후 화진포에 있는 이대 별장 관리인의 딸이 보조교사로 와서 일하게 되었다. 밝고 명랑한 처녀가 오자 순식간에 주위에 생기가 넘쳐 나는 것 같았다. 눈이 크고 웃기 잘하는 여선생과 함께 지내면서 정주는 고향에 돌아온 듯한 안정감을 느꼈다. 밤이 되면 석유 등잔불의 심지를 돋우어가며 책을 읽고 가족과 친구들에게 편지를 썼다.

그해 여름방학, 기독교 단체 학생들이 그곳으로 농촌 봉사를 나왔다. 열 명 넘는 남녀 학생들은 넘치는 에너지로 아이들을 돌보고 그림을 그리고 교실 대청소를 하고 노랑, 빨강, 보라색 들꽃이 흐드러지게 피어 있는 화단의 흙을 고르고 잡초를 뽑았다. 그 봉사대의 인솔자였던 젊은 목사가 바로 그였다. 독실한 신자인 아내도 함께 봉사대에 참여하고 싶어 했지만 아이가 어려 자기만 왔다고 했다. 두 주일이 지나자 노력 봉사하는 학생들 덕에 페인트칠까지 마친 학교는 반짝반짝 빛이 날 지경이었다.

저녁 무렵이 되면 젊은 학생들은 어울려 노래를 하기도 하고 두세 명씩 짝을 지어 시냇가로 나가 열띤 토론을 벌이거나 기도회를 갖기도 했다. 학교 교실 두 개에 침낭을 깔고 남학생, 여학생 따로 숙소로 쓰면서 늦게 잠들고 새벽에 일어나면서도 학생들은 전혀 피곤해 보이지 않았다.

"젊음이라는 게 참 좋군요."

학교 앞 운동장에서 시냇가를 내려다보면서 그들의 활기찬 모습을 보고 있다가 정주가 문득 한마디를 하자 곁에서 목사가 한마디를 던졌다.

"선생님, 가끔 아주 오래 산 노인네처럼 말하는 거 아십니까?"

정주는 쓴웃음을 지었다.

"글쎄요. 아주 오래 산 것 같기도 해요. 이런 산속에 있어보니까……."

"선생님, 그런데 어떤 때 몹시 외롭고 쓸쓸해 보이십니다."

정주의 표정이 조금 굳어지자 느닷없이 그가 물었다.

"이렇게 어려운 곳에서 좋은 일을 하시면서도 종교에 귀의하실 마음은 없으십니까?"

"전혀 없는데요."

정주의 대답은 자기도 모르게 퉁명스러워졌다. 쓸데없는 간섭을 한다는 생각이 들어서였다.

"저는 선생님이 너무 존경스럽습니다. 이렇게 큰 뜻을 품고 사람들에게 도움을 주고 있다는 사실이요."

"저는 전혀 큰 뜻 같은 건 없어요."

"하나님은 우리가 모르는 곳에서 역사를 하시지요."

"이제 그만하세요. 아무 일에나 하나님을 끌어대는 사람들을 볼 때마다 열이 치밀거든요."

목사는 크게 웃었다.

"그렇다면 미안하게 되었습니다."

그 대화를 나눈 다음부터 정주는 그를 의도적으로 피했다. 마음속 깊이 숨겨두고 사람들에게 감추려고 하는 어두운 부분을 그가 간파해낸 것 같아 두렵고 싫었다. 가끔씩 그가 정주를 응시하고 있는 것이 느껴졌지만 길 잃은 어린 양을 찾으려고 전도하려는 사람처럼 느껴지기만 했다. 봉사대원들이 떠나기 전날 저녁 잠깐 동안 정주는 목사와 이야기를 나눌 기회가 있었다.

"선생님, 나하고 이야기할 기회를 일부러 피하시는 것 같은데 그렇습니까?"

정주는 돌려 말하지도 않고 단도직입적으로 묻는 그에게 순간적으로 화가 났다.

"나를 구원할 생각일랑은 그만두세요. 지금도 충분히 행복하니까요."

"그런 의도가 있는 건 전혀 아닙니다."

잠시 침묵이 흐른 후 그가 말했다.

"사실은 선생님을 보고 있으면 몇 년 전 그 나이의 나를 보는 것 같아서요. 너무나 나하고 비슷한 사람이구나 하는 생각도 들고요."

의외의 말에 놀라 정주는 그를 쳐다보았다. 그는 말없이 시냇가만 바라보고 서 있었다. 정주는 갑자기 말문이 막혀 뭐라고 이야기를 이을 수가 없었다. 송별회를 한다고 마을 사람들이 닭을 잡고 감자를 찌고 부침개를 부쳐서 하나둘 계곡을 타고 내려오는 모습을 그저 바라보고만 있는데 학생들이 교실 문 밖에 서 있는 두 사람을 소리쳐 불러서 어색한 장면은 그렇게 끝나버렸다.

다음 날 아침 일찍 떠나는 봉사대 일행을 전송하느라고 정주와 여선생, 사친회장과 학부형 몇 사람이 성황당이 보이는 곳까지 전송을 나갔다. 헤어지면서 정주는 봉사대원 한 사람 한 사람과 돌아가면서 악수를 나누었다. 그들의 몸을 사리지 않는 노동이 진심으로 고마웠다. 목사는 학생들에 둘러싸인 채 정주와 악수를 했다.

"참 많은 이야기를 나누고 싶었는데 그냥 떠나게 되었습니다."

"저는 할 이야기를 다 한 것 같은데요."

정주가 심드렁하게 대꾸하자 학생들 사이에 왁자하게 웃음이 터졌다. 짓궂은 남학생이 농담을 던졌다.

"목사님. 딱지 맞으신 거예요. 그만 단념하시고 빨리 사모님께 돌아가시자고요."

목사는 파안대소를 하고 여선생도 배를 잡고 웃었다. 정주만 웃지 않았다.

사람들을 보내고 돌아서는 길은 몹시 허전했다. 한동안 말없이 걷다가 여선생이 놀리는 어조로 말했다.

"그 목사님이 선생님을 좋아하는 것 같던데요."

정주는 얼굴이 붉어질 정도로 화를 냈다.

"모르는 소리 하지 마. 자기만 영혼의 구원을 받았다고 철석같이 믿고 다른 사람들을 구해주겠다는 사람들이 나는 제일 싫더라."

"목사님이 시냇가에 앉아 있는 선생님을 바라보고 있는 걸 여러 번 봤어요."

"시끄러워. 전도하려는 생각으로 똘똘 뭉친 사람이야. 내가 시냇가의 길 잃은 양으로 보였을 거야."

"얼렐레. 선생님도 수상하네. 왜 그렇게 아무것도 아닌 농담에 괜히 화를 내요?"

사실 그 말이 뜨끔하기는 했다. 일행이 떠난 후 그 목사 생각이 문득 나는 적도 있었지만 정주는 고개를 흔들어서 그의 생각을 떨쳐 버렸다.

봉사대가 떠난 다음 달부터 낯선 사람과 편지를 주고받게 되면서 그 목사에 관한 생각은 조금씩 희미해졌다. 그 사람은 우연히 신문에서 선생님의 사연을 읽고 펜팔을 하고 싶어서 용기를 냈다고 타이프로 단정하게 친 첫 편지를 보냈다. 이화대학 졸업생이 강원도 산골에 와서 학생들을 위해 애쓰고 있다는 이야기는 미담가화에 속했기 때문에 위문편지도 오고 느닷없는 연애편지 비슷한 것이 군인들에게서도 오고는 했지만 답장을 보낸 적은 없었다.

낯선 사람은 계속 편지를 보냈고 정주도 진솔한 글에 호감이 느껴져 답장으로 그곳에서 일어나는 일들을 적어 보내기 시작했다. 그 사람은 자기가 고시공부하고 있는 사람이라고만 이야기하고 신상 이야기는 별로 하지 않았다. 편지 주소는 광화문 사서함으로 되어 있었다.

이곳은 조용하고 고즈넉해서 신선이 와서 놀다 간다고 옛날 사람들이 선유실리(仙遊室里)라고 마을 이름을 지었다는 곳입니다. 바람소리가 나무숲을 뒤흔들고 지나가는 날들도 많지만 수업이 끝나고 아이들이 다 돌아가면 정적이 온 천지를 감싸는 것 같아요. 가끔 드나드는 산판 트럭이 어쩌다 지나가는 소리만 들려요. 비와 바람에 패어나는 돌밭 길들이 많은 곳이라 승용차는 들어올 엄두도 내지 못하거든요. 가끔 토종 조랑말들이 미처 닦지 못한 산골에 길을 트기 위해 무거운 자재들을 싣고 시냇가 옆을 타박타박 걸어가는 모습이 보이기도 해요.

편지를 받고 그는 아름다운 그곳의 정경이 눈앞에 보이는 것 같다는 답장을 보내왔다. 그의 편지 속에는 자기가 읽은 책 이야기, 좋아하는 음악 이야기, 그 당시에 일어나는 일들에 대한 자신의 생각, 이런 이야기들이 세세하게 담겨 있었다.

간성읍으로 들어가는 길목 큰 장터에서는 닷새마다 장이 서는데요. 봄에는 산나물, 가을에는 싸리버섯, 도토리묵 등을 담은 함지를 머리에 인 아낙네들이 산길에 줄을 서듯 늘어서고는 해요. 가끔 급히 돈이 필요하면 곡식 푸대들을 이고 산길로 나서고 남자들은 겨울이 되면 나무한 짐을 팔러 30여 리 길을 왕복하기도 하지요. 밭농사로 겨우 연명하지만 필수품을 사려면 돈이 필요하기 때문입니다. 자연 속에서 사는 단순한 삶은 거의 수도자의 생활 같습니다. 새벽이면 일어나 샘에서 물을 긷고 장작불을 때서 아침, 저녁을 짓고요. 낮에는 아이들을 가르쳐요. 오전에는 공부를 가르치고 오후에는 시냇가에 있는 큰 바위 위에 둘러앉아 성경이야기며 옛날이야기들을 들려주기도 해요. 오늘도 그 큰 바위에 둘러앉아 형들에게 팔려 이집트로 가게 된 요셉의 이야기를 들려주었지요. 아이들은 왁자지껄하게 떠들면서 형들을 성토하기도 하고 워낙 잘난 척한 요셉이 문제라는 등, 막내만 예뻐한 아버지가 잘못했다는 등 아주 놀랄 만한 혜안이 있는 이야기들을 주고받고는 해요. 다윗과 골리앗의 이야기를 들은 다음에는 키 작은 애들이 키 큰 애들한테 너는 골리앗이지만 나는 너를 이간 다윗이다. 이렇게 말하면서 덤벼들기도 하고요.

그 편지를 받은 다음에 혹시 기독교 신자냐는 질문을 하는 그에게 그런지 안 그런지 자기도 잘 모르겠다고 정주는 답장에 썼다. 굽이굽이 돌아드는 산길을 자전거를 타다 끌다 하면서 올라온 우체부가 편지나 묶은 신문들을 며칠에 한 번씩 전해주고는 했다. 정주는 우체부가 나타나는 저쪽 언덕길을 교실에서 하루에도 몇 번씩 내다보며 편지를, 특히 그의 편지를 기다리고는 했다. 어떻게 생긴 사람일지 상상해보기도 하고 만나보지도 않은 사람과 깊은 교감을 나눌 수 있는 부분에 대해 놀랍기도 했다.

그 시절, 자연 속에서 숨 쉬고 아이들을 가르치고 그 순박한 마음에 감동을 받으면서 세상과 사람들을 향해 닫혀 있던 마음의 문이 서서히 열리기 시작했던 것 같았다. 편지로 마음을 터놓고 소통할 사람이 있다는 사실도 삶의 빈 부분을 채워주는 것 같은 마음의 평화를 가져다주었다.

가난하지만 눈빛이 맑은 아이들은 내게 새로운 삶의 모습을 보여줍니다. 그러나 아이들에게 나는 과연 어떤 모습일지 가끔 궁금해요. 나는 상록수도 구도자도 아니기 때문입니다. 나는 이곳에서 그저 소박하게 일하며 단순하게 살고 있고 신기하게도 삶은 그것으로 충분하다는 생각이 이제는 들어요.

얼마 전에는 학부형 한 사람이 갑자기 신이 내렸다고 무당이 되어서 굿을 했어요. 구경을 가 보았는데 거의 문맹으로 알려져 있고 말수도 전혀 없던 사람이 그 긴 사설을 다 하는데 너무나 신기했어요. 어제는 우리 반 아이 엄마가 산에 나물을 뜯으러 갔다가 뱀에 물렸어요. 다행히 독사가 아니라서 옆집 사친회장이 피를 빼고 조치를 해서 괜찮아졌지만요. 학교에 해열제나 소화제, 머큐롬 같은 기본 약들이 있어서 거의 의사 행세를 할 때도 많아요. 상당히 근엄하게 약을 주고 엄숙하게 설명해야 병도 금방 낫더라고요. 그러고 보니 의사가 불친절하다고 전에는 불평도 많이 했는데 왜 그렇게 폼을 잡고 사는지 이곳에 와서 의사 비슷한 노릇을 해보니까 대강 알 것 같기도 해요.

그는 사람들에게 실질적인 도움을 주면서 살 수 있는 정주가 부럽고 그런 사람이 와서 도움을 주는 마을 사람들이 부럽다는 답장을 보냈다. 정주는 사냥꾼댁의 이야기도 시시콜콜 써서 보냈다.

옆집에 사는 사냥꾼댁은 활달하고 경우가 밝은 사람입니다. 앞니 한쪽이 빠져 웃을 때마다 드러나고는 하지만 개의치도 않는 것 같아요. 사냥꾼 남편은 옛날이야기나 전설에 나오는 장수처럼 기골이 장대하고 인물이 출중한 사람인데 해마다 겨울철이 되면 눈밭을 헤치고 곰 사냥을 떠난다고 해요. 몇 명 일행이 모여서 인제며 원통이며 태백 등지로 안 가는 곳이 없이 떠나 산속에서 곰처럼 뒹굴면서 곰 사냥을 한다는군요. 곰을 한 마리 잡으면 떼돈을 벌게 되는데 이 남자는 그 떼돈을 들고 예쁜 각시가 있는 술집에 파묻혀서 세월이 좋다고 놀다가 온다는 거예요. 처음 그 이야기를 듣고 흥분한 나는 그런 남편을 그냥 두느냐고 했지만 사냥꾼댁은 화통하게 웃기만 하더라고요. "사나가 인물이 그만할제는 여자들이 따르는 것이사 당연한 일이제." 이런 대답을 하면서요. 올해 초봄에도 남편이 언제 돌아온다는 편지를 받고는 제일 좋은 옷을 차려입고 한쪽 다리를 조금씩 절며 읍으로 나가는 중간 시냇가에 큰 느티

나무가 서 있는 곳까지 마중을 나가 하루 종일 기다렸어요. 그리고는 해가 질 무렵 쓸쓸히 혼자 돌아오길래 도대체 정신이 있는 사람이냐. 왜 그런 대접을 받고 사느냐며 그렇게 살아서는 안 된다고 종주먹을 대고는 했어요. 무언가 몹시 부당해 보였거든요. 그랬더니 "내가 지둘리는 집으로 돌아오기만 하는 것두 고맙제 무어." 이러더라고요.

그렇게 남편을 위하고 좋아하는 사람을 그 후에도 별로 본 적이 없는 것 같았다. 남편 이야기를 할 때면 얼굴이 환한 꽃처럼 피어나던 여자였다. 나중에 생각해보니 어떤 의미에서는 가장 행복했던 아내의 모습이 아닌가 싶기도 하다. 교육을 받지 못해 문맹에 가까운 수준이었지만 경우가 밝고 삶에 대한 지혜를 지녔던 사람이었다. 그 마을에서 그 사람과 가장 마음을 털어놓고 친구처럼 가깝게 지냈었다.

지난주에는 장에 내려가는 길에 군청 공보실에 부탁해서 어제 학교 앞마당에서 영화를 상영했어요. 김지미도 나오고 허장강도 나오는 그런 영화예요. 영화 신청을 하고 기다리면 두 달에 한 번 정도 군 홍보실에서 나와 옛날 배우들이 나오는 오래된 영화를 틀어주거든요. 마을 사람들은 아이들에게서 영화 상영이 있다는 소식을 들으면 이른 저녁을 먹은 후에 삶은 감자며 부침개들을 베수건에 싸 들고 잔칫날을 받은 것처럼 흥겨워하며 학원 마당으로 몰려들어요. 멀리서 이웃 마을 사람들까지 원정을 오고요. 어스름한 기운이 학교 운동장에 깔려 들고 영사기 돌아가는 소리가 들리기 시작하면 사람들의 얼굴에 흥분과 즐거움의 기색이 가득 넘쳐요. 장난치며 떠드는 아이들의 웃음소리와 돌돌거리며 흐르는 시냇물 소리에 둘러싸여 밤의 산속은 훈훈합니다.

사람들이 행복해지기 위해서 무엇이 필요한가 하는 의문이 들 때면 그 당시 정경들이 지금도 떠오르고는 했다. 그때가 어쩌면 인생의 가장 행복한 시절이었는지도 모른다. 그러나 그 당시 정주는 그 사실을 알지 못했고 맞지 않은 옷을 얻어 입은 사람처럼 어느 부분이 어색하게만 느껴졌다. 그 어색했던 부분이 아마도 도시에서 습관이 된 번잡한 삶에의 동경이었을까. 산속의 정적을 견디지 못했던 정주는 많은 편지를 띄워 보냈다. 그러다가 점차로 중요한 안부편지를 제외하고는 그에게만 주로 편지를 보내게 되었다.

아이들의 순진무구한 이야기, 시시각각으로 변하는 숲의 빛깔과 시냇물에 비치는 하늘과 구름의 이야기. 누에를 치고 뽕잎을 따러 다니던 이야기, 그리고 정주가 읽던 책 속의 주인공들, 산속을 서성거리는 바람소리, 가을에 아이들이 꺾어 와 온 교실을 장식하던 단풍나무 잎들, 아이들이 고무신에 시냇물과 함께 담아 오던 물고기들, 오후 내내 기다리던 자전거 탄 우체부, 집 앞 텃밭에서 가꾸던 오이며 감자, 호박들……. 숨이 막히도록 아름다운 생명의 빛으로 숲과 시내를 비추며 떠오르던 보름달, 그믐이 가까워지면 깜깜한 하늘에 청청하게 빛나던 별들의 이야기를…….

어제는 학원을 떠나기 전 작별 기념으로 교실에 병풍과 담요를 둘러치고 춘향전을 공연했어요. 나는 월매 역할을 맡았고 눈매가 고운 여선생은 춘향이 역을 맡았지요. 윗마을에 사는 허우대 좋은 총각이 군대에서 휴가 나왔던 길에 이 도령이 되고 마을 사람들이 변학도며 향단이가 되었지요. 아이들은 입은 옷 그대로 아무 때나 남원 마을 사람이나 잔치 손님으로 뛰쳐나오는 즐거운 단역 배우들이었고요. 얼마나 많이 공연을 보러 몰려들었는지 교실 안이 송곳도 못 꽂을 정도로 꽉 차서 밖에서 교실이 들여다보이는 유리창마다 사람들이 발을 돋우고 서서 울고 웃으며 공연을 보았습니다.

그 모든 장면들이 어느 꿈속에서 보았던 일처럼 아련하고 그립기만 했다. 그곳을 떠나기 일주일 전쯤 그에게 편지를 띄웠다. 산속에서 지나간 시간들의 추억을 더듬는 편지였다. 정주는 편지에 서울에 올라가면 한번 만나보고 싶다고 썼다. 그는 그럴 필요는 없을 것 같다고 서로 받은 편지를 간직하고 마음의 친구로 기억하자는 답장을 보냈다. 그는 차이코프스키와 그의 후원자였던 귀족 부인은 생전에 단 한 번도 만난 적이 없으나 다른 어느 누구보다도 정신적으로 제일 가까운 사이였다고 썼다. 이제 공부에 몰두해야 하기 때문에 다시 연락할 때까지 한동안 편지하기 어렵다는 말이 적혀 있었다. 언제 어디를 가든 지금처럼 씩씩하고 다정하게 어려운 사람들을 돕는 마음을 잃지 않고 살아가리라고 자기는 믿는다는 말이 말미에 적혀 있었다.

정주가 이곳을 떠나 어디로 가는지도 모르면서 어떻게 다시 연락하겠다는 말인지 알 수가 없었다. 서운한 마음을 표시하지도 못한 채 다시는 그의 편지를 받지 못했다. 서울에 올라와 광화문 우체국에 알아본 그 사서함 번호는 다른 사람이 사용하고 있었다. 그러고 보니까 그가 어디에 사는 누구인지에 대해서 정주는 별로 알고 있는 바가 없었다. 그렇게 모든 이야기를 다 나누고 마음속 깊이 가깝다고 생각했던 사람이 어디에 사는 누구인지, 어떻게 생긴 사람인지도 모른다는 사실은 황당한 일이었다. 한동안은 자신이 산속에서 망상에 사로잡혀 있지도 않은 일을 꿈을 꾸고 있었던가 하는 생각도 들었다.

그 후 직장에 다니다가 결혼한 후 미국에서 십 년 넘어 살다가 귀국했을 때 정주가 가장 먼저 찾아보고 싶었던 곳이 선유실리였다. 오랜 세월 후에 찾아갔던 산골은 옛 모습이 사라지고 간성학교의 분교라는 새 건물이 세워져 있었다. 시냇가에는 편지를 쓰고 아이들하고 놀며 이야기를 나누던 큰 바위가 여전히 자리 잡고 있었다. 그러나 철조망이 시냇가에 쳐지고 군인들이 경계근무를 하고 있어서 건너편 산속으로 올라가 볼 수는 없었다. 학교 옆, 곰 잡는 사냥꾼의 집도 퇴락한 빈집이 되어 있었다. 우리 선상님 오셨냐며 하나 빠진 앞니를 드러내고 거침없이 웃던 사냥꾼댁도 그 자리에 살고 있지 않았다. 근처 어느 집에도 낯익은 사람들은 남아 있지 않았다.

― 선상님, 선상님, 어서 오시요.

시냇가가 보이는 언덕에 서자 그때 나이 그대로인 아이들이 저쪽에서 아우성을 치며 이쪽으로 뛰어오는 모습이 눈에 보이는 것 같았다.

— 아이구, 이거 우리 김 선상이 이기 웬일이나.

다리를 조금 절며 서둘러 달려오는 사냥꾼댁의 활달한 웃음소리도 들리는 듯했다. 젊은 시절은 꿈과 기억만 남기고 모든 것의 실체는 사라져버린 것만 같았다. 참으로 오래 산 것 같은 아득한 느낌이 그때 온몸을 흔들고 지나갔다. 시냇가를 돌아서 걸어 나올 때 전송하듯 뒤를 따라 불던 바람소리만 태고의 주인처럼 낯익었다.

한동안 회상에 젖어 있던 정주에게 그가 가라앉은 어조로 말했다.

"사실은 몸이 좀 안 좋은 것 같아서 병원에 들르려고 혼자 귀국했습니다."

"사모님하고 아이들은……."

"다 잘 지내고 있지요. 아들은 의사가 되었고 딸은 결혼해서 잘 살고 있습니다."

"이민 가신 보람이 있으시겠어요. 그렇지 않아도 늘 궁금했었어요. 언뜻 이민 가셨다는 소리를 듣기도 했고요."

"선생님은……?"

"저는 아들 하난데 유학 가 있어요. 결혼이 늦었거든요."

"그러셨습니까? 작가가 되셨다는 소식은 소문으로 들었습니다. 하긴 그때 선유실리에 계실 때도 글을 참 잘 쓰셨지요."

"그때 제가 쓴 글을 보신 적이 없잖아요."

"아니, 뭐……. 말하자면 그렇다는 거지요."

뜻밖에 당황해하며 한동안 침묵을 지키고 있는 그에게 정주는 물었다.

"병원에는 가셨었어요?"

"그랬지요."

"뭐, 어떻다고 그래요?"

그는 애매하게 고개를 끄덕였다.

"그런 건 중요한 이야기가 아니라 괜찮습니다. 캐나다에 돌아가서 좀 요양을 하면 좋아지리라고 생각합니다."

그는 담담했지만 혹시 중한 병이 아닌가 하는 느낌이 들었다. 그러고 보니 눈빛은 여전히 형형하지만 안색도 썩 좋아 보이지는 않았다. 하지만 더 캐묻는 것도 불편한 일일 것 같아 잠자코 있다가 정주가 문득 말했다.

"예전에 선유실리 같은 곳이 있으면 좋은 요양처가 될 텐데……."

그는 고개를 끄덕였다. 추억에 젖어드는 눈빛이었다.

"정말 내 생각도 그렇습니다."

"그 시냇가며 계곡들이 이즈음엔 너무나 그리워요."

"사실은 어제 그곳에 다녀왔습니다."

정주는 깜짝 놀랐다. 짧은 일정이었다면서 그곳까지……?

"많이 변했지요?"

"그렇기도 하고……. 그대로 있는 부분도 있고요."

그는 무슨 이야기를 더 하려고 망설이는 것 같았지만 하지 않기로 마음먹은 듯했다.

"내일 떠나신다니까 정말 섭섭하네요. 좋은 여행이 되시기 바래요."

그는 고맙다고 대답했다. 악수를 청하러 정주가 내미는 손을 꼭 잡으며 이렇게 다시 만나볼 수 있어 정말 좋았다고 말하는 그의 눈에 언뜻 물기가 스쳐 가는 것처럼 보였다.

그 다음 날은 그가 떠난다는 생각에 이상하게 마음이 어수선하고 일이 손에 잡히지 않았다. 그날 밤 안개 속에서 누군가 자기를 부르는데 어디로 가는지도 모르면서 산속을 헤매고 다니던 꿈을 다시 꾸었다.

며칠 후 정주는 공항 근처 우체국의 소인이 찍힌 작은 상자를 소포로 받았다. 포장을 뜯자 상자 위에 편지가 놓여 있었다.

몇 번이나 말하려고 했지만 용기가 나지 않았습니다. 선생님이 어떻게 받아들일지도 두려웠고요.

캐나다에서도 진단을 받았지만 한국에서 다시 간암 말기라는 최종 진단을 받았습니다. 해볼 수 있는 일이 별로 없다고 합니다. 아들이 의사니까 통증 조절을 할 수 있도록 잘 도와주겠지요.

그 다음 구절을 읽고 정주는 잠시 숨이 멎는 듯했다.

선생님께 선유실리로 편지를 보냈던 사람은 바로 나였습니다.

너무 놀란 정주는 편지를 움켜쥐었다. 충격 때문에 잠시 눈을 감고 있다가 정주는 떨리는 손으로 다시 편지지를 폈다.

사실은 선생님께 하나님과 그 사랑을 전도하고 싶어 가명으로 시작한 편지였습니다. 내 이름으로 내면 답장을 주실 것 같지 않아서요. 그런데 편지를 주고받으면서 내 마음에 사랑의 감정이 담겨 있다는 걸 깨닫게 되었습니다. 선생님이 서울로 돌아오기 전에 밝히려고 했지만 그때는 이미 고백할 기회를 놓쳤을 때지요. 편지를 쓴 사람이 나라는 것도, 마음속에 자리 잡고 들어온 놀라운 감정에 대해서도……. 그 후 마침 기회가 생겨 캐나다로 이민을 왔고 내내 여기서 목회를 하면서 살아왔습니다.

그의 이야기는 내 손으로 없앨 수 없어 간직하고 있던 편지들을 돌려드린다는 말로 끝을 맺었다. 그 시절이 자신의 인생에서 가장 행복한 때였다는 말과 함께.

정주는 편지를 손에 든 채 한동안 우두커니 앉아 있었다. 문득 편지를 보내던 사람이 그라는 사실을 어쩌면 알고 있었는지도 모른다는 생각이 들었다. 무의식의 한구석에서 누군가 그 이야기를 들려주려고 하는 것을 스스로 억누르고 있었던 것일까.

상자 뚜껑을 열자 서울 사서함 번호가 적힌 낡은 편지봉투들이 차곡차곡 쌓여 있었다. 정주는 제일 위에 놓인 봉투에서 편지를 꺼냈다. 30여 년 전 자신이 보냈던 편지를 다시 보는 기분은 무어라고 형언하기 어려웠다. 그 편지는 기형도의 시로 시작되고 있었다.

아주 오랜 세월이 흐른 뒤에

힘없는 책갈피는 이 종이를 떨어뜨리리
그때 내 마음은 너무나 많은 공장을 세웠으니
어리석게도 그토록 기록할 것이 많았구나
구름 밑을 천천히 쏘다니는 개처럼
지칠 줄 모르고 공중에서 머뭇거렸구나
나 가진 것 탄식밖에 없어
저녁거리마다 물끄러미 청춘을 세워두고
살아온 날들을 신기하게 세워보았으니
그 누구도 나를 두려워하지 않았으니
내 희망의 내용은 질투뿐이었구나
그리하여 나는 우선 여기에 짧은 글을 남겨둔다
나의 생은 미친 듯이 사랑을 찾아 헤매었으나
단 한 번도 스스로를 사랑하지 않았노라.

 이 시가 적힌 편지를 읽고 그가 보냈던 답장을 정주는 기억하고 있었다. 자기를 사랑하는 법을 배우지 않고는 다른 사람을 사랑할 수 없다던 그의 글……. 정주의 편지들은 전부 다 그에게 쓰는 편지가 아니라 자기 자신에게 쓰는 편지처럼 느껴진다는 다른 글도…….
 정주는 편지를 내려놓고 상자의 뚜껑을 닫았다. 두 손을 상자 위에 얹은 채 오랫동안 움직이지 않고 그녀는 앉아 있었다. 자신과 그를 위해 기도하고 싶었지만 가슴속 가득 불이 붙어 오르는 것 같아 한마디 말도 생각해낼 수 없었다.

창밖으로는 어둠 속에 갇히기 시작하는 건너편 아파트의 윤곽이 꿈속인 것처럼 흐릿하게 떠오르고 있었다.

용의 친구

숲길은 한적했다. 사방에서 나뭇잎을 흩날리는 바람소리만 들려왔다. 추위에 몸을 웅크리며 머물러 쉴 곳을 찾고 있는데 저만치 떨어진 곳에 집이 보였다. 가까이 다가가자 갑자기 초록빛 문이 열리더니 용 한 마리가 사람처럼 걸어 나와 내게 다가오기 시작했다. 피해야 하는 건지 어떻게 해야 하는지 몰라 당황해하고 있는 사이에 용은 거침없이 다가오더니 내 머리를 발톱으로 탕탕 두드렸다.

탕탕 두드리는 소리가 나를 잠에서 깨어나게 했다. 밖에서 창문을 두드리는 소리가 이어서 나고 있었다. 약하게 두 번 강하게 한 번. 소리는 모스부호처럼 울렸다. 정훈이로구나, 하는 생각이 들자 꿈과 현실의 애매한 경계선 속에서 방해 때문에 잠을 깬 데 대한 울화가 치밀어 올랐다.

"누구야?"

잠이 덜 깬 목소리를 내자 창밖에서 작은 음성이 속삭였다.

"나야, 정훈이야."

뭐야. 이 밤중에······. 꿈속에 본 용과 그의 얼굴이 뒤섞였다. 정훈이는 무언가 또 괴상한 아이디어를 가지고 나를 찾아온 게 틀림없었다.

"세상이 살아 숨 쉬고 있어. 그만 자. 이리 나와. 우리 산에 가자."

그가 아무 때나 나타나 창문을 두드려대는 문간방이 이제는 그만 정말 지겹다. 그는 걸핏하면 나타나 창문을 두드린다.

"나는 네가 사는 집이 너무 좋아. 창문을 똑똑 두드리면 사람이 바로 내다보는 그런 집 말이야."

옛날 식 미는 대문이 헐겁게 엇비슷이 달리고 격자 창문에 쇠창살이 달리지 않은 이 집이 이즈음 보기 드문 주거 형태이기는 했다. 그렇지만 나는 그의 말처럼 무슨 인간의 온기를 찾아 여기에 사는 것은 아니었다. 나는 가난한 농사꾼 아버지가 최소한의 방세밖에 도와줄 수 없기 때문에 이 언덕길 위의 집에 살고 있을 뿐이었다. 아버지가 구원처럼 기다리고 있는 것은 내 박사학위였다.

"인마. 그만 돌아가. 나는 좀 자야 되겠어. 내일 시험감독이 있단 말이야."

나는 하품을 섞어 말하고는 이불을 뒤집어썼다. 저 친구를 상대하느니 차라리 아까 꿈에 나타났던 용에게 돌아가는 게 훨씬 더 나으리라 싶었다. 골목길에 그대로 노출되어 있어 한밤중에 누군가 불쑥 나타나서 내 생활로 뛰어들어오는 가난한 문간방은 정말이지 이제 그만 사절하고 싶었다.

정훈의 아버지는 아주 부자였다. 그는 끝없이 생산품을 만들어내면서 살고 있다. 세탁기, 텔레비전, 밥솥, 다리미……. 아무튼 그는 무엇이든지 왕성하게 만들어내고 있었다. 그는 물건을 만들다 쉬는 사이에 쓸모 있는 물건을 만들어내는 데 전혀 관심이 없는 아들을 곰곰이 바라보았다. 지나치게 내성적이라 도저히 장사를 할 것 같지 않은 아들을 품질 검사하듯 세심히 바라보다가 마침내 그를 판사로 만들기로 결심을 한 모양이었다. 그는 기획이 잘되면 잘 팔리는 물건을 만들 수 있듯이 아들도 기획을 잘하면 우수한 제품으로 만들 수 있다고 확신을 했던 것 같았다.

정훈은 고분고분 말을 잘 듣는 아들이었다. 사춘기에 남들이 흔하게 일으킨다는 이런저런 문제도 전혀 일으키지 않았다. 새벽에 일어나면 주는 대로 유기농 농산품으로 만든 영양식을 받아먹고 학교에서 돌아오면 각처에서 수소문해 모셔 온 비싼 과외 선생님의 지도를 받았다. 시험도 잘 보았다. 학교 다닐 때 우리가 가까운 친구가 된 건 순전히 모범생들의 의기투합이었는지도 몰랐다. 나는 과외할 여력이 없었지만 그런대로 좋은 학교의 심리학과에 들어갔고 그는 세칭 일류 대학의 법대에 들어갔다. 학교에 다니면서 그의 얼굴에서 점점 웃음이 사라져가는 것을 가족들은 아무도 알아내지 못했다. 그의 어머니는 남편에게 치여 숨도 잘 못 쉬고 사는 사람이었다.

그는 대학을 졸업하고 아버지가 사준 아파트에 혼자 갇혀 고시 공부를 하다 여러 번 불합격을 했다. 그리고 아버지 공장 제품의 기준으로 말하자면 팔려 나가지 못할 불량품이 되었다. 그러나 정훈의 의견은 달랐다. 이제야 인생에 눈이 떠였다는 것이다. 그와 마주 앉으면 정신을 차릴 수 없을 정도로 현란한 논리의 사변이 흘러나왔다. 그는 인간의 의무와 행복에 대해 심각한 의문을 품게 되었다고 했다.

"너 철학자 비트겐슈타인이 뭐라고 했는지 알아? 우리가 영원히 살아남은들 풀릴 수수께끼는 없다는 거야. 현재의 우리 삶만큼이나 이 영원한 삶이라는 것도 수수께끼투성이라는 거지. 삶과 시간, 그리고 공간이 갖는 수수께끼의 해결은 공간과 시간의 밖에 놓여 있다는 거야."

내가 아무 말 없이 바라보자 그는 덧붙였다.

"그래서 나는 시간과 공간의 밖으로 나가 살아보기로 결심했다."

그러고 나서 그는 가족과 친지들과의 교제를 다 끊었다. 그의 아버지는 칩거하여 공부만 하고 싶으니까 그가 사는 아파트에 일체 아무 연락도 하지 말아달라는 제의를 두 손 들어 환영했다. 그는 무인도에 갇힌 로빈슨 크루소처럼 아파트에 틀어박혀 고시공부 대신에 인간을 행복하게 만드는 방법에 대해 끊임없이 연구하기 시작했다. 그는 책을 읽고 가르치고 하는 재래식 방법은 이미 사람들에게 아무 것도 줄 수 없다고 선언했다. 바닷속의 마녀가 인어공주에게 만들어 준 사람이 되는 약 같은 것을 자신이 발견하고야 말겠다고 다짐하며 이것저것 뒤섞어 끓여보기도 하는 모양이었다. 그는 가끔씩 나를 찾아와 그런 연구 결과를 혼자 발표하고는 했다.

"그래, 그 약의 재료로 무엇을 쓰니?"

내가 짐짓 물으면 그는 진지하게 대답했다.

"여러 가지야. 봄날의 공기라든가 소나무 숲의 향기, 황토 흙, 구름의 정기, 판소리나 전원교향악이라든가 샤갈의 그림 뭐 그런 것들이지. 아주 다양해."

그가 하는 행태가 점점 정상의 궤도를 벗어나 위태롭다고 여겨져 그에게 상담을 받을 것을 권한 적이 있었다. 그는 현자처럼 심각한 얼굴로 고개를 저으며 말했다.

"내가 재미있는 이야기 하나 해줄까. 어떤 사람이 정신과 의사를 찾아가 하소연을 했거든. 밤마다 베개맡에 용이 찾아온다고 말이야. 그는 그 일 때문에 신경쇠약에 걸려 한숨도 잘 수 없어서 기진맥진했어. 자살까지 하고 싶었다는 거야. 의사는 말했지. 제가 치료해드리지요. 환자가 기뻐하자 의사는 말을 이었어. 하지만 미리 말해두겠는데 기간이 최소한 일이 년은 넘어 걸리고 오백만 원 정도의 비용이 들겁니다. 그 남자는 소리쳤다는 거야. 오백만 원이나요. 그리고 심사숙고한 후에 말했지. 그만두겠습니다. 그냥 집에 돌아가서 차라리 그 용을 친구로 삼으렵니다."

그는 어이없어하는 나를 장난스러운 눈으로 바라보았다.

"무슨 이야기인지 알아듣겠냐? 이 심리학 이론만 아는 답답한 녀석아. 그런고로 나는 이제부터 용의 친구가 되겠다 이거야, 이제 알겠어?"

그는 그 후부터 자신을 용의 친구라고 불렀다. 아닌 게 아니라 용이 아니라면 아무도 그를 친구로 삼지는 않을 것이었다. 머리 어느 부분의 나사가 빠졌거나 헐거워진 것이 틀림없어 보이는 행동을 그는 이즈음에 와서 예사로 했다. 그러니 내가 그 녀석 때문에 숲 속에 있는 집에서 용이 튀어나오는 꿈을 꾸는 것도 우연한 일은 아닌 것이다. 그는 창문에 바짝 붙어 서서 속삭였다.

"할 이야기가 있어. 밤에는 정말 세상이 살아 움직여. 나와 봐. 너는 인간의 심리를 파악하려면 밤에 밖에 나와서 세상의 심리를 먼저 파악해야만 해."

나는 이불 속에 누운 채 외쳤다.

"돌아가. 제발. 새벽 두 시에 갑자기 달려와 남의 창 앞에 서서 사람을 깨우는 사람은 정상이 아니야. 내가 네 애인이냐? 네가 로미오고 내가 줄리엣이냐고?"

밖에서 아까보다 좀 더 커진 목소리가 들렸다.

"정상이 아닌 건 너야. 이렇게 세상이 살아 움직이는데 잠만 처자겠다는 네가 감정이 없는 비정상이라고……."

나는 벌떡 일어서 창문을 드르륵 열었다.

"이거 봐. 네 녀석같이 그렇게 흥분해서 날뛰는 걸 조증이라고 해. 이제 곧 우울증이 올 거야. 제발 좀 돌아가서 잠이나 자."

키가 훌쩍 큰 그는 얼굴을 창에 더 바짝 들이대었다.

"잘 수가 없어. 나는 드디어 발견해낸 거야."

나는 잠자코 그를 노려보았다. 그가 그동안 해낸 발명이나 발견은 이제 몇 개의 바구니에 가득 채우도록 많았다. 화가 날 때 얼굴에 바르면 마음이 펴지는 크림이라든가 누가 미울 때 마시면 마음이 부드러워지는 음료라든가 우울할 때 바라보면 마음이 행복해지는 거울이라든가. 뭐 대충 그런 것들이었다.

"문제는 이제 이 세상 사람들이 순수하게 기뻐하는 법을 잊어버린 거잖아. 내가 이번에는 먹으면 기뻐지는 약을 발견했다는 거 아니냐."

나는 한숨을 내쉬었다. 이제 잠은 다 달아났다. 안집에 불이 켜지고 기척이 나는 걸로 봐서 이 친구를 잘 달래 보내지 않았다가는 이 알량한 자취방에서도 그나마 쫓겨나게 생겼다. 그렇게 되면 정말 그가 말하는 기뻐지는 약이 필요하게 될 참이었다.

나는 더 이상 승강이하고 싶지 않아 창밖으로 한 손만 내밀었다.

"알았어. 이리 줘. 먹고 잘게."

그는 내게 얼굴을 바짝 들이대고 알사탕을 들고 동생을 골리려는 형처럼 느긋하게 말했다.

"나와. 나와야 줄 거야."

나는 더 이야기하기를 포기하고 잠자코 일어서서 바지를 입고 잠옷 위에 그대로 점퍼를 걸쳤다. 그리고는 언젠가 이 녀석을 흠씬 두들겨 패주고 말리라고 결심했다. 문을 열고 나서자 그는 앞장서서 걷기 시작했다. 그 뒤를 따라 걸으며 논문 지도교수인 이 교수한테 이 녀석의 처리를 심각하게 의논해보아야 하겠다고 생각했다.

"내가 가을의 공기와 비발디의 음악과 태양의 빛, 나뭇잎의 초록색을 다 섞어서 약을 만든 거야. 사실은 네가 그 약을 처음 먹어보는 건 아니야."

"누구에게 먼저 먹였어?"

나는 잘 달래서 그를 돌려보낼 셈으로 맞장구를 쳤다.

"내 친구, 용에게……."

그가 동화 속에나 나오는 용과 선녀의 이야기와 현실의 이야기를 뒤섞어서 할 때면 얼마나 진지한지 나도 속아 넘어가고 싶어질 지경이었다.

"그래, 용이 기뻐하디?"

그는 잠시 대꾸하지 않았다. 그의 두 눈이 가로등 불빛 아래서 언뜻 빛났다.

"아주 기뻐했어. 우리는 함께 기뻐하며 춤을 추었지. 그리고 용은 날아올라갔어. 이제 나한테 다시 돌아오지 않을지도 몰라."

나는 더 그를 따라가지 않고 그 자리에 멈추어 섰다. 이 한밤중에 그의 사변을 더 듣고 싶지 않았다. 더 이야기하다가는 이 녀석의 잘생긴 얼굴을 한 대 후려갈기고 싶어질 것 같았다. 키도 몸집도 더 작은 내가 그를 이길 수 있다면 말이다.

"내일 이야기하자."

"그래."

의외로 그는 순순하게 단념했다. 돌아서 걷는 내 등 뒤에 대고 그는 소리쳤다.

"네 존재가 관념인가 실재인가 돌아가서 용과 비교하며 곰곰이 생각해볼게."

집에 돌아온 나는 투덜거리며 옷을 벗고 자리에 누웠지만 다시 잠들기는 다 틀렸다. 어떤 측면에서 비정상인을 가리는 데 쓰이던 이탈접근이나 적응접근의 어느 틀에 넣어도 그는 정상이라고 인지되기에 곤란할 만큼 평균적인 언행해서 멀리 가 있었다. 자기나 타인에게 고통을 끼칠 만큼 증상이 심각할 때라는 비정상의 기준도 애매했다. 사실을 말하자면 이 녀석은 나를 괴롭히기도 하지만 상당히 즐겁게 해주는 면도 있었기 때문이었다. 그러나 그의 이야기를 듣고 있으면 상식의 틀을 벗어난 사고의 장애가 여기저기서 불쑥 고개를 내미는 것만 같았다.

나는 목각사슴 장식이 달린 실내등의 불을 끄고 잠을 청하며 내일 지도교수인 이 교수를 찾아가리라고 생각했다.

이 교수는 흰 도자기 찻잔에 녹차를 따라주며 상당히 흥미 있게 내 이야기를 들었다. 이야기를 다 듣고 이 교수는 그의 아버지한테 연락을 취해야 할 것 같다고 조언했다. 무슨 일을 저지를지 모르는 상태에서 그렇게 혼자 살고 있는 것은 좀 위험할 수도 있다며 그는 덧붙였다.

"조증 상태가 되면 기이하게 들떠서 자지도 먹지도 않고 망상에 빠지거나 무슨 일에 매달려 탈진 상태에 빠질 수 있지. 게다가 재산이나 성에 관련된 문제에 돌이킬 수 없는 치명적인 실수를 저지를 가능성이 있다는 건 자네도 잘 알고 있지 않나."

이 교수의 차분한 설명을 들으면서 나는 먼저 정훈을 만나야겠다고 생각했다.

그의 아파트 문은 열려 있었다. 열린 문 안쪽에서 떠들썩한 웃음소리와 빠른 템포의 음악이 흘러나왔다. 문 안에 들어서자 초등학교 또래 아이들이 여러 명 그와 함께 춤추고 웃으며 어울려 놀고 있는 모습이 보였다. 나는 현관에 잠시 그대로 서서 그의 모습을 바라보았다. 그는 아이들처럼 멜빵이 달린 바지를 입고 현관 쪽으로 오며 큰 소리로 웃었다.

"야아, 이 녀석. 웬일이냐. 들어와라."

그는 반갑게 맞아주었다.

아이들이 그를 따라 나오면서 외쳤다.

"아저씨. 우리랑 함께 춤춰요."

나는 신을 벗으며 혀를 찼다.

'이거 정말 색다른 종류의 미치광이로군.'

거실에 있는 새장 안에서는 흰빛 문조 두 마리가 붉은 부리를 비

비대고 있었다. 넙적한 자배기 안에서 거북이 두 마리가 헤엄치면서 검정깨처럼 자그마한 까만 눈으로 나를 올려다보았다.

갑자기 새가 울어대는 소리로 인터폰이 울렸다. 정훈이 말했다.

"너 좀 받아봐. 미친 사람들 같아. 여기 사람들은 걸핏하면 인터폰으로 자기 마음을 전하거든."

인터폰에서 울리는 여자의 음성은 날카로웠다.

"너무 시끄러워요. 제발. 시끄러워 죽겠어요. 여기 이층인데요. 그 아이들 좀 내보낼 수 없어요?"

"알겠습니다. 그렇게 전하겠습니다."

나는 인터폰의 수화기를 손으로 감싸며 정훈에게 눈짓을 했다.

"시끄럽다고 제발 조용히 좀 해달래."

그는 춤추는 스텝 그대로 내게 다가왔다. 그리고 인터폰 수화기를 내게서 받아 그대로 벽에 다시 걸어버렸다.

"이층에 사는 여자가 말이야. 사사건건 간섭이야. 전에는 인터폰으로 나보고 제발 집 안에서 옷을 입고 있어 달라고 하지 않아. 어떻게 아느냐고 했더니 아파트 앞을 지나가면 보인다는 거야. 여기는 지대가 높아서 그냥 지나가면 안이 절대 안 들여다보이게 되어 있거든. 그 여자가 말이야. 무언가에 올라서서 우리 집을 넘겨다보고는 혼자 분개하는 거야."

"너 정말 벗고 있었니?"

"그럼. 왜 안 돼?"

"밖에서 뭘 고이고 올려다보든 어떻든 벌거벗은 게 보인다면 곤란한 이야기잖아."

183

"인마, 목욕하고 나와서 자기 집 안에서 벗고 돌아다니는 게 법에 걸리냐? 그리고 어떤 실험을 할 때는 옷을 입으면 안 되는 경우가 가끔 있거든. 만약에 법에 걸려야 한다면 뭔가 딛고 올라서서 남의 집을 넘겨다보는 사람이 걸려야 하는 거야."

그는 내게 한 눈을 찡긋하며 낮은 음성으로 속삭였다.

"그 여자 과부거든, 아마 나하고 같이 자고 싶은가 봐."

나는 어이가 없어 입을 다물었다. 그 사이에 아이들은 하나씩 밖으로 나갔다.

"그럼 우리 나가서 좀 놀자."

그는 아이들을 따라나서며 곧 돌아올 테니 기다리라고 말했다.

나는 그의 방에 놓인 흰빛 가죽 소파에 앉아 그의 방을 둘러보았다. 사면 벽은 그와 아이들이 함께 그린 것 같은 크레용 그림들로 뒤덮여 있었다. 굴뚝 위로 날아올라가는 여자들, 구름 위에서 꽃을 들고 웃고 있는 남자들, 마법의 양탄자를 타고 날고 있는 할아버지. 사자와 춤추고 있는 아이들, 현실과 동떨어진 그림들을 보고 있으려니 마법의 나라에 날아와 앉아 있는 것 같았다.

일층 베란다의 큰 유리문을 통해서는 황금빛 은행나무가 내다보이고 크기가 중간 정도쯤 되는 귀가 긴 갈색 강아지 한 마리가 두 발을 낮은 창턱에 고이고 나를 들여다보고 있었다.

나는 혼자 앉아서 이삼십 분 기다리다가 그를 찾아보러 밖으로 나왔다. 그러자 경비실에 앉아 있던 나이 지긋해 보이는 푸른 제복의 경비원이 나를 불러 세웠다. 가지각색의 색깔이 칠해진 벽에 둘러싸여 있다가 밖으로 나오니 복도의 회칠한 시멘트벽이 다른 세상처럼 낯설어 보였다.

경비원은 피곤에 전 얼굴과 청색 물감을 푼 물속에 담갔던 것 같은 푸른 경비복 때문에 아파트라는 커다란 감옥의 간수처럼 보였다.

"거기 사시는 분하고 어떻게 되시는 사이십니까?"

나는 좀 당황하고 쑥스러웠다. 기묘한 호기심이 담긴 그의 얼굴이 그다지 호의적인 것 같지 않아서 정훈과 친구라는 사실이 그에게서 좋은 대접을 받을 기회를 부여할 것 같지는 않아서였다. 어쨌든 달리 사이를 댈 수도 없어 나는 간단하게 말했다.

"친굽니다."

그는 고개를 끄덕이면서 바지 뒤쪽에 대고 두 손을 비볐다.

"그렇다면 잘됐소."

뭐가 잘됐는지는 잘 모르겠지만 그는 안경을 벗어 유리알 부분을 휴지로 닦아내고는 다시 썼다. 아마 괴상한 인간의 친구도 역시 괴상한 얼굴을 하고 있는지 잘 관찰해보려는 의도인 것 같았다.

"이거 당최 내가 미치겠수다."

내가 이 결정적인 발언에 아무 대꾸가 없자 그는 지친 어조로 말을 이었다.

"그 사람 가족이 없습니까? 돈은 많은 분 같은데 아무도 드나들지 않으니 말이요."

내가 묵묵부답이자 그는 억양을 좀 높여 말을 이었다.

"이 아파트 반상회에서 결의를 했다는데요. 그 사람이 태도를 시정하지 않으면 그냥 두지 않겠다고 말입니다."

"무슨 그럴 만한 일이라도 있었나요?"

내가 머뭇거리며 묻자 그는 때를 만났다는 듯이 기세를 올렸다.
"그게, 한두 가지가 아닙니다. 새벽까지 불을 켜고 집 안에서 혼자 무엇인가 끓이고 볶거든. 게다가 며칠 전에는 공부 안 한다고 한밤중에 쫓겨난 여학생을 자기 집에 재워준 겁니다. 부모는 사색이 되어서 사방으로 찾으러 다니고 난리를 쳤지요. 아침에야 아이가 그 집에 있는 걸 알고 항의를 하니까 아, 글쎄 싱글벙글 웃으면서 화가 풀리는 약이 있는데 한번 먹어보겠느냐고 했다는 거예요."

"……"

"그 집 부모들이 여자아이라 창피해서 쉬쉬하고 있었지만 어느새 소문이 쫙 퍼져서 아파트 주민이 그 이야기를 모르는 사람이 없습니다. 중학교 아이기는 하지만 여자아이 아닙니까. 무슨 일이 있었는지 누가 알게 뭐냐고 말들이 많았지요. 게다가 일층 자기 아파트에서 한낮에 아이들을 불러 모아서 이야기를 들려주고 춤도 추고 강아지하고 새들하고 노는 거예요. 아이들처럼요."

"그런 거야 오히려 좋은 일 아닙니까."

나는 나도 모르게 정훈의 역성을 들었다.

"아이구, 말씀도 마세요. 좋은 일이라니요. 아직 젊은 분이라 세상물정을 모르시는구먼. 이즈음에 대가리 큰놈들 나와 노는 거 보셨습니까. 그놈덜이 다 새장에 갇힌 새 신세요, 개집에 갇힌 개 신셉니다. 이놈들이 햇볕을 쬐며 뜰에 나와 놀고 다른 아이들하고 알게 되니까 문제집을 내던지고 학원도 빼먹고 걸핏하면 그 집에 모여서 애들하고 어울려 노는 거예요. 아, 부모들이 그러니 환장하지 않겠습니까?"

정훈이를 구태여 변명해주려는 생각은 아니었지만 그의 이야기를 듣고 있으려니까 나도 모르게 저절로 그의 편이 되었다. 말투까지도 그와 유사해지는 것 같았다.

"그런 일에 환장하는 부모들이 더 문제 있는 거 아닙니까?"

그는 두 손을 절레절레 흔들었다. 혹시나 하고 말은 걸어봤지만 미친놈의 친구가 미친 소리밖에 더 하랴 싶었던 생각이 이제 확인되는 것 같은 당혹스러운 얼굴이었다. 이건 또 다른 종류의 미치광이로구나 하는 낭패감이 그의 얼굴에 역력했다.

"아무튼 내가 이 나이에 어렵게 잡은 마지막 직장입니다. 사모님들이 계속 인터폰을 울려 이렇게 전하라, 저렇게 전하라. 아파트 단지의 경비라는 위인이 이럴 때 가만있으라고 월급을 주는 줄 아느냐고 난리를 치는데 이거 꼭 죽을 맛입니다."

"제 친구한테 말씀을 해보셨나요?"

"아, 물론 했지요. 그런데 뭐라고 해도 싱글벙글 웃기만 해요. 그리고는 그렇다면 난처할 때 마시는 음료수를 드릴까요. 이러는 거예요. 그래 내가 하도 말 같지 않아서 이것저것 다 힘들어서 그런 때만 듣는 약은 필요 없다고 하니까 그럼 전체적으로 행복해지는 약을 드릴까요. 이러는 겁니다."

그는 조심스럽게 검지손가락을 들어 머리 위에서 동그라미를 그려 보였다.

"댁의 친구, 혹시 이렇게 된 거 아닙니까?"

나 자신이 그런 생각을 해보기도 하고 이 교수에게 묻기도 했지만 다른 사람으로부터 그런 질문을 딱 부러지게 받자 나는 좀 열이 올랐다. 내가 입을 꾹 다물자 그는 낙담이 되는 모양이었다.

"글쎄, 어찌 되었든 내 입장을 좀 간곡히 전해주슈. 누가 돌았든지 말았든지 개인적으로야 아랑곳이 없지만 나는 여기서까지 쫓겨날 수는 없다 이겁니다. 그리고 이곳 사모님들이 평수 넓은 곳에 사시는 양반들이라 기세가 등등할 때는 심상치 않습니다. 자칫하면 진짜 실력 행사로 나올 판이에요."

"실력 행사라니요?"

내가 깜짝 놀라 되묻자 그는 이제야 정신이 드느냐는 듯 실쭉 웃었다.

"그게……. 이사를 가지 않으면 어디 정신병원 같은 데 강제루다가……."

나는 대경실색을 했다. 이즈음 정신보건법이라는 것이 강제 입원 조항 때문에 논란이 일어나고 있는 것이 문득 기억이 나서였다.

"누가 그런 소리를 해요?"

내가 한 발 다가서며 묻자 경비원은 뒤로 물러나며 더듬거렸다.

"나도 얼핏 들은 이야기외다. 나도 잘 모르겠시다."

이러고 있는 판에 개나리 빛깔 점퍼에 분홍 바지를 입은 여자가 엘리베이터 쪽으로 다가오며 말을 걸었다. 그녀의 목소리는 높은 고음에 탁성이 섞여서 교태 부리며 지저귀는 늙은 앵무새 같았다.

"아저씨. 나 빨리. 열쇠."

가까이에서 보자 그 여자는 놀랍게도 오십은 넘어 보였다. 이즈음에는 나이 든 여자들이 서양식으로 젊게 입는 것이 유행이라는 소리를 들은 적은 있었다. 그렇지만 사우나나 수영을 다녀오는지 커다란 흰 비닐 가방을 들고 서 있는 그녀의 얼굴에 주름살들이 이리저리 지도를 그리고 있어 샛노란 점퍼와 분홍빛 바지는 조화롭게 보이지 않았다. 나는 머리에서 김을 내고 있는 그녀가 곧 기적을 울리면서 어디론가 떠나려는 낡은 기선 같다는 생각이 잠시 들었다.

그녀는 눈을 가늘게 뜨며 나를 일별하고 누구냐고 묻는 듯한 시선을 경비에게 던졌다. 그는 머리를 긁는 시늉을 하며 얼버무렸다.

"예, 반장님, 여기 일층 사는 그 바로⋯⋯. 그 사람의 친구라고 해서요. 제가 지금⋯⋯."

그녀의 눈에 금세 크리스마스 전구처럼 불이 켜졌다. 나는 물어뜯기지나 않을까 하는 순간적인 두려움에 얼른 한 걸음 뒤로 물러났다. 반장이라고 불린 그 여자는 내게 심문이라도 하는 듯이 물었다.

"정말 친구세요?"

나는 할 수 없이 고개를 끄덕였다.

그녀는 고갯짓을 해서 나를 밖으로 따라 나오게 했다.

"댁이 저 사람 친구라고요?"

그 여자의 얼굴은 먹이를 채려고 부리를 벌린 늙은 독수리처럼 날카로웠다.

"친구라니 이거 정말 잘됐네요. 자, 자세히 이야기 좀 해보세요. 저 사람이 도대체 누군가, 왜 저러고 있는가⋯⋯."

그 여자의 강경한 어조를 들으면서 어쨌든 그 녀석의 아버지에게 이 사실을 알려 수습을 하기는 해야겠다는 생각이 들었다. 그는 자신이 만들어낸 불량품에 대해 전적인 책임이 있었다. 게다가 그가 자기 제품에 대해 쉬지도 않고 부르짖는 게 바로 철저한 애프터서비스 아닌가.

아무튼 내 생각은 거기서 끝났다. 그 노란 옷 입은 여자가 나를 노려보며 째지는 음성으로 말했기 때문이었다.

"이 아파트, 저 사람 때문에 집값 내려가게 생겼어요. 빨리 이사 가도록 손을 쓰지 않으면 우리가 정말 집단행동을 보여주려고 해요."

그녀는 아라비아 술탄의 왕비처럼 거만하게 나를 쳐다보았다.

"댁은 그 사람처럼 이상해 보이지는 않아서 하는 이야기인데, 우선 아이들에게 너무 악영향을 준다고요. 여자아이를 데려다 자기 집에 재우다니, 세상에……. 그렇게 할 거면 차라리 정원에서 목을 매게 놓아두는 게 낫다니까. 저는 아니라고 하지만 무슨 일이 있었을지 누가 알게 뭐냐고. 글쎄 우리 아들이 이번에 고삼인데 이 아이를 길에서 만나가지고 넌 기쁨이라는 게 무언지 아니? 하고 물은 거예요. 공부에 지쳐 얼굴이 다 노래진 아이에게 그따위 미친 질문이 어디 있어요. 우리 아이가 그 소리를 들은 다음에 정신이 다 산란해져서 모의고사 점수가 오 점이나 내려갔다니까. 도대체 순진하고 착실한 아이들을 붙잡고 그따위 끔찍한 질문을 하는 의도가 뭐냐고요. 이 경쟁 판에 기쁨이라니, 제정신이 나가도 한참 나갔지. 그리고는 중학교 애들을 데리고 용을 찾으러 뒷산에 갔다는 거 아니에요. 문제 하나라도 정신 나가게 외워야 하는 그 금쪽같이 귀한 시간에. 게다가 들리는 망측한 소문에 의하면……."

그녀는 여기서 잠깐 말을 그치고 눈을 내리깔아 숙녀답게 일말의 부끄러움을 표시했다.

"자기 집 안에서 벌거벗고 돌아다닌다는 거예요."

"누가 그걸 보았지요?"

"아무튼 그런 소리가 근거 없이 나돌아 다닐 리는 없지 않아요."
그녀는 제법 새침한 음성을 내었다.
"야, 너 여기 나와 있구나."

정훈이가 다가서며 쾌활하게 말을 건네자 그 여자는 얼굴을 돌리고 총총히 안으로 들어가버렸다. 나는 그를 따라 집 안으로 다시 들어섰다. 나는 술을 정신이 돌게 퍼마신 다음 날 아침처럼 속이 타서 냉장고를 열어젖히고 주스를 컵에 가득 따라 술 마시듯 단숨에 들이켰다.

"인마, 어떻게 된 거야. 이 아파트 여자들이 다 너를 몰아내자고 난리인 것 같은데……."

그는 씩 웃었다.

"나는 아이들하고 오다가다 만나 즐겁게 놀았을 뿐이야. 우리 집에 놀러 오면 같이 노래하고 춤추고. 즐겁게 이야기하고 그뿐이야."

"너, 뭐 어떤 고삼 애보고 너는 기쁨이라는 게 뭔지 아니? 이렇게 물었다면서?"

"왜, 그렇게 물으면 안 되니?"

나는 기가 막혀 말문이 막혔다. 이 친구는 모르고 있는 모양이었다. 그런 질문은 이제 금지된 질문이었다. 행복해지고 싶은 사람은 '행복한 세상'이라는 백화점으로 '행복한 버스'를 타고 가는 도리밖에 없는 세상이 왔다는 걸 이 친구는 모르는 것 같았다. 쓸데없는 생각은 우리 현대 문명인들의 행복을 마멸시킬 뿐이라는 사실을 이 정신 나간 친구에게 처음부터 가르칠 생각을 하니 맥이 다 풀렸다.

"너, 기쁨에 대해 생각하기 시작하면 우리 사회가 얼마나 위험해

질지 알아?"

"야, 어른들이야 지은 죄가 많으니까 기쁨을 잃어버리는 건 할 수 없다고 치더라도 뭐 때문에 아이들까지 그렇게 괴롭고 우울하게 살아야 하니?"

맥이 풀리게도 태평스러운 그에게서는 신선한 풀 냄새와 햇볕의 따뜻함이 느껴졌다.

"너, 아이들한테도 네가 권하던 기뻐지는 약을 먹였니?"

그는 고개를 저었다.

"아이들의 마음속에는 아직 기쁨의 흔적이 남아 있어서 약을 안 먹어도 기뻐할 힘이 남아 있어."

어쩐지 그의 말에 반박하고 싶지도 않아 가만히 있자 그가 갑자기 화제를 건너뛰어 엉뚱한 소리를 했다.

"내가 예전에 어떤 영화를 본 적이 있는데 말이야. 어떤 남자가 앉아서 어항 속을 들여다보는 거야. 물고기가 헤엄치는 것을 보면서 자신도 물고기가 되면 얼마나 유연하고 자유로울까 하고 생각하지. 그러다가 어항 속으로 뛰어들어가는 거야. 그런데 갑자기 정신을 차려 보니까 자신이 푸른 물고기가 된 걸 발견한 거야. 헤엄치면서도 그 남자는 몹시 당황스러워하지. 자기 동료나 누군가가 자기가 물고기가 된 걸 볼까 봐 부끄럽기도 하고 말이야."

내 한심스러운 표정에 시선이 멎자 그는 씩 웃었다.

"왜, 쓸데없는 공상 이야기 같으냐? 이건 용에게 약을 먹였다는 헛소리하고는 근본적으로 차원이 다른 이야기라니까."

나는 어처구니가 없어 일어서서 주스 한 잔을 더 따라 그에게 권하지도 않고 혼자 마셨다.

"너, 용에게 약을 먹였다는 게 그럼 헛소리인 줄 알기는 알고 하는 소리냐?"

"아니, 뭐, 꼭, 그런 건 아니야."

나는 머릿속에 수레바퀴가 있어 그것이 빙빙 돌아가는 것처럼 어지러워졌다. 정신이 돈다는 게 이렇게 머릿속에서 수레바퀴가 돌아가는 것이 아닌가 싶었다. 나는 머리를 한 번 흔들고 침을 꿀꺽 삼켰다.

"아무튼 그래서 그 영화가 어쨌다는 거냐?"

"내가 그 영화를 사람들이 많은 어떤 영화관에서 보았거든. 몇 살 때였는지도 잘 기억이 나질 않아. 그런데 지금까지 내가 십 년이 넘도록 그 영화를 본 사람이 있는지 그 영화 제목이 무엇인지 알아보고 있는데 아무도 그런 영화를 본 사람이 없는 거야."

"그렇다면 그건 네 공상 속의 세계인 거야."

"넌 나를 공상과 현실도 구별하지 못하는 미친놈 취급하는 거냐? 내가 최소한도 공상과 현실쯤은 구별할 줄 안다."

나는 그만 언성이 높아졌다.

"그래, 그런 놈이 아파트에서 쫓겨날 지경이 되도록 현실적인 이 세상의 최소한의 규칙도 못 따라간다는 거냐?"

그는 내게 몸을 기울였다.

"이건 비밀인데 사실 이상한 사람들은 그 사람들이야. 그렇지만 어떻게 하냐. 그 사람들을 다 정신병원에 처넣기로 치면 그 많은 친구들을 다 어디다 수용하느냐고."

나는 기이한 논리를 펴는 그를 한심해하며 바라보았다.

"너 이즈음에 정신병의 정의가 뭔지나 알고 있냐? 평균에서 이탈하면 정신병이라고. 그러니까 다수가 돌고 소수가 정상이라는 이야기는 성립이 되지 않아. 그게 우리 사회의 규칙이야."

그는 히죽 웃었다. 그리고 관대하게 용서한다는 듯한 너그러운 시선을 내게 보냈다.

"그래, 그래. 네가 그따위 쓸데없는 공부를 하고 있는 놈이라는 걸 내가 잠시 잊었다. 그건 그렇고 너 그런 영화 본 적 있니?"

"물론 없어. 그건 어느 날 네가 꾸었던 꿈과 현실을 네가 뒤섞어서 기억한 것뿐이야."

"글쎄, 아니라니깐 이건 하늘에 맹세코 사실이라니까."

그는 잠시 심각한 표정이 되었다.

"왜 그 장면만 그렇게 생생한지 몰라. 혹시 내가 전생에 물고기였을까?"

나는 뚝 자르듯 말을 끊었다.

"아무튼 너희 아버지한테 내가 상황을 보고드려야겠다. 너 이렇게 혼자 더 오래 있다가는 무슨 일을 내겠어."

나는 세상을 불의로부터 지키려는 정의의 수호자처럼 단호한 어투로 말했다. 그는 무슨 생각에 골똘히 잠겼는지 가타부타 대꾸도 하지 않았다.

나는 더 이상 다른 이야기를 하지 않고 그와 헤어져 집으로 돌아왔다. 집에 들어선 지 몇 시간도 안 돼 그에게서 걸려 온 전화를 받았다. 박사학위 과정을 하는 동안 하는 여러 가지 아르바이트 때문에 휴대폰을 들고 다니지만 실상은 거의 울리는 일이 없는 수화기를 내가 들자 그는 다급하게 말했다.

"야, 인마. 얼마 전에 말이야. 집에서 공부 안 한다고 쫓겨나 정원의 큰 나무에 목을 매려는 여자아이를 우리 집 빈방에 재워주었는데 말이야. 지금 막 그 집에서 내가 이사 가지 않으면 집안의 수치를 무릅쓰고 날 고소하겠다고 인터폰이 왔어."

"그러게 그런 일에 왜 끼어드냐."

내 말이 힐난조로 들렸는지 그는 분노가 담긴 어조로 말을 받았다.

"그럼 그 아이가 큰 나무에 목을 매었어야 한다는 말이냐? 그럼 그걸 보고도 그 어두운 정원에 그 아이를 혼자 놓아두고 들어갔어야 옳다는 거냐?"

"넌 어쨌든 혼자 사는 남자 아니냐. 여자아이를 끌어다 재우는 건 곤란하잖아."

"그 아이는 이제 겨우 열네 살밖에 안 된 아이야. 그렇게 귀하고 깨어질까 봐 염려가 된다면 왜 한밤중에 때려서 밖으로 내쫓느냐고? 어떻게 그 어린 마음으로 나무 아래서 긴 양말을 벗어 목을 맬 끈을 꼬게 만드느냐고?"

그의 언성이 높아지자 나는 은근히 마음속으로 염려가 되었다.

"너, 설마, 혹시, 그 아이에게, 정말로……."

그가 혀를 차는 소리가 전화기를 통해 건너왔다.

"너 지금 내가 그 아이에게 손을 대었느냐고 묻는 거냐? 너 제정신이냐? 사람이 그렇게밖에 안 보이냐? 이거 형편없는 녀석 아니야. 정신병원에 들어갈 자식 같으니라고."

나는 잠시라도 순간적으로 그런 생각을 한 내가 부끄러웠다. 그래서 짐짓 퉁명스러운 소리를 냈다.
"그렇다면 왜 전화한 거야. 고소할 테면 하라고 그래. 네가 결백하면 그만 아니야."
그가 잠시 숨을 들이쉬는 기색이 전화기로 전해왔다.
"내가 그렇게 말했더니 그 여자아이 처녀성 여부를 산부인과에 데리고 가서 검사시키겠다는 거야. 이건 그 아이를 아주 죽이려는 거야. 그 미친 부모가 미친개처럼 자기 아이를 물어 죽이려고 하는 거야."
나는 머리 뒤를 세게 두드려 맞은 것처럼 멍해졌다. 나는 누가 엿듣는 것이 두려운 사람처럼 전화기에 바짝 입을 대었다.
"그래, 어떻게 하려고 그래?"
"안 되겠어. 그 아이를 데리고 도망가려고 해. 누가 어린아이의 영혼에 독물을 부어 넣어 말려 죽이는 걸 그대로 두고 볼 수만은 없어. 그런 일이 얼마나 끔찍한 건지 나는 겪어보아서 알아."
그는 아주 단호했다. 이제 그대로 놓아두면 그는 정말로 사회의 법에 거슬리는 일을 저지르게 생겼다. 전화를 끊고 곰곰이 생각하던 나는 아무래도 이건 위급 상황이라고 판단해서 그의 아버지에게 전화를 걸었다.
교환을 거치고 비서실을 거치고 또 누구를 거쳐 아드님에 관한 매우 중대한 일이라고 호소한 끝에 그는 어렵게 전화를 받았다.
"아, 누구? 응, 자네구만. 그래, 웬일인가?"
그의 음성은 둥글고 원만했다. 끝없이 지치지도 않고 물건을 만들어내는 그의 관록과 열정이 음성에서 느껴졌다.

"정훈이 때문에 드릴 말씀이 있습니다."

"그래 뭔가."

그의 목소리에 긴장이 배었다.

"전화로는 말씀드리기가 좀……"

"괜찮네. 신제품 때문에 회의 중이라 좀 바빠요. 그대로 말해봐."

"정훈이가 좀 이상합니다."

나는 아들 이야기를 심각하게 하는데도 신제품이니 뭐니 하는 그에게 공연히 화가 치밀어 단도직입적으로 말했다.

"……"

"듣고 계십니까?"

"듣고 있네……"

"그렇게 혼자 놓아두시면 안 되겠습니다."

"고시공부를 하고 있는 게 아니란 말인가?"

"아닙니다. 아이들하고 어울려서 매일 놀고 지내는데 부모들이 보통 항의를 하고 있는 게 아닙니다. 그리고 자기가 용의 친구라고 주장을 하고 용하고 대화를 나눈다고 주장합니다."

"심각한가?"

"그런 것 같습니다. 지금 어린 여자아이를 자기가 보호해야 한다며 데리고 도망을 간다고 하고 있습니다."

한동안 침묵이 흘렀다.

"알았네……"

그의 목소리는 침중했다. 나는 무언가 미진해서 더 말을 하려고 하다가 그의 목소리의 무거움에 눌려 가만히 수화기를 놓았다.
 그 후 사흘 동안 나는 아무도 만나지 않았다. 무언지 모르지만 내가 큰 잘못을 저지른 것 같았고 정훈이에게 무슨 일이 일어났는가 알아보는 것도 두려웠다. 사흘 후 내가 정훈의 아파트에 전화하자 아무도 받지 않았다. 몇 번 망설이다가 그의 아파트를 찾아가자 굳게 닫힌 문은 아무런 응답도 하지 않았다. 이전에 만난 일이 있는 푸른 옷의 경비가 경비실 안에서 한가롭게 하품을 하고 앉아 있다가 나를 보고 반색을 하며 쫓아 나왔다.
 "그, 가족에게 이야기를 잘 전하셨든가 보드만. 그제 장정들이 떼로 와서 짐을 다 싣고 가버렸지."
 "그 친구는요……."
 어느 정도 예상을 했지만 내 목소리는 긴장으로 떨렸다.
 "글쎄, 다 함께 싣고 어디론가 가드만. 이 집은 이제 내어놓았고."
 나는 더 묻지 않고 어물어물 인사를 한 후 황황히 그 자리를 떠났다. 마치 내가 뛰어들어 아이들의 낙원을 부순 것만 같은 자책감이 송곳처럼 날카롭게 가슴을 후비어 팠다.
 그의 아버지는 내게는 물론 아무에게도 그의 거처를 알려주지 않았다. 어렴풋이 그가 정훈이를 정신병원에 강제 입원시켰다는 소문만 그 후 들었다. 정훈의 아버지는 강철 같은 사나이로 그가 백절불굴의 의지를 펴면 아무도 그것을 꺾지 못했다. 그 기질이 그의 신화였다. 그는 그 기질을 인생의 훈장이며 자랑으로 알고 있었다.
 나는 정훈이가 사라진 후 가끔씩 좁은 방 안에 쪼그리고 앉아 신음했다.

나는 무슨 일을 저지른 것일까.

어느 날 한밤중에 설핏 창문을 두드리는 소리가 들렸다. 약하게 두 번, 강하게 한 번. 정훈이가 자기 있는 곳을 탈출해서 돌아온 것이 틀림없었다.

나는 벌떡 일어서서 창문을 열었다. 밖에 그는 보이지 않았다. 어둠 속에 처마 밑을 두드리고 지나가는 바람소리만 들렸다. 그는 이제 불량품 수리를 다 마쳐야 다시 돌아올 것이었다. 네가 가지고 있는 재산은 얼마나 돼? 공부는 잘하니? 혹은 너는 어떤 학교를 나왔니? 하고 묻도록 그는 수리될 것이었다.

자기 아버지가 하는 다른 제품 수리처럼 제발 그가 손질이 제대로 안 된 채 돌아오기를 나는 기다리고 있을 뿐이었다.

"나는 네 방이 좋아. 서서 창문을 두드리면 바로 사람이 내다보는 이 집이 좋아."

그가 한밤중에 찾아와 그렇게 말하는 소리를 간절하게 다시 듣고 싶었다.

"정훈아 돌아와. 제발 용의 친구 그대로……."

나는 그에게 전해지도록 지나가는 바람결에 대고 소리 내어 말했다.

어느새 눈물이 한 방울 뺨 위로 굴러떨어졌다.

라쇼몽 아래에서

라쇼몽(羅生門)
아래에서

영화 〈라쇼몽〉의 도입부에는 폭우가 퍼붓는 쇠락한 절터의 라쇼몽 아래에서 만난 승려와 나무꾼과 걸인이 서로 이야기를 나누는 장면이 나온다. 무사와 아내가 숲길을 가다가 아내는 산적에게 겁탈을 당하고 무사는 죽은 채로 나무꾼에게 발견되었다는 것이다. 산적의 진술, 아내의 진술, 무당이 불러낸 무사의 혼의 진술, 나무꾼의 진술은 일치하지 않았다.

아내가 겁탈당한 것과 무사의 죽음만 사실이고 이 사건에 대한 사람들의 진술은 전부 다 달랐다.

"인간은 그 자신에 대해 정직해질 수 없다. 자기 자신을 이야기할 때면 언제나 윤색하지 않고는 못 배긴다. 이 영화는 그러한 인간, 즉 자신을 실제보다 더 나은 사람으로 보이기 위해 거짓말을 하지 않고는 못 견디는 인간을 그리고 있다. 이기주의는 인간이 날 때부터 갖고 있는 죄악이다."

― 영화감독 구로사와 아키라

어느 날 새벽, 젊은 남편과 아내가 심하게 다투었다. 아내는 복도 엘리베이터 모서리에 머리를 부딪쳐 실신한 채 병원에 입원했다. 남편과 그의 어머니, 아내의 어머니와 아내는 각각 이렇게 진술했다.

남편 진술하다

아내의 행실이 그동안 좋지 않았습니다. 집에는 관심도 없고 친구들하고 어울려 헬스클럽이며 골프장, 나이트클럽 같은 곳에나 돌아다녔지요. 나는 아이를 봐서라도 마음을 돌려달라고 여러 번 사정을 했습니다. 아내는 말하더군요. 어째서 나는 집 안에 감옥의 죄수처럼 갇혀 있어야만 하는가. 내가 좋아하는 일을 가끔 하는 게 왜 나쁜가. 그런데 그 여자는 가끔 그런 것이 아니었습니다. 어떤 때 지방 세미나에 참석했다가 집에 전화를 해보면 열두 시가 넘은 시간에도 돌아와 있지 않기가 예사였습니다. 이러니 사람 마음이 잡히겠습니까. 그동안 생활은 지옥이나 다름없습니다. 돈 많은 집 딸하고 결혼했다고 사람들은 다 부러워했지만 다시는 그런 생활 속으로 돌아가고 싶지 않습니다.

그날도 아이를 돌봐주는 아주머니가 집에 급한 일이 생겼다고 서둘러 가는 바람에 아이하고 나만 남게 되었습니다. 아내는 열두 시가 넘었는데도 돌아오지 않았습니다. 갑자기 아이가 깨서 울기 시작했는데 어떻게 달래도 그치지 않았습니다. 냉장고에 있는 우유병을 데워서 입에 물렸더니 조금 먹다가 다시 너무 심하게 우는 바람에 토했습니다. 그래서 아기를 씻어주느라고 목욕탕에 들어가 물을 트는데 찬물이 쏟아져 나와 급히 아기를 돌려 안다가 수도꼭지에 아기

이마를 부딪쳤습니다. 아기는 불에 덴 듯이 울기 시작하고 나는 정말 어찌해야 할지를 알 수가 없었습니다. 진땀이 흐르고 아내에게 화가 치밀어 올라 참을 수가 없었습니다. 두세 시간을 아이를 안고 어르고 달래서 겨우 잠을 재워놓고 나서도 나는 잠을 이룰 수가 없었습니다. 이게 과연 올바른 인생인가 하는 생각이 들어서였습니다. 뭣 때문에 이런 결혼을 했을까 하는 자괴감도 들었습니다. 처음부터 수상한 결혼이었습니다. 그 집 식구들이 서둘러도 너무나 서둘더라니까요.

　새벽에 벨 소리가 나 문을 열어보니까 아내가 술에 취한 채 어디에다 버렸는지 재킷도 입지 않고 비틀거리며 서 있었습니다. 무슨 일이 있었는지 머리도 헝클어져 있어 정신 나간 여자처럼 보였습니다. 어떻게 된 일이냐고 묻자 아내는 그저 친구들하고 놀다가 늦어졌다는 것이었습니다. 아이 엄마가 연락도 없이 이렇게 늦게 돌아다니면 어떻게 하느냐고 그랬더니 미친 여자처럼 웃으면서 당신 같은 마마보이하고 살다 보면 나도 돌 것 같아서 가끔 숨통을 틔우지 않고는 살 수가 없다는 것이었습니다. 나는 소리를 질렀습니다. 숨통이 막힐 것 같은 건 바로 나라고요. 이게 무슨 가정이냐. 너는 무슨 생각으로 결혼을 한 거냐. 나는 아내를 들어오지 못하게 하고 문을 닫으려고 했습니다. 여기는 너희 집이 아니다. 그렇게 밖이 좋으면 밖에 나가서 살아라. 아내는 온갖 욕설을 퍼부으면서 문을 닫지 못하게 했고 한참 실랑이를 벌이다가 아내가 힘에 부쳐 뒤로 잠깐 물러난 사이에 얼른 문을 닫아버렸습니다. 자기도 열쇠가 있으니까 들어오고 싶으면 들어오겠지 싶어 안으로 들어와버렸습니다. 나는 소파에 앉아 심장이

터져버릴 것 같았습니다. 이러고도 살아야 하는가. 앞으로는 어떻게 할 것인가. 아이는 어떻게 하면 좋은가. 아무튼 이렇게 살 수는 도저히 없다고 생각했습니다.

담배를 몇 대 피우고 마음을 가라앉힌 다음에 어쨌든 일단 아내를 들어오게 해야겠다고 생각해서 문을 열었습니다. 그랬는데 아내가 이마에 피를 흘리고 쓰러져 있었습니다. 무슨 일이 일어난 건지 알 수가 없습니다. 엘리베이터 모서리에 머리를 찧고 자해를 한 것 같았습니다. 흔들어도 정신을 차리지 못해 어쩔 줄을 모르다 응급실에 전화를 걸었습니다. 곧 앰뷸런스가 와서 아내를 싣고 갔습니다. 나는 잠든 아기 때문에 따라가지 못했습니다. 처가에 전화를 했지요, 병원으로 가보시라고요. 그렇게 자기를 귀하게 여긴다는 친정에서 돌봐주겠지 싶었습니다. 부잣집에서 자란 아내는 도대체 기본적인 아내나 어머니의 태도가 전혀 없고 그저 아이들처럼 놀러 다니고 쇼핑을 하고 나이트에 가고 화려한 옷을 입고 드나드는 게 인생의 낙의 전부였습니다.

아침에 아이 봐주는 분이 돌아오자 나는 참담한 심경으로 일단 출근을 했습니다. 병원에 전화를 해보았더니 아직 깨어나지 않았다고 하더군요. 처가에 전화를 해볼까 했지만 또 쓸데없는 잔소리를 들을 것이 두려웠습니다. 그리고 낮에 경찰에서 전화를 받았습니다. 장모가 고소를 했다는데요. 살인미수라고 하더군요. 앞집 사람이 우리 둘이 심하게 다투는 소리를 들었는데 내가 죽여버리겠다고 했다는 게 사실이냐고요? 새벽에 심하게 다투고 아내를 밀어붙인 게 사실이냐고요? 그거 다 사실이 아닙니다. 아마 어떤 남자하고 다퉜다면 아내가 끌고 왔던 제비족이나 다른 남자하고 엘리베이터 앞에서 다투었는지 모르지요. 더 묻지 마십시오. 나는 결백합니다. 심장이 터져버릴 것 같습니다. 더 말하고 싶지 않습니다.

남편의 어머니 진술하다

내 이런 일이 일어날 줄 알았습니다. 그 애가 우리 집안에 들어온 게 모든 불행의 시초이고 화근이었습니다. 어디에 내놔도 부끄러울 데가 없는 우리 의사 아들이 점점 폐인같이 되어버리고 우울증에 걸리기 시작한 게 다 그 아이 탓입니다. 세상에 제 행실머리를 비관해서 죽으려면 고이 혼자서 죽지 어떻게 이런 누명을 우리 아이에게 씌웁니까. 우리 아들을 스토커같이 따라다녀서 정말 어쩌다가 한 번 실수를 한 것이 덜컥 임신으로 이어지는 바람에, 할 수 없이 이루어진 결혼이었습니다. 이제 와서 말이지만 그 아이가 누구의 씨인지조차 의심스러울 지경입니다.

집안이 부자이고 강남에 꼭대기 끝이 안 보이는 빌딩을 몇 채씩 가지고 있으면 무얼 합니까. 인간이 우선 되어야지요. 땅뙈기를 많이 가지고 있다가 강남 개발 바람에 엄청난 벼락부자가 된 집안하고 혼인하는 게 아니었습니다. 아무튼 그때 죽기 살기로 결혼을 말렸어야 하는데 이미 엎질러진 물인데다가 아들애가 이제 와서 무얼 어떻게 하겠느냐면서 그 아이가 그렇게 싫은 건 아니라고 하는 바람에 그냥 혼사가 진행이 되었지요. 그렇게 마음이 여리고 착하고 모진 데가 없는 아들입니다. 말도 마십시오. 처가에서 큰 아파트도 사주고 아이 봐주는 사람을 붙박이로 넣어주고 집안일 하는 사람을 매일 보내준

것까지는 그렇다고 치자고요. 지금 내가 살고 있는 집도 처가에서 마련해준 게 아니냐고요? 천만에 말씀입니다. 생활비요? 그런 말도 안 되는 이야기를……. 그건 다 우리 아들이 자기 월급으로 보태준 거지요. 우리가 가난하기는 했지만 아들 하나는 부러울 것 없이 키웠습니다. 의사가 된 것만 봐도 알 일이 아닙니까. 며느리는 시어머니 알기를 천하에 우습게 알고 집에도 잘 드나들지 못하게 했어요. 내가 무슨 죄인처럼 몰래 전화를 해서 아들이 출근한 후에 며느리가 나가고 없으면 몰래 가서 손주를 보고 그랬지요. 그런 일은 그렇게 어려운 일도 아니었습니다. 며느리는 밥만 먹으면 밖으로 나갔으니까요. 몸에 꼭 끼는 빨간 가죽바지를 입고 가슴이 다 드러나는 실크 블라우스를 입고 차에서 내리는 꼴을 나오다가 보기도 했지요. 다행히 아기 봐주는 사람이 심성이 무던한 사람이라 그런대로 낮이면 서로 이야기도 나누고 아기도 함께 보고는 했었지요. 집 안은 엉망이었고 충동적으로 사들인 비싼 음식이며 옷들이 남아돌아 난리도 아니었습니다. 물건이 남아 넘치면 아무에게나 주어버리는 바람에 부리는 사람들은 그 물건 얻어가지느라고 그저 비위를 맞추며 지내는 형국이었지요. 처음에야 우리 아들애가 함께 놀러도 가고 비싼 집에 구경 삼아 외식하러 가기도 했지만 일도 힘들고 퇴근한 후에 지친 몸으로 놀러 다니고 싶지도 않아 몇 번 거절하자 며느리가 같이 다니기 싫으면 자기 혼자 다니겠다고 하더군요. 그렇게 친구들하고 어울려 싸돌아다니기 시작하더니 늦게 들어오는 것도 예사가 되어버렸습니다. 그러니 누가 알겠습니까. 그 친구들이라는 게 여잔지 남잔지, 밤에 나가 무엇을 하고 지내는지 어떤 관계인지 누가 알겠느냐고요.

세상에 하늘이 무섭습니다. 우리 아들은 그럴 애가 아닙니다. 내가 아들이 어릴 때 혼자된 후에 그 아이 하나만 바라보며 살아왔는데 그 아이의 성품을 모를 것 같습니까. 벌레 한 마리 제 손으로 못 죽이는 아이입니다. 세상에. 이런 끔찍한 혐의를 받다니 기가 막히고 하늘이 다 노랗습니다. 앞집 사람이 현장에서 나는 소리를 들었다고요? 이리로 데려와 보십시오. 며느리가 노상 우리 아들이 마마보이에 의처증인데 내가 사이코라고 앞집 사람에게 이야기를 했다고요? 이 보십시오. 내가 사이코면 그렇게 오래 혼잣몸에 교사생활을 하면서 사회생활을 할 수가 있었겠습니까? 아무튼 우리 아들은 결백합니다. 증인이 두 트럭으로 온대도 우리 아들은 결백합니다. 제 뱃속에서 나온 아들을 제가 모르겠습니까? 아무튼 이제 세상 없어도 그 아이를 다시 우리 집안에 받아들일 수는 없습니다. 우리 아들 의사입니다. 머리 좋고 능력 있어요. 앞으로 돈도 얼마든지 벌 수 있고요. 돈 내세워서 사람을 중상모략하는 그런 사람들하고는 아주 이번 기회에 관계를 끊을 결심입니다.

아내의 어머니 진술하다

이게 무슨 일입니까. 어떻게 이런 일이 일어날 수가 있습니까. 남편은 왜 함께 오지 않았느냐고요? 사업 때문에 바쁜 사람이 이런 일에 따라다닐 시간이 있을 리가 있습니까. 다 내가 알아서 해결하라고 하고 있지요. 아무튼 우리 딸아이가 그렇게 되다니요. 그 아이는 자해할 아이가 아닙니다. 얼마나 살아 있는 게 즐거운 명랑한 아이였는데요. 그 아이가 잘못된 건 다 그 사위와 어머니 탓입니다. 뭐라고 했다고요? 뭐라고 했는지 모르지만 들어보나마나 다 거짓말입니다. 그거 전부 다 사실이 아닙니다. 듣지도 않고 어떻게 아느냐고요? 들어야만 아노요. 다 뻔한 일이지요. 우리 딸이 어리고 사람을 잘 믿는 걸 기화로 해서 그놈이 우리 딸에게 술을 먹인 다음에 겁탈하다시피 해서 관계를 가진 게 비극의 시초였습니다. 이제 생각해보니 다 우리 재산을 노린 거지요.

지금도 내가 이를 물고 후회하는 게 그때 독하게 마음을 먹었어야 하는 건데 마음이 약한 바람에 임신한 딸이 그 사람을 좋아하기는 한다고 해서 서둘러 부랴부랴 결혼을 시킨 게 화근이었습니다. 장안에 소문난 결혼이었지요. 촉망받는 의사와 준 재벌의 결혼식이었으니 밀려드는 하객들 때문에 경비원들만도 여러 명이나 배치되었지요. 우리 딸이 받았다고 소문난 그 녹색 다이아 반지도 실상은 내막적으로는 다 내가 사준 것이었습니다. 저야 의사 딱지 하나 빼고는 가진 게 뭐가 있습니까. 홀어머니의 외아들에 조그만 연립주택 하나 가지고는 언감생심 우리 딸을 넘본 게 저도 화근이 되었지요. 딸의 손에 끼워져 있던 그 반지가 지금 없다면서요? 그거 다 그놈이 계획적으로 감춘 겁니다. 그 집을 뒤져보십시오. 어느 구석에서 반드시 나올 겁니다. 아는 바가 없다니요? 그날 점심을 함께했는데 딸아이가 반지를 보여주면서 아무래도 디자인을 바꿔서 다시 세팅해야 할 것 같다고 했다니까요. 그런데 그 반지는 그 사이에 어디로 갔다는 겁니까? 혹시 반지를 노린 강도가 문 앞에까지 따라와서 딸을 해치고 반지를 빼어 간 건 아니냐고요? 그런 영화 같은 소리 하지도 마십시오.

사위란 놈이 의처증이 심해 얼마나 우리 딸아이 마음고생을 시킨 줄 아십니까. 어쩌다 보면 나갔다 늦을 수도 있지 그렇게 종주먹을 대다니요. 그날도 어린애가 운다고 이마를 샤워기로 때려 퍼렇게 멍이 든 거 못 보셨습니까? 그리고 딸아이가 그렇게 늦게 온 것도 아니랍니다. 앞집에서 소리를 들었다는데요. 사위놈이 문을 열고 들어가게 해달라고 애원하는 딸아이를 엘리베이터 모서리에 확 부딪치게 해서 쓰러졌답니다. 신음소리도 들었다고 하더라니까요. 그런데 왜 앞집이 경찰에 와서는 모르겠다고 하느냐고요? 그야 아침에 내가 달려갔을 때는 부부싸움 정도인 줄 알았는데 살인미수니 어쩌니 하니까 겁이 나서 사실대로 이야기를 하겠습니까? 아무것도 못 듣고 못 보았다고 한다고요? 좋습니다. 내 이놈의 세상에 정의도 없고 믿을 사람도 하나 없다는 걸 알고는 있지만 이웃끼리 그럴 수가 있습니까. 어찌 되었든 내가 그냥 있지는 않겠습니다. 네. 빌딩 몇 채를 다 녹여 넣더라도 죄상을 밝히고 말겠다는 겁니다. 이런 억울한 일을 겪고 물러날 수는 없습니다. 이제 딸아이가 깨어나지 못할지도 모르는 지경에 이르렀는데 그 재산을 두었다 무엇에 씁니까. 제가 할 수 있는 일은 다해볼 생각입니다. 이렇게 뻔한 일에 이웃도 경비원도 입을 다물다니요. 정의를 위해서 이런 일은 있을 수가 없습니다. 그렇게 단정할 일은 아니라고요? 아니 모든 일이 다 그놈이 죄가 있는 걸 가리키고 있는데 무슨 법이 그렇게 복잡합니까.

아기를 생각해서라도 일단은 진정을 하시라고요? 진정 못합니다. 진정할 일이 따로 있지요. 자기에게 들어오는 복을 걷어찬 놈과 무슨 대화를 합니까. 그놈의 어머니도 다 같은 통속입니다. 단 한 푼도 내줄 수 없고 아이도 줄 수 없습니다. 결혼은 없던 일로 하고 우리 딸이야 얼마든지 새 출발할 수 있습니다. 용모가 꿀립니까. 학벌이 꿀립니까. 명랑하고 착한 성품을 가진 아이가 이상한 놈과 그 에미를 만나서 인생이 시들어가는 거 나도 더 이상 두고 보지 못합니다. 그 아이가 얼마나 나름대로 노력을 했는지 아십니까. 시어머니에게 제일 비싼 알배기 굴비를 두름으로 사다가 바치기도 하고 상등품 고기를 바리바리 싸다 주기도 했고 명품 가방에 옷을 사다 바쳐도 고맙다는 소리 한번 들어본 적이 없어요. 되레 이렇게 낭비벽이 심해서 어떻게 하느냐는 소리나 하고 집에 오면 옷차림이 그게 뭐냐. 또 어디를 나가려고 하느냐. 이렇게 비난만 해대고요.

아, 사람이 한세상 사는 게 뭡니까. 원 없이 하고 싶은 거 하고 그렇게 살다 가야 하는 거 아닙니까. 뭐라고요? 검소한 삶이요? 그런 건 다 없는 사람들이 하는 소리입니다. 생각해보세요. 쓸 여유가 있고 법에 저촉되는 일도 아닌데 자기가 갖고 싶은 걸 갖거나 가고 싶은 데를 가는 게 그렇게 큰 죄입니까. 아무튼 더 이상 말하고 싶지 않습니다. 이야기는 끝났습니다.

아내 진술하다

제가 이틀 동안이나 혼수상태에 있었다고요? 그리고 그동안에 여러 가지 이야기가 오고 갔다고요? 그랬겠지요. 워낙 어울리지 않는 결혼이었으니까요. 나는 우연히 만나게 된 남편이 너무 좋았어요. 마음이 따뜻한 사람 같았어요. 이상도 높은 사람 같았고요. 슈바이처처럼 남을 돕는 의사가 되고 싶다느니 하는 소리를 하기도 했지만 젊어서 무슨 소리는 못하겠어요. 하여튼 돈에 관심이 없는 것 같은 사람을 보니까 너무 신선하고 좋았어요. 어머니하고 아버지는 돈을 불리느라고 언제나 정신이 없었고 뭐든지 돈으로 해결된다고 생각하는 분들이었거든요.

아무튼 우여곡절 끝에 남편과 한 번 관계를 맺게 되었고 덜컥 임신하게 되어서 결혼했어요. 남편이 처음에 원했던 결혼은 아니지만 이 모든 일은 다 사랑 때문이었어요. 사랑으로 모든 일은 용서받을 수 있는 거 아닌가요? 처음에는 남편이 제발 자기를 놓아달라고 간절하게 하소연하기도 했어요. 진심으로 사랑하는 여자는 따로 있다고요. 그렇지만 그 여자는 남편에게 줄 수 있는 게 아무것도 없는 가난뱅이의 딸이었어요. 사실 그래서 자기 어머니의 반대로 결혼도 못하고 있었던 거지요. 나는 남편에게 줄 수 있는 게 얼마든지 있었지요. 끝없는 사랑과 물질적인 부를 줄 수 있었어요. 사실 요새 의사가 돈 없으면 전혀 좋은 직업도 아니거든요. 생전 과로에 시달릴 인생을 구해준 셈이지 뭐예요.

문제는 남편이 내 사랑에 전혀 응답이 없다는 데 있었습니다. 그러니 내가 어떻게 집에 마음을 붙이겠어요. 어느 날 밤에는 남편에게 나를 다정하게 대해달라고 하소연을 했더니 오히려 화를 내더라고요. 당신이야말로 좀 마음을 잡고 어머니에게도 좀 잘하고 살림이나 아이에게 관심을 기울이라고요. 어머니는 내가 눈엣가시 같은지 한 번도 내 이야기를 남편에게 좋게 하지 않았어요. 원래 홀어머니의 외아들에게 시집가는 거 아니라던 사람들의 말이 사실이더라고요. 여기 와서 뭐라고 했는지 모르지만 내가 그동안 두 사람에게 받은 심정적인 학대를 일일이 다 아신다면 왜 그렇게 내가 집에 마음을 붙이기 어려웠는지 아실 거예요. 뭐라고 설명하기도 어려운 교묘한 학대였는데요. 두 사람 다 내 돈은 펑펑 쓰면서 날이 갈수록 내가 아무 쓸모도 없고 쓰레기 같은 무가치한 인간으로 느껴지게 만들었어요.

나는 조금만 더 나를 좋아해주기를 바랐어요. 남편이나 어머니나요. 아이를 봐주는 사람이 있고 집안일을 돌봐주는 사람도 있는데 시어머니까지 와서 낮이면 죽치고 있으니 내가 집에서 할 일이 뭐가 있겠어요. 내가 집에 틀어박혀 있어봤자 누구에게도 도움이 안 되는 거예요. 바람도 쐬고 놀러 다니라고 제일 부추겼던 사람도 사실은 시어머니라고요. 남편은 냉담하고 집에서는 내가 손님처럼 느껴지고 그러니 저절로 밖으로 많이 나다니게 되었어요. 마음을 다잡아 보려고 집 안에만 있으려고도 해보았는데 일주일쯤 그렇게 해봤더니 그냥 담박에 우울증이 오더라고요. 우리 친정어머니가 제일 겁내는 게 내 우울증이거든요.

사실은 내가 사춘기 때 자살을 기도한 적이 있어서 우리 어머니 아버지는 그 후부터 그냥 내가 어떻게 될까 봐 벌벌 떨지요. 뭐, 나를 사랑해서 그런 것도 아니에요. 사랑이 있다면 그 어린 날 조기 유학이라는 이름으로 덩그렇게 외국에 보내버렸겠어요? 그저 잘나가는 오빠나 동생에게 누가 될까 봐 그러는 거지요. 나는요, 자라면서 사랑받은 기억이 전혀 없어요. 내가 가출을 해도 학교를 그만두어도 다 돈으로 틀어막았지요. 조기 유학이 말은 좋지요. 이에서 신물이 나요. 그 어린 나이에 외국에서 도대체 무엇을 생각하고 무엇을 하면서 지내라는 건지 모르겠어요. 영어를 제대로 배워야 한다고 외국인 집에 지내게 해주었는데 사실은 거기서 살면서 끼리끼리 노는 버릇도 담배도 술도 다 배웠어요. 그 사람들은 일정한 돈이 후하게 들어오니까 내가 어떻게 지내거나 상관하지 않고 내버려두기로 나하고 타협이 되었다니까요. 사람들이 이상이니 정신세계니 뭐니 하고 떠들다가 커다란 이익이 생길 때 눈빛이 변하는 건 이제 하도 봐서 정말 지겨워요. 남편이나 시어머니도 이제 와서 생각해보니까 말로는 고상한 척하지만 우리 집에 돈이 없으면 나하고 결혼했겠어요? 도덕적인 사람도 있을 수 있다고요? 글쎄요. 하도 그런 사람을 본 적이 없어서요.

그렇게 애정에 굶주린 어린 시절을 보냈다면 내 아이를 잘 기를 생각을 해야 할 거 아니냐고요? 물론 좀 더 크면 내가 그 아이에게 내가 못 누려본 애정을 담뿍 줄 생각이에요. 지금은 너무 어려서 아무것도 모를 때 아니에요. 내가 아내가 될 준비도 어머니가 될 준비도 심지어 인간이 될 준비도 안 된 상태라고 남편이나 시어머니가 노상 비난했어요. 내가 사준 집에서 내가 대주는 생활비로 부러울 것 없이 살면서도 나를 경멸하고 무지막지 싫어했거든요. 함께 있어도 남편하고만 이야기를 나누고 서로 끼고 돌고요. 그게 내 인생이에요. 가진 걸 항상 다 주고 남에게 늘 잘해주려고만 하는데 아무도 날 사랑해주지 않는 거요.

나는 단 한 번도 다른 사람을 해치려고 한 적이 없어요. 모든 사람들에게 다 잘해주려고만 했지요. 내가 도대체 뭘 잘못했는지 어떤 때는 곰곰 생각해보기도 하는데 답이 안 나와요. 선생님 생각에는 어떠세요? 내가 그렇게 인간적으로 문제가 있는 사람인가요? 어쩌다가 친구들하고 이야기를 나누다가 늦어진 게 그렇게 큰 죄냐고요. 남편이 뭐라고 했는지 모르지만 실상 그렇게 늦게 돌아온 것도 아니에요. 남자들은 다들 그렇게 살아도 아무도 뭐라고 하지 않잖아요. 살인미수요? 그런 거 아니에요. 내가 자해했어요. 사실이냐고요? 아무튼 그런 걸로 해두자니까요. 이제 와서 남의 인생까지 잡고 싶지는 않으니까요.

한 남자와 세 여자는 이렇게 진술했다.
결국 아무도 자기가 잘못한 것을 인정한 사람은 없었다.
두 사람은 이혼하고 아이는 여자가 맡기로 했다.
들리는 소문으로는 여자는 재혼해서 또 아기를 낳았고,
남자는 아직 결혼하지 않았다고 한다.

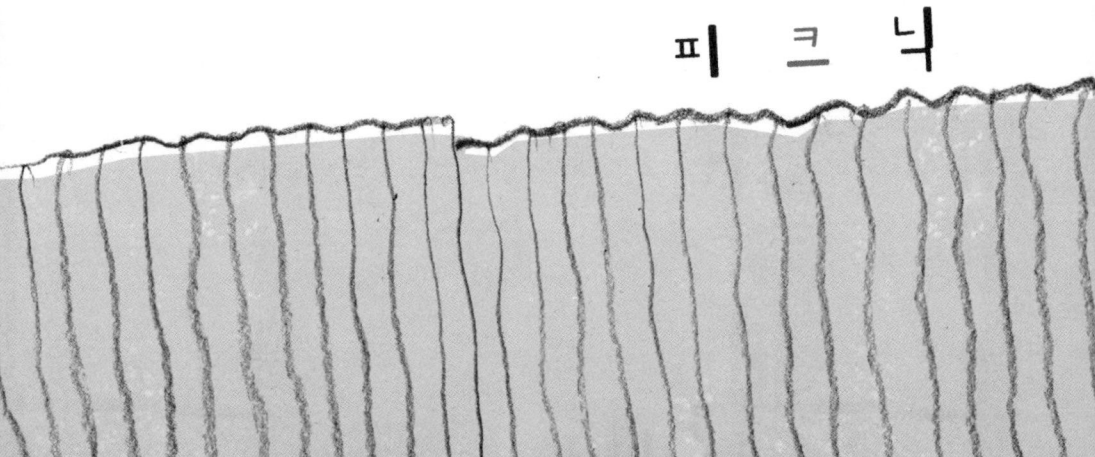

피크닉

피크닉

　여자는 뚱뚱했다. 사춘기에 살이 찌기 시작해서 걷잡을 수 없이 불어난 몸매는 웬만한 가게에서 파는 옷이 맞지 않는 수준에 이르렀다. 대학에 들어가서도 그 흔한 미팅에도 한번 가보지 못했다.
　여자는 남자들이 자기를 바라보거나 관심을 끌려고 하지 않는 데 대해 일찍 단념했다. 멋을 내지도 않았다. 그래 봤자라고 생각해서였다. 성적에 맞추어 들어간 평범한 학과에 흥미를 잃은 여자는 틈만 나면 도서관에 가서 책을 읽고 두꺼운 미술 전집들을 펴고 미술관에 간 것처럼 한 장씩 오래 바라보았다. 달리 할 일이 없어서였다. 내성적인 성격이라 다른 학생들과 가까운 친구가 되기도 힘들었다.
　여자는 대학에 다니는 동안 학교 앞에 있는 만홧가게에 드나들면서 만화에 큰 흥미를 가지게 되었다. 화장도 하지 않고 파마하지 않은 머리를 뒤로 묶은 채 한구석에 앉아 조용히 만화를 보던 그녀에게 만홧가게 주인이 의외의 제안을 했다. 자기 먼 친척뻘 되는 만화가의 조수 일을 해보지 않겠느냐는 제안이었다.
　만화가는 꽤 이름 있는 사람이었고 일은 그다지 어려워 보이지 않왔다. 망설이다가 여자는 제안을 받아들였다. 수업이 없는 날 여자는 만화가의 집에 가서 가는 붓을 들고 만화의 밑그림을 그리는 베다 작업부터 배워나갔다. 검은색으로 공간을 채워 넣는 일이었다. 깔끔하게 일처리를 해나가자 섬세한 무늬를 입혀나가는 스크린 톤 작업이나 흰 물감을 입혀서 먹을 지우고 여러 가지 화려한 모양을 입혀내는 화이트 작업까지 배울 기회를 갖게 되었다.

일은 지루할 때도 있었지만 그런대로 재미있었다. 생각보다 보수도 나쁘지 않아 꾸준히 꾀부리지 않고 일해 혼자 자립할 돈은 벌 수 있었다. 나이 많은 만화가는 대체로 여자에게 무덤덤하게 대했고 일 이외에 대화를 나누거나 하는 일은 없었다. 의부증 증세가 있는 만화가의 아내가 여자 조수들을 언제나 몰아내다시피 하는 바람에 남자를 쓰기도 했지만 섬세한 톤을 제대로 다루지 못해 다시 여자 조수를 구했다는 이야기를 만홧가게 주인이 지나가는 말처럼 했지만 여자는 개의치 않았다. 만화가의 아내는 남자의 마음을 전혀 끌 것같이 보이지 않는 여자에게 질투하지 않았다. 그래서 여자는 그 일을 붙박이로 맡아 하게 되었다.

다른 사람들이 연애하고 결혼할 때 여자는 축의금을 들고 찾아갔다. 처음에는 부럽기도 했지만 나중에는 다른 세계의 일처럼 보일 뿐이었다. 조용히 돈을 내고 혼자 앉아서 여자는 뷔페에 놓여 있는 음식을 많이 먹었다. 그만 먹으라고 닦달하던 어머니도 반찬을 집으려던 젓가락을 든 손을 때리던 아버지도 여자가 경제적으로 자립하자 그냥 내버려두기 시작했다.

몇 년 동안 모아둔 돈으로 여자는 작은 원룸을 얻었다. 이제 여자는 더 바랄 것이 없었다. 결혼한 오빠와 함께 사는 부모는 그녀가 독립하는 것을 반대하지 않았다.

서른이 넘자 둘러대던 중매조차 들어오지 않았지만 여자는 불평 없이 성실하게 일했기 때문에 만화 그림을 보조로 그리는 일거리는 끊이지 않았다.

이제 여자의 삶은 안정되었다. 여자가 돕는 만화가는 점점 더 유명해졌고 그의 만화를 좋아하는 사람들은 아이들뿐만 아니라 어른도 많아져서 그런 일은 언제까지나 할 수 있을 것이라고 여자는 생각했다. 낮 동안에는 만화가의 사무실에 가서 일을 했고 간혹 일이 밀리면 집에 자료들을 가져와 편집 작업을 하기도 했다. 다른 조수들도 많아졌지만 여자의 위치는 확고했고 만화가도, 까다로운 만화가의 아내도 여자에게는 호의적이었다. 질투의 대상도 되지 못하는 자신의 입장을 여자는 별다른 불만 없이 받아들였다.

시간이 날 때 여자는 비디오 집에 가서 비디오를 빌리고 시립 도서관에 가서 책들을 빌렸다. 여자는 자기가 살고 있는 세상의 작은 부분과만 접촉을 했고 영화와 책들을 통해서 세상을 구경꾼처럼 바라보았다.

여자는 영화나 소설에 나오는 아름다운 여자들처럼 그들의 상대가 된 남자들을 사랑했다. 아무 제한이 없는 사랑이라 누구의 방해나 비웃음도 받지 않고 여자는 여러 가지 다른 공상을 할 수 있었다.

만화작업에 필요한 일을 하고 연락을 할 수 있게 인터넷이 되는 컴퓨터와 휴대폰, 텔레비전 한 대, 책상과 의자, 그리고 작은 옷장 하나 정도가 여자의 집 안에 있는 가구의 전부였다. 주방에는 필요한 그릇 몇 개와 냄비 두세 개, 작은 전기밥솥 하나만 자리 잡고 있었다. 여자는 특별한 요리를 하지도 않았고 만들어놓은 반찬을 사거나 최소한의 음식만 장만해서 혼자 먹었다.

점점 사람들과도 만나게 되지 않고 부모도 더 이상 별로 연락을 하지 않았다.

여자의 핸드폰으로 오는 전화는 일을 주문하고 독촉하거나 약속이 변경될 때 오는 만화가의 전화인 경우가 대부분이었다. 돌려주지 못한 비디오를 반납하라는 전화가 오는 경우도 있었다. 일이 바빠서 미처 보지를 못했거나 주인공들이 너무 마음에 들어 몇 번씩 다시 보느라고 반납이 늦어질 때도 있었다.

여자는 인터넷에서 정보를 얻어 다이어트를 시도해본 적이 두 번 있었다. 한 번은 양약이었고 한 번은 한약이었다. 그리고 그 결과는 약의 맛처럼 쓰디썼다. 약을 먹고 나면 식욕이 사라지고 의욕도 사라졌다. 한약은 엄청난 돈을 받으면서 20킬로그램 이상 뺄 수 있다고 호언장담을 했다. 그러나 결국 거기서 제시한 방법은 굶으라는 것이었다. 조금 빠지는 기미가 보였던 살은 다시 찌고 돈과 자존심은 함께 어디론가 날아가버렸다.

여자는 날씬해지는 것도 칭찬도 관심도 사랑도 단념했다. 그냥 열심히 일하고 먹고 싶은 것들을 먹고 보고 싶은 영화를 보고 책들을 읽으면서 인생을 살아갈 생각이었다. 혹시 일이 줄거나 없을 경우에 대비해 수입의 반을 꼬박꼬박 저금했다. 여자의 능력을 눈여겨본 만홧가게 주인이 혹시 자신의 만화를 한번 그려보지 않겠느냐는 제안을 한 적이 있지만 여자는 지금 그대로가 좋다고 거절했다. 골치 아프게 머리를 쓰고 싶지 않아서였다. 단순작업을 하고 단순한 생각을 하면서 세상을 그냥 단순하게 살고 싶었다.

한번은 집을 방문했던 여호와의 증인이라는 중년 여자 두 사람에게 거의 문책을 당하다시피 하기도 했다. 우리가 어디로 가고 있는지 가르쳐주겠다는 것을 알고 싶지 않다고 막았기 때문이었다. 목적 없는 삶은 의미가 없고 의미 없는 삶은 절망이라고 두 여자는 문 앞에 선 채로 누누이 설명했다. 여자는 자신의 삶이 아무 의미도 없다는 것을 알려주셔서 고맙다고 공손하게 말했다. 두 여자는 좀 당황했는지 또 오겠다는 말을 남기고 떠났다. 급히 전할 말이 있다고 해서 문을 열었던 게 실책이었다.

여자는 뚱뚱한 여자 코미디언 한 사람이 목숨을 걸다시피 감량을 한 다음 새롭게 사람들에게 다가오려고 했던 사건을 기억하고 있었다. 사람들은 그 코미디언이 텔레비전에서 사랑에 관한 이야기를 하거나 남자에 대한 동경을 보이는 장면들을 보고 손가락질하며 즐겁게 웃고는 했었다. 갑자기 살이 빠진 코미디언은 여러 가지 악성 루머에 시달려 한동안 잠잠하다가 다시 살이 붙어서 나온 다음에야 사람들에게 덜 비난을 받게 되었다. 어마어마하게 체중 감량을 하고 미친 듯이 운동을 하던 뚱뚱한 남자 코미디언이 돌연사하는 뉴스도 별 느낌 없이 인터넷을 통해 보았다.

가만히 보면 참 괜찮은 얼굴인데 왜 그렇게 두 턱이 지게 사느냐고 혀를 차며 말을 건네던 동네 슈퍼 아주머니에게 어색하게 웃어 보이고 나온 다음에는 그 가게에 가지 않았다. 그 후로는 아무도 말을 걸지 않아 혼자서 그냥 물건을 사가지고 나오면 되는 할인 마트나

24시간 편의점에 주로 다녔다. 너무 말을 하지 않고 사는 게 아닌가 하는 생각이 들 때도 있었지만 상관없었다. 여자가 보조작업을 하는 만화의 주인공들이 여자를 대신해서 끊임없이 말 같지도 않은 소리를 떠들어대었기 때문이었다.

날씨가 몹시 추운 연말, 옆방에 누군가 새로 이사를 왔다. 아침에 집을 나설 때 이삿짐들이 차에 실려 있는 것을 보았지만 누가 온대도 별 관심은 없었다. 어차피 서로 사귀거나 오작가작 하는 사이가 될 것은 아니었기 때문이었다.

며칠 후부터 이사 온 사람이 밤 12시가 가까운 시간인데도 음악을 틀어놓는 바람에 몹시 시끄러웠다. 그러다 말겠지 하고 참으려고 했지만 허술하게 지은 집의 벽을 통해서 들리는 음악소리를 한밤에 듣고 있는 건 고역이었다. 음악은 어렵고 장중한 고전음악들이었다. 저쪽편 방에 사는 사람이 항의해주기를 바랄 수도 없는 게 옆방이 바로 복도 끝 방이었기 때문이었다. 그래도 언제나 딱 12시가 되면 음악소리는 그쳤다. 한번은 10시경부터 음악소리가 들리는 바람에 이제 2시간이나 더 들어야겠구나 하는 생각에 너무나 낙담이 되었다. 몇 번이나 망설이다가 여자는 용기를 내었다. 집에서 입던 홈웨어 위에 코트를 입고 옆집 방문을 두드렸다. 남자가 문을 열자 여자는 당황스러웠다.

"저어……. 죄송합니다. 음악소리가 너무 커서, 밤늦은 시간에는 조금……."

중년인지 청년인지 애매한 나이의 남자는 큰 키에 마른 몸매였다. 그는 오히려 자기가 더 당황해하면서 옆집에 들리는 줄은 몰랐다고 주의하겠다고 했다. 그 후 며칠 동안 밤에 음악소리는 들리지 않았다. 여자는 당황스러웠다. 누가 자기에게 비디오를 보지 못하게 하거나 책을 강제로 읽지 못하게 한다면 살 수 없을 것 같아서였다. 어쩌면 저 사람도 음악 듣는 게 유일한 낙일지 모르는데 나 때문에 못 듣고 지내게 되면 어떻게 하나 두려움이 여자를 덮쳤다. 자기 때문에 다른 사람이 하고 싶은 일을 못하게 만들고 싶지는 않았다.

일주일 동안 음악소리가 들리지 않자 여자는 다시 용기를 내었다. 옆집 남자가 들어오는 기척이 나자 조금 후 문을 두드렸다. 남자는 문을 열었다. 그리고 당혹스러운 표정으로 말했다.

"음악소리가 아직도 들리세요?"

"아니요. 그게 아니라……."

여자는 더듬더듬 말했다.

"그게 아니라……. 제가 드렸던 말씀은 조금만 작게 해달라는 거지, 음악을 듣지 말라는 건 아니었거든요. 저는 다른 사람이 저 때문에……."

여자의 얼굴이 붉어졌다.

"아, 그래서……."

"음악소리가 안 들리기에요. 사실은 그냥 들으셔도 좋다고, 조금만 아주 조금만 작게 해주신다면……."

"듣고 있어요. 음악을 못 들으면 나는 못 살거든요."

"그런데……."

남자는 멋쩍은 미소를 띠었다.

"나도 남한테 폐를 끼치고 싶지는 않아서 이불 두 채로 오디오를 쌌어요. 그리고 나도 이불 속에 들어가서…… 그렇게…….”

여자는 미안했다.

"그러실 필요 없으세요. 나도 음악이 싫어서 그러는 건 아니에요. 그냥 작업하기에 좀."

작업이라야 사실 조용한 장소에서 정신집중이 필요한 일은 아니었다.

"무슨 일을 하십니까?"

"그냥……. 출판사 보조하는 일이예요."

여자는 어쩐지 만화 이야기를 하고 싶지는 않았다.

남자가 불쑥 말했다.

"음악이 싫지 않으시면 들어오셔서 한 곡 들어보실래요?"

여자는 깜짝 놀랐다. 전혀 예상하지 못했던 일이었기 때문이었다.

"아녜요. 난, 전혀…… 그런……."

"한번 들어보세요. 내가 다른 건 몰라도 오디오 하나만은 제일 좋은 걸 갖다 놓았거든요."

여자가 어쩔 줄을 모르자 남자가 옆으로 길을 비켜주었다.

"들어오세요."

남자의 눈빛은 맑았다.

"지금 시간도 너무 늦었고……."

여자는 입 밖에 내지는 못하고 마음속으로 엉뚱한 한마디를 보태었다. 또 나는 너무 뚱뚱해서…….

"괜찮아요. 옆집인데 어때요."

여자는 거절하면 스스럼없이 말하는 남자가 무안할까 봐 망설이

225

다가 방 안으로 들어섰다. 정말 방 가운데로 끌어낸 스피커에 이불이 덮여 있었다. 여자는 슬며시 웃음이 나왔다.

"스피커가 덥겠어요."

남자도 따라 웃었다.

"사실은 얼마나 고민을 했다고요. 회사 다니면서 밤에 음악 듣는 거 하나가 인생의 낙인데 다른 데로 이사를 가야 하지 않나 하는 생각도 해보고 어제는 다른 곳을 알아보려 부동산에 들르기도 했습니다."

여자는 다급히 손을 내저었다.

"안 돼요. 정말 아니에요. 나도 비디오 보기나 책읽기를 좋아하는데 누가 그런 걸 못 하게 하면 못 살 것만 같거든요."

그날 여자는 방 한구석에 가만히 앉아서 오디오에 덮인 이불을 벗기고 남자가 틀어주는 브람스의 현악곡을 들었다. 음악을 들으면서 여자는 눈을 감았다. 젖어드는 안개비처럼 가슴속을 헤집고 음악소리가 들어왔다.

"보세요. 정말 우리 영혼으로 스며드는 음악 아닙니까?"

남자는 정중하고 여자에게 친절했다. 음악을 들으면서 남자가 타주는 허브차를 한잔 마시고 여자는 자기 방으로 돌아왔다. 낯선 남자의 방에 그렇게 불쑥 들어간 일은 처음이었다. 밤에 늦게 들어온 여자를 위험한 줄도 모르고 돌아다닌다고 나무라는 어머니에게 아버지가 하던 말이 생각났다. 그냥 둬. 누가 저렇게 생긴 애를 건드리려고 들기나 하겠어.

그날 밤 여자는 자리에 누워 울었다. 눈물은 그칠 줄 모르고 흘러내렸다. 무슨 감정인지 잘 알 수는 없었다. 정중하게 자기를 대해준 남자가 들려준 음악과 따뜻한 차 한잔…….

남자는 그 후에도 음악을 크게 틀지는 않았다. 가끔 새 음반을 사 오면 여자 방의 문을 두드려 음악을 들으러 오지 않겠느냐고 했다. 여자는 남자의 방으로 가서 음악을 들었다. 방에 돌아와서는 자기가 좀 더 아름다운 여자였으면 얼마나 좋을까 하는 생각을 했다. 하지만 그랬다면 경계심 때문에 그렇게 쉽게 다른 남자의 방에 가지는 않았을 것이었다.

한번은 남자가 말했다.

"웃는 모습이 참 좋아요."

여자는 놀라 얼굴이 붉게 물들었다. 남자는 길거리에서 마주칠 때 간혹 다시 바라보는 사람들처럼 여자를 비정상적인 사람으로 보지는 않는 것 같았다. 여자는 가슴이 뛰었다. 방에 돌아와 여자는 샤워를 하기 위해서 옷을 벗다가 거울에 자기 모습을 비춰 보았다. 그리고 돌아서서 고개를 뒤로 기울여 뒷모습도 바라보았다. 여자는 새삼스럽게 낙담했다. 어떤 각도에서 보아도 여자의 몸은 아름답지 않았다. 텔레비전 광고며 드라마에 나오는 여자들보다 두 배는 될 것 같은 몸매가 새삼 부끄러웠다.

이제 여자는 살아가는 일에 의욕이 좀 생겼다. 직접 만화를 그려 보지 그러느냐는 제의를 자신 없어서 물리쳤던 여자는 만홧가게 주인에게 전화를 걸었다. 잘 생각했다고, 원래 재능이 탁월한데 뭣 때문에 남의 뒤치다꺼리만 하느냐고 하면서 만홧가게 주인은 우선 이런저런 아이디어를 좀 그려보라는 당부를 했다.

여자는 집에 돌아와 초록이라고 이름 붙인 여자의 캐릭터를 그려 보았다. 나이를 알 수 없는 뚱뚱하고 착한 여자가 그 이름의 주인공이었다. 초록이는 주위에서 뭐라고 해도 낙천성을 잃지 않고 잘 웃으며 기가 죽지 않는 여자였다. 아이디어가 좋다고 후속편을 더 그려 달라는 주문이 들어왔다. 여자는 그 주문을 받고 의욕이 생기기보다는 덜컥 두려움이 앞섰지만 시간을 좀 넉넉히 달라고 말했다.

남자는 직장 일이 12시 전에 끝나 일주일에 한두 번 10시쯤 들어오는 날에는 으레 여자와 함께 음악을 들었다. 여자는 그와 함께 있으면 거부당하는 느낌이 들지 않아 편안하게 쉴 수 있었다. 그하고 있으면 커다란 몸을 감추거나 가리느라고 어색하게 앉지 않아도 되었다.

이제 여자는 밤에 무엇을 먹지 않았다. 앉거나 누워서 비디오를 볼 때 먹던 과자며 초콜릿 같은 주전부리를 더 이상 하지 않게 되었다. 여자는 혼자 있을 때도 라디오를 틀어 음악을 듣게 되었다. 신기한 일이었다. 음악은 보이지 않는 세상의 흐름을 끌고 마음속으로 들어와 고독을 잊게 하는 힘이 있었다.

어느 날 여자는 자기가 읽은 책 이야기를 남자에게 했다.

매 맞고 굶주리고 지친 어린 제제가 라임 오렌지 나무에게 밍기뉴라는 이름을 지어주는 이야기, 나무와 우정을 쌓아가는 이야기, 늘 찌푸리고 다니는 덩치 큰 포르투갈 아저씨와 우정이 싹트는 이야기들을 여자는 들려주었다.

여섯 살 난 제제가 사람들 앞에서 귀를 잡히고 엉덩이를 맞은 다음에 너무 창피하고 분해서 이다음에 크면 꼭 그 아저씨를 죽이고 말겠다고 결심하는 이야기도. 그러다가 유리가 박힌 발을 치료해준 아저씨와 친해지게 된 제제가 마침내 그를 허물없는 사람을 부르는 말인 뽀르뚜까라고 부르게 되는 이야기, 아저씨의 친절한 마음씨에 아버지에게 늘 두드려 맞고 살고 있다고 제제가 고백하는 이야기도 들려주었다.

남자는 생각에 잠긴 표정으로 고개를 약간 숙인 채 여자의 이야기를 들었다.

-난 절대로 당신 곁을 떠나고 싶지 않아요. 당신이 세상에서 가장 좋은 사람이니까요. 당신이랑 같이 있으면 아무도 저를 괴롭히지 않아요. 그리고 내 가슴속에 행복의 태양이 빛나는 것 같아요.

집에서 다시 두드려 맞은 제제가 뽀르뚜까에게 울면서 하소연을 하는 장면을 들려주면서 여자는 자기 이야기처럼 가슴이 뭉클했다.

제제는 자기처럼 아무도 좋아하지 않는 나쁜 아이는 기차에 뛰어들어 죽는 게 낫다고 말하지만 아저씨는 제제를 달래주고 피크닉에 초대를 한다. 피크닉에 따라간 제제는 믿을 수 없이 행복한 시간을 아저씨와 함께 갖지만 그 후 아저씨가 기차사고로 죽은 것을 알고 열병에 걸려 죽을 만큼 앓는다.

처음에는 만화로 읽었지만 너무 좋아서 책을 여러 번 읽었다고 말하며 여자는 책을 펴고 제제의 마지막 고백을 읽어주었다.

사랑하는 마누엘 발라다리스 씨. 오랜 세월이 흘렀습니다. 저는 마흔여덟 살이 되었습니다. 때로는 그리움 속에서 어린 시절이 계속되는 듯한 착각에 빠지곤 합니다. 언제라도 당신이 나타나셔서 제게 그림딱지와 구슬을 주실 것만 같은 기분이 듭니다. 나의 사랑하는 뽀르뚜까. 제게 사랑을 가르쳐주신 분은 바로 당신이었습니다. 지금은 제가 구슬과 그림딱지는 나누어주고 있습니다. 사랑 없는 삶이 무의미하다는 것을 알기 때문입니다…… 때로는 제 안의 사랑에 만족하기도 하지만 누구나와 마찬가지로 절망할 때가 더 많습니다. 그 시절 우리들만의 그 시절에는 미처 몰랐습니다. 어느 날 바보 왕자가 제단 앞에 엎드려 눈물을 글썽이며 이렇게 물었다는 것을 말입니다. "왜 아이들은 철이 들어야만 하나요?" 사랑하는 뽀르뚜까. 저는 너무 일찍 철이 들었던 것 같습니다.

영원히 안녕히.

우바뚜바에서 1967년

남자는 여전히 고개를 숙인 채 아무 말 없이 여자가 읽어주는 내용을 듣고 있었다. 다 읽은 다음에도 남자는 고개를 들지 않았다. 갑자기 남자의 어깨가 심하게 흔들렸다. 그는 격하게 울고 있었다.

여자는 아무 말도 걸지 않았다. 전에 본 영화에서처럼 남자의 어깨를 감싸주거나 손을 잡아주거나 하고 싶은 마음도 한순간 들었지만 주제넘은 짓 같아 엄두를 낼 수 없었다. 공연한 짓을 해서 이상한 여자라는 인상을 주고 싶지 않았다. 여자는 자기 앞에서 우는 남자를 여태까지 본 적이 없었다.

울음이 잦아든 남자는 제제의 이야기는 바로 자신의 이야기라고 말했다.

"우리 아버지는 미친 듯이 나를 때렸어요. 어릴 적 내 꿈은 아버지가 죽든지 내가 죽어서 그런 지옥에서 벗어나는 거였어요. 아침이 면 눈뜨고 삶을 시작하는 게 두려웠어요."

여자는 아무 말도 하지 못하고 그저 고개만 끄덕였다. 아침에 눈을 뜨기가 두려운 느낌은 너무 잘 알고 있었기 때문이었다.

"남자새끼가 그게 뭐냐. 매가 날아오기 전에 빠지지 않던 말은 남자새끼였지요. 나는 마음 약하고 고분고분한 아이였어요. 지금도 나는 이해하기 어려워요. 어째서 아버지는 뚜렷한 잘못도 없고 저항할 의사나 힘조차 없는 나를 하루가 멀다 하고 때렸을까. 자신이 몹시 불행했기 때문일까. 그래서 나도 불행해지기를 바랐던 것일까. 어머니도 그 누구도 나를 구원해주지 않았어요. 어머니는 너무 바빴고 다른 사람들은 내게 관심조차 없었지요. 사는 건 언제나 공포스러웠고 오로지 내 소원은 맞지 않고 그날을 넘기는 것이었어요. 나는 죽을 때까지 용서 못 해요."

"그렇지만 이제 독립했잖아요."

여자의 말에 남자는 고개를 저었다.

"내가 집을 뛰쳐나온 건 고등학교 때였지요. 나는 집에 돌아가지 않고 말하자면 굴러다니면서 살았지만 그래도 집보다는 다 좋기만 했어요. 요행히 머리는 좋아서 초등학교나 중학생 가정교사를 하면서 전전했지요."

"……"

"나중에는 이런 공상도 해보았지요. 어머니가 다른 남자의 아이를 낳은 것이 아닐까. 그래서 체면 때문에 겉으로 노출시키지는 못하고 그 죄의 씨앗이 갈가리 해체될 때까지 두드려 패려고 들었던 것일까. 세상에는 용서해서는 안 되는 사람도 있는 데 바로 우리 아버지 같은 사람입니다."

"그래도 원래 마음은 자식을 사랑하셨을 거예요."

여자는 위로라고 하는 자기 말이 스스로에게도 공허하게 들렸다. 아버지는 과연 나를 사랑해서 그렇게 경멸했던 것일까.

"나는 그 남자의 자식인 게 참을 수 없어서 차라리 어머니가 불륜을 저질러 낳은 다른 남자의 자식이라면 좀 더 견딜 만할 것 같았어요……. 따귀를 때리는 건 기본이고 혁대를 풀어서 때리는 것도 보통이고 발로 차는 건 일상사였지요. 때로는 물건을 던지기도 했지요. 어째서였을까. 도대체 어째서였을까요. 지금까지 그런 마음을 품고 있는 건 내 마음이 좁은 탓이라고 말하지 마세요. 너무 어린 나이에 미움에 가득 찬 얼굴을 대면하고 매를 맞으면서 손상된 마음은 치유될 수 있는 성질의 것이 아니거든요."

"무슨 느낌인지 알 거 같아요. 나도 맞지는 않았지만……."

남자는 그 말에 대꾸도 하지 않고 열에 들뜬 사람처럼 이야기를 이어나갔다.

"말로는 나 때문에 헤어지지 못한다고 했지만 어머니도 교수라는 자신의 사회적 명성에 금이 가는 게 두려웠던 거예요. 실업자처럼 건들거리는 아버지와 그래서 헤어지지 못한 거라고 나는 생각해요. 결국 내 생각 같은 건 아무도 안 했던 거예요."

"어머니가 교수셨어요?"

여자는 자기가 생각하기에도 동떨어진 소리를 했다. 말하자마자 후회하기는 했다.

"지금은 아주 명사가 됐지요. 이름을 대면 누군지 금방 알 거예요."

여자는 누구냐고 묻지 않았다. 그저 막연히 남자가 자기에게서 조금 더 멀리 물러난 것 같은 느낌이 들었다.

"신기한 건 죽을 생각은 없었다는 점이에요. 아버지는 늘 후렴처럼 나가 죽어버리라고 외쳤지만 살아본 적이 있어야 죽지요. 나는 살아보고 싶었어요. 그놈의 온전한 사랑이라는 것을 받아보고 싶었어요. 죽더라도 그런 경험을 한 후에 죽고 싶었지요."

여자는 하마터면 나도 그랬어요 하고 말할 뻔했다. 잠시 침묵한 후 남자는 말했다.

"그리고 정말 그런 사랑이라고 믿어지는 사랑이 내게 나타났어요. 천사처럼 보이는 여자였지요. 미친 듯한 사랑은 그 여자를 두렵게 만들어 내 곁을 떠나버렸어요. 그렇지만 나는 지금도 그 여자를 기다리고 있어요. 언젠가는 꼭 내게 돌아오리라고요."

여자는 더 이상 입을 열지 않았다. 그랬었구나. 마음이 다른 데 있어서 그렇게 쉽게 내게 방문을 열어주었구나. 그리고 또 내가 너무 뚱뚱해서 자기를 여자로 대할 것 같지 않고, 그리고 또 아무도 우리를 보는 다른 사람이 없으니까······. 그러니까 그 만화가의 아내처럼······.

그러리라고 생각했으면서도 여자는 남자의 고백이 마음 아팠다.

갑자기 남자가 놀라운 제안을 했다. 우리도 제제와 뽀르뚜까처럼 피크닉을 가면 어떻겠느냐고······. 생각에 잠겨 있던 여자는 당황스러웠다. 어디로? 무엇을 입고? 여자는 태양과 눈부신 자연 앞에 흉한 몸매를 드러내는 것이 두려웠다. 그러나 생각해보겠다고 했다. 어머니가 하던 말이 생각났다. 그런 몸매를 하고 있으면 어떤 남자도 너를 사랑해주지 않을 거야. 너는 평생 외롭게 살다가 죽게 될 거야. 왜 그렇게 노력을 하지 않니? 왜 자기 인생을 위해 그 쉬운 투자를 하지 못하느냐고……. 아버지는 멸시하는 시선으로 여자의 몸매를 훑었다. 여러 번 여자는 생각했었다. 이렇게 필요 없는 존재라면 기차에 뛰어드는 게 더 낫지 않을까. 어린 제제처럼……. 아무도 나를 사랑해주지 않을 거라면 어머니나 아버지만이라도 나를 사랑해주세요라고 여자는 말하고 싶었으나 그 말은 입 밖으로 나오지 않았다.

여자가 대학생일 때 집안의 자랑거리이던 언니는 의사하고 결혼했다. 머리가 뛰어난 오빠나 미인 언니에게 치여 사는 삶은 늘 고달팠다. 식구들이 놀러 갈 때면 여자는 여러 가지 이유를 대고 빠졌다. 식구들도 다행스러웠는지 더 이상 권하지 않았다. 여자는 혼자 집에 남아서 냉장고에서 여러 가지 음식들을 꺼내어 혼자 먹었다. 당연히 살은 빠지지 않았다.

방에 돌아온 여자는 곰곰이 생각했다. 그 남자가 다른 여자를 사랑하고 있으니까 오히려 자연스러운 친구가 될 수도 있지 않겠느냐고 스스로를 설득했다. 다른 사람이 자기를 쳐다보거나 비웃더라도 피크닉을 가야겠다는 생각이 들었다. 어쩌면 이것이 피크닉을 갈 수 있는 마지막 기회인지도 몰랐다.

영화에서 본 것처럼 붉은빛이 도는 체크무늬 담요를 깔고 대나무로 짠 네모난 뚜껑이 달린 바구니를 그 위에 놓는 그림, 호숫가에 앉아 바구니에서 꺼낸 과일이며 샌드위치를 먹는 그림. 호수에는 백조가 떠 있고 흰 구름은 하늘 위에 유유히 떠 있는 그림. 여자가 만화에서 많이 밑그림을 그려본 장면들이었다. 자기 일생에 그런 일이 있으리라고 상상해보지 못했던 풍경이었다.

그러나…… 여자는 망설였다. 나하고 같이 있는 걸 사람들이 보는 걸 남자가 어색해하지 않을까. 밖에서 밝은 대낮에 남자하고 같이 앉아 있는 장면은 생각만 해도 쑥스러웠다. 남자는 나하고 함께 있는 걸 부끄러워하지 않을까. 마른 편인 남자와 뚱뚱한 여자가 함께 다니는 건 만화의 한 장면처럼 우스꽝스럽지 않을까.

영화나 만화의 여주인공처럼 피크닉에 맞게 입을 만한 옷도 없었다. 한 철에 몇 벌의 옷만 번갈아 입어온 여자는 숲의 녹색에 맞는 밝은 옷이 필요했다.

여자는 남대문시장의 큰 옷 파는 곳에 가서 큼지막한 베이지색 원피스와 녹색 카디건을 샀다. 백화점에 가서 피크닉 바구니와 붉은 기가 도는 체크무늬 얇은 담요도 하나 샀다.

집에 돌아와 사들고 온 바구니를 내려놓고 새로 산 원피스를 입어보았다. 옷은 잘 맞았다. 생각처럼 어색해 보이지는 않았다. 녹색 카디건을 그 위에 입자 그런대로 검정색이나 회색 옷을 입은 것보다는 훨씬 나아 보였다.

그날 밤 남자가 방문을 두드리자 여자는 웃는 얼굴로 음악 초대에 응했다. 그가 웃는 얼굴이 좋다고 말한 이후 여자는 전보다 자주 웃었다. 그리고 피크닉에 가고 싶다고 말했다. 남자는 반색을 하면서 이번 주말에 함께 가자고 했다. 시간도 넉넉히 얻어놓았노라고……. 하루에 돌아오려면 멀리 가기는 어렵고 춘천 가는 길에 있는 남이섬에 가는 것이 어떠냐고 말했다. 그 섬은 여러 번 영화에서 보았다. 그러나 자기가 가볼 기회가 있는 섬이라는 생각을 해본 적은 없었다. 이제 그곳에 가서 숲 속 길을 걷고 물가에 앉아 바구니를 열고 밥도 함께 먹을 생각은 가슴을 뛰게 했다.

여자는 점심은 자기가 준비하겠다고 말했다. 일요일이라면 사흘이 남아 있었다. 여자는 일에 차질이 없도록 이틀 동안 밤을 새워가며 약속한 일들을 마쳤다. 토요일 오후에 여자는 여러 가지 과일과 음료수를 사고 소고기며 소시지, 단무지, 시금치, 당근, 달걀 같은 김밥 재료를 샀다. 새벽에 일어나 김밥을 말 작정이었다. 늘 하던 것처럼 쉽게 김밥 집에서 김밥을 사고 싶지는 않았다.

여자는 혹시 자신이 무슨 기대를 품고 있는 것으로 남자가 오해하지 않기를 바랐다. 감히 사랑이나 결혼 같은 엄청난 일을 바라는 것은 절대로 아니었다. 여자는 그저 자기에게 행복한 하루를 선물로 주고 싶었다.

4월 봄날의 연초록 잎이 앞을 다투듯 돋아나 있는 큰 나무들이 서 있는 남이섬의 흙길은 다른 세상에 온 것 같은 느낌이 들게 했다. 강가에 앉아 흐르는 강물을 바라보고 김밥과 과일을 나누어 먹으며 여자는 가슴속으로 그 강물이 흘러들어오는 것처럼 행복했다. 남자는 들고 온 소형 라디오에 카세트를 넣고 음악을 틀었다. 비발디의 사계였다.

"마음대로라면 오디오를 다 통째로 들고 오고 싶었어요."

여자는 고개를 끄덕였다. 시간은 빠르게 흘러갔다. 여자는 음악을 들으며 나무들과 물그림자들을 처음 보는 사물들처럼 바라보았다.

모든 것들이, 풀꽃과 흙은 물론이고 심지어 돌까지도 살아서 움직이고 있다는 것을 여자는 처음 알게 된 것 같았다.

그러다가 갑자기 나무와 강물과 바람소리가 보이지도 들리지도 않았다. 이 남자는 상처 깊은 마음으로 누군가를 열렬하게 사랑하고 있었기 때문에 아무 부담 없이 내게도 친절했던 것이 아닐까. 그러고 보니 남자는 여자의 손을 잡거나 안으려고 든 적도 없었다. 다른 여자를 사랑하고 있어서 그저 내가 너무 편했던 거야. 그렇게 부담 없이 방에 들어오라고 하고 피크닉을 가자고 했던 게 다 내가 사랑할 수 있는 여자로 보이지 않아서였던 거야.

뚜껑을 열어놓았던 찬합 안에 남아 있던 김밥이 늦은 오후의 바람에 스치며 까칠하게 말라붙기 시작했다. 여자는 찬합의 뚜껑을 덮었다.

바구니를 다 챙겨 들고 일어선 다음 여자는 남자가 붉은 체크무늬의 담요를 접는 것을 바라보았다. 행복한 하루가 이제 막을 내리는구나 하고 생각하자 갑자기 가슴에 통증이 일었다.

담요를 챙겨 곁에 놓고 한 손으로 바구니를 받아 든 남자가 다른 손으로 여자의 손을 잡았다. 그리고 여자에게 가볍게 입을 맞추었다. 여자는 한참 동안 눈을 감았다가 떴다. 풀과 나무와 강물이 다시 살아나는 소리가 들렸다.

버스를 타고 집에 돌아오는 동안 두 사람 다 별로 말을 나누지 않았다. 남자는 차창 밖을 내다보며 골똘하게 생각에 잠겨 있었다. 그 눈빛은 다른 세상을 향하는 그리움으로 가득 차 있었다.

오늘은 함께 음악을 듣지 않고 혼자 쉬고 싶다고 여자는 말했다.

남자는 얼굴을 돌리지 않고 그저 고개를 끄덕였다. 좌석 밑 발치에 내려놓은 바구니와 담요를 가만히 내려다보며 여자는 이제 그 남자의 방에 들어가 앉아 있을 수 없다는 생각을 했다. 여자는 남자에게 기대가 생겼고 그 기대는 자기에게 어울리지 않았다.

'그래. 이것으로 충분해.'

이제 남자에게 부담을 줘서 어색한 관계가 되기 전에 이 집을 빨리 떠나야 하는 게 아닌가 하는 생각도 들었다.

그렇지만……. 여자는 창밖으로 보이는 연녹색 풍경을 바라보며 스스로에게 다짐했다. 오늘 하루만 다른 근심을 하지 말고…… 걱정은 내일 하자.

초록이라면 피크닉에서 돌아온 후 어떻게 했을까. 여자는 집에 돌아가면 피크닉을 다녀온 초록이의 이야기를 밤을 새워 그려보아야 하겠다고 생각했다.

정희의 결혼

정희의 결혼

"이제 나이 사십이 넘어가지고 결혼은 무슨 결혼, 너 제정신이냐?"

어머니는 정희의 이야기를 듣자마자 대뜸 화부터 냈다.

"그렇지만 지금 이대로 살면 나중에 나 혼자 남게 되잖아요."

"그러니까, 나 죽을 때를 대비해서 지금 대책을 세워야 되겠다는 거냐?"

정희는 내심 화가 치밀어 오르는 걸 참느라고 입을 꾹 다물었다.

"혼자 살면 외로울까 봐 그러니? 나도 이렇게 오래 혼자 살았는데 뭘 그래."

"그래도 어머니는 내가 있었잖아요."

어머니는 코웃음을 쳤다. 육십이 넘었지만 아직도 꼼꼼히 화장품을 써가면서 가꾸는 탓에 나이보다 십 년은 젊어 보이는 엄마는 더 이상 이런 이야기를 나누고 싶지 않은 눈치였다.

"아무튼 나는 결혼하기로 결정했어요."

정희는 완강하게 말하고 소파에서 일어섰다. 어머니가 따라 일어서면서 소리를 질렀다.

"어딜 가? 이야기는 끝내고 가야지."

"난 할 이야기 다 했어요. 그리고 강의시간에 늦었단 말이에요."

"네가 내 입장에 서서 생각해봐라. 할 줄 아는 거라고는 공부 하나밖에 없는 딸년이 어느 날 갑자기 결혼을 하겠다고 하니 그냥 받아들여지겠냐?"

정희는 아무 대꾸도 하지 않고 방으로 들어와서 외출복으로 갈아입었다. 가벼운 코트를 입고 방을 나서는 정희에게 파출부가 조심스레 말을 건넸다.

"그래도 아침식사는 하셔야지요."

"생각 없어요. 어머니 식사나 잘 챙겨드리세요."

정희는 현관으로 나서면서 거실에 앉아 있는 어머니에게 말을 건넸다.

"저 다녀올게요."

"그래. 이따 다시 이야기하지."

어머니는 신음하는 듯이 나직하게 대꾸했다. 정희는 이마를 찌푸렸다. 지금까지 살아오면서 한 번도 이겨본 적이 없는 어머니였다. 이제 시간을 들여서 설득하려고 들 것이었다. 다시 듣지 않아도 어머니의 말은 거의 다 외울 지경이 되었다. 네가 무엇이 아쉬워서 그러냐. 그만한 학력에 번듯한 직장에 전공 분야에 인정을 받고 있고 앞으로 뻗어나갈 길만 남아 있는데 뭐하러 그런 일에 다시 신경을 쓰냐. 여자가 결혼해서 얻는 게 있는 세상인 줄 아냐. 내가 네 입장이라면 매일 날아다니면서 살겠다. 쓸데없는 일에 신경 쓰지 않고……. 가정이니 살림이니 모성애니 이런 거 다 사람들이 만들어낸 거짓말들이야. 나를 봐라. 그나마 가정에서 일찍 벗어난 덕에 너를 이렇게 잘 기르고 모든 기회를 다 줄 수 있지 않았냐.

실상은 그 이야기를 어제 저녁에 꺼내려고 했었다. 그러다가 잠자리에 들기 전에 길게 싸우고 싶지 않아서 출근하기 바로 전에 이야기를 꺼낸 참이었다. 그리고 바로 예상했던 답이 돌아온 셈이었다.

처음부터 하다못해 뭐하는 사람이냐든가, 결혼했던 사람이냐든가, 이런 정도의 질문쯤은 나와야 그래도 딸의 미래를 걱정해주는 어머니라고 할 수 있지 않을까. 하기야 자상하게 조목조목 물었다고 해도 더 나아질 일은 없을 터이기는 했다. 젊은 시절, 결혼을 파기하고 떠났던 남자가 이제 이혼하고 딸아이까지 맡아 기르면서 청혼해 왔다고 하면 어머니는 더 기함을 할 것이 틀림없었다. 결혼에 실패한 남자라는 이야기 외에 다른 부분은 어물어물하면서 더 이야기하지 않았었다.

운전하는 동안 정희의 마음은 무거웠다. 이제 와서 어머니에게 허락을 구하는 것은 아니었다. 말하자면 일방적으로 통보를 한 셈인데 한동안 신경을 곤두세워가면서 마음 불편하게 지낼 일이 마음에 걸렸다. 정희도 미래에 대한 불안감을 지니고 있지 않은 것은 아니었다. 일어날 수 있는 모든 불행한 사태에 대해서도 나름대로 여러 가지 상상을 해보았다.

마음속 깊이 그 남자에 대한 사랑이 남아 있는 것도 아니었다. 청혼을 받고도 가슴이 떨리거나 행복한 느낌이 아니라 사업 프로젝트를 제안받은 것처럼 덤덤하기만 했다. 그에게 생각해볼 시간을 갖겠다고 했지만 이미 정희의 마음은 결정되어 있었다. 하나 있는 딸도 지금 대학 신입생이라니까 그렇게 어려울 것 같지는 않았다.

　문득 얼마 전 대학 신입생이던 딸아이를 잃은 박 교수의 생각이 났다. 그렇지 않아도 그 학교에 오늘 특강이 있는데 한번 만나야 하지 않나 하는 생각이 정희의 마음을 더 무겁게 했다.

　정희가 어렸을 때 아버지와 헤어진 어머니는 남자라면 이가 갈린다는 소리를 후렴처럼 입에 달고 살았다. 혼자서, 자립해서 자신의 인생을 살아가는 것이야말로 최선의 삶이라고 어머니는 어려서부터 정희를 세뇌시켰다. 아닌 게 아니라 아버지라는 사람의 태도를 보면 그건 사실인 것 같기도 했다. 어머니와 헤어진 이유도 본처가 있었기 때문이었다. 아버지는 유부남이며 아들 둘까지 있다는 사실을 모두 숨기고 어머니에게 접근해서 절에 가서 결혼식도 올리고 정희까지 낳았던 것이다. 어머니가 아버지 이야기가 나올 때마다 격분하는 이유를 알 수 있을 것 같았다. 그래도 아버지가 상당한 목돈을 쥐어줘서 어머니가 하는 드레스 숍의 기초를 마련하게 된 공로는 알아줘야 할지도 몰랐다. 말하자면 위자료는 주었으니까.

　주위 사람들은 다 아버지가 돌아가신 것으로 알고 있었다. 정서적으로나 사회적으로나 아버지는 정희 모녀에게 사망한 사람이었다. 어머니가 모든 것을 걸고 사다리를 올라가려면 불행한 결혼의 흔적은 지워버리는 편이 더 나았었는지도 몰랐다. 하기야 어차피 야합에 동거였지 결혼도 아니었다. 지우개로 지우듯이 그냥 말살해버릴 수 있는 관계였다고 볼 수도 있었다. 두 사람 사이에 정희라는 아이가 태어났다는 것 하나만 지워지지 않는 부분이라고 할 수 있지 않을까.

젊었을 때 그 남자하고 결별하게 된 이유도 드라마처럼 출생에 대한 비밀이 드러나는 것이 싫어 기피한 점도 없지 않았다. 줄줄이 달려 있는 남자의 가난한 식구들이 공포스러웠던 것도 사실이었다. 불행한 청춘이었다. 그 남자하고 헤어진 이후 다가오는 남자도 없었고 누군가를 미친 듯이 혼자서라도 흠모해본 적도 없었다.

다행히 세상은 그동안 많이 바뀌어 나이 들어가는 노처녀 교수의 출생 문제 같은 데는 아무도 관심이 없는 것 같았다. 열심히 살면서 학생들을 가르치고, 그리고 때가 오면 조용히 삶을 마감하면 되리라고 정희는 생각해왔다.

그동안 정희는 아름답고 행복한 삶에 관해 신문에 칼럼도 쓰고 책도 몇 권 냈다. 고통과 자의식의 흔적이 별로 없는 정희의 글은 의외로 젊은 사람들에게 좋은 반응을 얻었다. 아름답게, 긍정하며, 칭찬하며……. 이런 단어들 사이에서 시간은 저 혼자 가듯이 움직이고 정희는 서른을 지나고 마흔을 지났다.

믿을 수 없는 일이었다. 대체 무엇을 위해 살고 있는 것일까. 가끔 늦은 밤까지 교수실에 앉아 있을 때면 삶에 대한 무의미와 회한이 정희의 가슴을 채웠다. 집에 돌아가 어머니와 마주 앉는 일도 지치고 힘들었다. 자신을 위해 모든 것을 희생했다고 믿는 어머니와 한 공간에 거주하는 일은 어떤 때 고문에 가까웠다.

차라리 나를 그대로 내버려두었더라면…… 그때 아버지가 원하는 대로 나를 그 집에 주고 새로 인생을 시작했더라면…… 하는 생각이 가끔 들기도 했다. 어떤 일이 닥쳐도 나는 너를 포기하지 않았다. 너만이 내가 사는 의미였어. 나는 너를 강하고 튼튼한 사람으로 키우고 싶었어. 나처럼 살지 않도록…….

　어머니는 성공을 하기는 한 셈이었다. 정희는 어머니와 완전히 다른 삶을 살고 있었으니까. 정희의 글이 신문에 나거나 책에 대한 좋은 평이 신문이나 잡지에 실릴 때, 어머니는 삶의 의미를 찾은 듯이 기뻐했다. 정희의 내부에서 생명력이 말라 들어가는 물줄기처럼 시들어가고 있는 것을 전혀 모르는 사람 같기만 했다.

　"너는 모른다. 네가 얼마나 삶의 모든 것을 누리고 있는지 말이야. 봐라. 네 제자들을 봐. 우리 집에 오기만 하면 그렇게 감탄과 부러움에 차서 너를 보지 않니. 이 넓은 집과 수많은 책들, 너 혼자 쓸 수 있는 넓은 서재, 하고 싶은 일을 다 이루며 살고 있는 사람의 모델인 거야. 너는……."

　강의가 끝난 후 정희는 한동안 연구실에 그대로 앉아 있었다. 어차피 치러야 할 일이기는 하지만 집에 돌아가 어머니의 집요한 닦달에 시달리고 싶지 않았다. 그 남자에게서 오후에 전화가 왔지만 오늘은 일찍 들어가야 한다고 말하고 전화를 끊었다.

　중동으로 유학 가 있던 그 남자가 학위를 마치고도 오랫동안 객지에 떠돌다가 귀국했을 때 친지들은 전부 안도의 한숨을 내쉬었다고 했다. 유학을 떠날 때부터 사람들이 우려했던 것은 그의 전공이 중동 정치에 관한 것이었기 때문이었다. 기회를 잘 만나면 좋지만 그렇지 않으면 낙동강 오리알처럼 힘들여 한 공부가 소용이 없으리라는 회의도 많이 들었다고 그는 말했다.

　그때 어머니가 결혼을 반대했던 이유 중 하나도 하필이면 그 으스스하고 이해도 안 가는 사람들에 관한 공부를 하고 있다는 점이었다. 게다가 결혼해서 정희와 함께 떠나도록 허락해달라는 말도 냉정히 거절하게 만든 빌미가 되었다.

유학 가서 얼마 후 다른 여자와 서둘러 결혼을 하고는 몇 년 후 결혼에 실패해 딸을 혼자 키웠다는 조건은 그때보다도 더 길길이 뛸 만한 이유가 될 것이었다. 뭔가 비정상적인 데가 있는 사람이라 중동에 관한 공부를 하려고 하고 또 그런 곳에 여자까지 끌고 가려고 하는 게 아니냐며 도저히 같이 살기 쉬운 사람이 아닐 거라고 어머니는 정희를 밀어붙였다.

정희가 그 당시 결혼을 단념하고 절교 선언을 했던 가장 큰 이유는 아버지 때문이었다. 어렸을 때 돌아가셨다고 했을 뿐 아니라 아버지 이야기가 나올 때마다 정희는 소설을 쓰듯 거짓말을 했다. 그 모든 것이 거짓말이었다고 털어놓기도 구차스러웠고 이런저런 일들이 걸리면서 정희의 마음속에 힘들여 뿌리를 내렸던 사랑의 감정도 메말라버려 쉽게 그를 포기했었다.

남자의 유학 기간은 생각보다 길어졌고 학위를 마칠 때쯤은 마땅히 돌아갈 자리가 없어 그곳에서 직장을 구해 살아왔다. 그러나 남의 집 불구경 비슷하던 중동 사태가 연이은 한국인 납치와 살해, 협박으로 이어지면서 도저히 이해하기 어려운 그쪽 사람들의 정서를 알아내기 위한 전문가가 더 필요하다는 사람들의 견해가 뒤따랐다. 마침 학위 논문이 중동의 이해하기 어려운 정치와 문화에 관한 것이었던 그는 정부기관에 좋은 조건으로 급격히 스카우트를 받게 되었다.

중동 사람들의 연이은 폭탄 테러는 대책을 세우기 어려운 인간의 행태 양상이었다. 심리학에서 그토록 주장하던 자기보전의 본능이라는 것이 증오와 명분 앞에 사라지는 것을 이해하기는 난망한 일이었다. 목적을 위해 목숨을 풀잎보다도 하찮게 내던지는 중동 주동자들의 태도는 테러 희생자의 가족이나 가까운 친지가 아닌 사람들에게도 섬뜩한 이야기였다.

그는 그런 일련의 일들 때문에 자기가 쉽게 자리를 잡을 수 있었노라고 했다. 사람들이 그토록 오랫동안 믿어왔던 합리성이나 자기보전 본능의 이론은 설명할 수 없는 혼돈 속에서 무너져 내리고 말았던 것이었다.

옛날 전제정치 시절처럼 범인의 가족이나 친척을 처벌할 수도 없고 자살한 범인에게 어떤 형태의 처벌도 할 수 없는 사태가 벌어지면서 사람들의 당혹감은 깊어가기만 했다. 살인과 자살이 함께 뒤섞여 벌어지는 난동에 대해 인간을 설명하던 이론들은 무력하기만 했다. 불행한 성장과정과 분노만으로 설명하기에는 어려운 점이 있었다.

다른 대학에서 특강을 끝내고 나서다가 문 앞에 서 있는 박 교수를 보고 정희는 깜짝 놀랐다. 내심 여기 온 길에 그녀를 찾아보아야 하는 게 아닌가 하는 생각을 했지만 망설이던 참이었다.

"아니, 웬일이세요."

박 교수는 조용히 미소를 띠었다.

"웬일은요. 선생님 오신다고 해서 뵈려고 왔지요."

"그렇지 않아도 오늘 강의 끝나고 한번 뵈러 갈까 했었어요."

진심이었다. 몇 달을 두고 벼르던 방문을 차마 실행할 수가 없었던 제일 큰 이유는 무어라고 이야기해야 좋을지 모르겠다는 중압감도 함께 있었기 때문이었다. 박 교수는 조용히 머리를 끄덕였다.

"어쨌든 이렇게 뵙게 되었네요. 함께 점심할 시간 되세요?"

"그럼요."

두 사람은 초록색 물이 오르는 나무들이 그 위용을 뽐내고 서 있는 교정을 걸었다.

"우선 내 사무실로 갈까요?"

"그러지요, 뭐."

박 교수의 사무실은 그녀의 단정한 성품처럼 잘 정리되어 있었다. 창문 쪽을 빼놓은 양쪽 벽이 책으로 가득 차 있었다. 아래쪽 두 단은 검정색 하드커버로 단장한 학생들의 논문들이 가득 차 있었다. 방에 놓인 작은 테이블에 마주 앉자 박 교수는 커피포트의 스위치를 켜서 물을 끓였다.

"우리 교내 식당으로 가서 점심을 먹을까요, 밖으로 나갈까요?"

"시간이 충분하세요?"

"사실은 두 시에 강의가 있어요."

"그럼 우리 그냥 김밥이나 샌드위치 같은 걸 매점에서 사다가 여기서 먹으면 어때요?"

"그럴까요."

박 교수는 이어서 말했다.

"오랜만에 만났는데 대접이 아닌 것 같아서……."

"대접은 무슨, 그냥 차 마시고 이야기하는 것만으로도 충분한데요."

박 교수는 조교에게 부탁하겠다고 말하고 밖으로 나갔다가 곧 돌아왔다. 박 교수는 잔잔하고 무심해 보여서 딸아이의 자살이라는 큰

일을 겪은 사람 같지 않았다. 정희는 오히려 자기가 들은 이야기가 헛소문이 아닌가 하는 생각이 들 지경이었다. 학회에서 전공이 같은 쪽이라 몇 번 만나게 될 때마다 결혼을 하라고 권하던 박 교수였다. 남편이라는 존재는 별로 도움이 안 될 때가 있지만 아이를 갖는 것은 인생에서 가장 중요한 일이라고 허물없이 말하던 박 교수였다. 선배연하지 않고 소박한 그녀를 만나는 것은 즐거운 일이었다. 그러나 몇 달 전에 그 충격적인 소식을 들은 이후로 정희는 그녀를 만나기를 두려워했다고 보는 편이 맞을 것이었다. 신문에 기사가 나지도 않았고 주위 사람들 어느 누구도 자세한 내용은 잘 모르겠다고만 했다.

교정에 벌써 봄기운이 완연하다는 이야기를 서두로 이즈음 학생들 이야기며 소소한 이야기들을 나누고 있는 동안 조교가 김밥과 샌드위치를 사가지고 왔다.

도시락을 싼 은박지를 여는 박 교수의 손놀림은 예사로워서 바로 며칠 전에도 함께 점심을 나누고 헤어진 사람 같았다. 이즈음에는 김밥도 전문화되어 있어서 정말 맛있게 잘 만든다는 이야기를 하면서 그녀는 정희에게 도시락을 권했다.

"아침을 늦게 먹었더니……."

박 교수는 김밥 몇 점을 집어먹고 슬며시 젓가락을 놓았다.

"왜, 오후 강의도 있는데 더 드시지 않고요."

정희가 권하자 박 교수는 고개를 저었다.

"통 식욕이 없어서 많이 먹지 못해요."

정희도 도시락의 김밥을 반쯤 먹고 젓가락을 내려놓았다. 젓가락을 놓고 있는 그녀 앞에서 혼자 먹고 있기도 그렇고 온갖 상념이 머리를 오락가락해서 맛을 알 수 없었다. 한동안 두 사람은 합의라도 한 것처럼 말을 하지 않고 그대로 앉아 있었다. 창밖에 자리 잡은 목련 꽃의 터질 듯한 봉우리가 시야에 잡혔다. 한동안 실내에 흐르는 침묵이 견디기 어려워 정희가 불쑥 말했다.

"이제 곧 목련이 피겠네요."

박 교수는 대답 없이 시선을 창밖으로 돌렸다.

"저기……. 아이가 잘못되었다는 이야기, 정말인가요?"

정희의 물음에 박 교수는 그대로 아무 대답도 없이 한동안 앉아 있었다. 눈가에서부터 희미하게 붉은빛이 감돌다가 눈물이 고여 들었다. 아주 천천히 그녀는 고개를 끄덕였다.

"언제 들으셨어요?"

"누군가 전화를 했었어요. 여기로 두 번이나 찾아왔었는데 안 계셨어요."

그녀의 눈에 고인 눈물이 주르르 흘러내렸다.

"그 일이 있은 후 한 학기를 쉬었어요."

"학교는……."

"마침 안식년을 받으려던 학기였어요. 그래서……."

"어디 다녀오셨어요?"

"그냥 집에 있었어요. 좀 떨어져 있는 성당에 그 아이가 있거든요. 매일 그곳에 갔어요. 걸어서요……."

"어떻게 그런 일이……."

"정말이지 성당으로 가면서 오면서 내가 나한테 매일 물었던 말이 그거예요. 왜. 대체, 왜. 그렇게 다정하던 아이가……. 그렇게 꿈도 많던 아이가…….."

그녀는 그동안 일어났던 이야기를 들려주었다. 딸아이는 사귀는 사람과 헤어지고 나서 공부에도 전혀 관심이 없고 만사에 그저 무심해져서 움직이고 싶어 하지 않는 게 처음 시작이었다고 했다. 정희는 미동도 하지 않고 앉아서 그녀의 이야기를 들었다. 마음속으로는 이제 자신도 그만 생을 마감하는 게 더 좋은 게 아닐까 하는 엉뚱한 생각을 하고 있었다.

박 교수와 작별하고 나와 주차장까지 걷는 동안 캠퍼스에 만개한 벚꽃이 눈에 들어왔다. 하늘 아래 꽃구름의 띠를 두른 듯했다. 정희는 걸음을 멈추고 벚꽃나무 아래 놓인 벤치에 앉았다. 행복을 그림으로 그린다면 이렇게 되지 않을까. 연분홍빛 솜사탕 같은 꽃무리의 휘황함과 옅은 듯하면서도 주위를 다 휘돌아 오르는 그 향기까지…….

문득 벚꽃나무 아래 자기 생애를 내려놓고 잠시 앉아 있었다던 시인의 시가 떠올랐다. 정희는 쓴웃음을 지으며 손을 앞으로 내밀어 눈처럼 낙하하는 벚꽃을 받았다. 꽃잎은 손 위로 가볍게 춤추며 내려와 앉았다.

자신이 책에 썼던 구절처럼 이런 아름다움과 만나는 것만으로 생의 의미는 과연 충분했던 것일까. 문득 어느 것 하나 제대로 하지 못하고 살아온 것 같은 자괴감이 날카로운 통증으로 가슴을 치고 올라왔다.

차라리……. 그 아이처럼 화사하게 지는 벚꽃처럼 생을 마감하는 게 더 좋은 일이 아닐까. 아이의 어머니는 살아남아 찢어지는 가슴을 안고 있지만 구질구질한 인생을 미련 없이 떠나버린 그 아이가 사실 더 나은 선택을 한 것이 아니었을까. 아마 그 아이도 지금의 정희처럼 이루어지는 것이 없는 지루한 인생에 마치 다 살아버린 것 같은 무서운 권태를 경험했을지도 몰랐다.

일도 사랑도……. 차라리 놓쳐버린 사랑에 대한 꿈을 간직한 채 세상을 그만 떠났던 게 더 좋았을지도 몰랐다. 그렇게 미지근한……. 수면제 복용이라는 방법이 아니라 높은 곳에서 낙하하는 꽃잎처럼 그대로 떨어져 내렸어야 했던 건데…….

이제 되돌아가서 다시 살아볼 수도 없는 인생을 옛날 정서에 대한 미련 때문에 다시 시작해야만 하는 것일까. 그러나 십 년 후에도 이십 년 후에도 어머니와 지금처럼 마주 앉고 아침마다 헤어졌다 저녁에 만나는 삶의 그림은 생각만 해도 끔찍했다.

그 남자와 아침마다 헤어졌다 저녁에 만나는 그림은 좀 더 나은 그림이 될 수 있을까. 뭔가 좀 다를 수는 있겠지만 그게 더 나으리라는 생각도 없었다. 그는 옛날의 정서를 되살리는 것이 가능한 일이기라도 한 것처럼 따뜻한 눈빛으로 자신을 바라보았지만 이제 정희에게는 미지근한 호감의 기억밖에 남은 것이 없었다. 그런데도 결혼을 강행하려고 드는 자신을 스스로도 이해하기 힘들었다.

그의 청혼을 받고 제일 처음 정희가 대답한 말은 아버지가 살아 있으며 자기가 했던 아버지에 관한 모든 이야기는 다 사실이 아니라는 이야기였다. 그는 그런 일은 그렇게 중요한 것이 아니라고 말했다. 왜 그때 그 이야기를 해주지 않았느냐고 그는 오히려 반문했다. 인생의 책임은 부모도 져주지 못하는 것이고 그런 일이 있다고 해서 자신의 인간으로서의 가치가 깎여 나가는 것도 아니라고 자기는 생각한다고 피력했다. 그 이야기를 들으면서 정희는 불현듯 그에게 의지하고 싶다는 심정이 들었다. 그러나 그가 떠난 후 자기가 치사량의 약물을 복용하고 자살을 기도해서 응급실에 실려가 위세척을 받았다는 이야기는 하지 못했다. 있는 그대로 정직하지 못하고 아직도 무엇인가를 숨기려고 드는 자신에게 정희는 환멸을 느꼈지만 그 이야기를 해서 그를 겁먹게 하고 싶지는 않았다.

사는 동안 거의 한 번도 떠나본 적이 없는 죽고 싶은 유혹의 어렴풋한 감정……. 생의 마감이 가져다줄지도 모르는 해방에 대한 기대……. 다른 사람들은 밝은 성품을 지니고 있다는 평을 받는 정희가 이런 생각을 하고 있으리라고는 상상도 못 하고 있을 것이었다. 아무런 징조도 보이지 않았었다는 박 교수의 딸아이처럼…….

그동안 바쁘게 살아가면서 아이를 낳고 기르고 싶다는 생각은 전혀 해본 적이 없었다. 이제 아이를 갖기 어려운 나이에 이르자 바삭바삭 말라버린 나무처럼 시들어가는 자신의 모습이 어렴풋한 그림처럼 눈앞에 떠올랐다. 어머니 때문에 구차한 생에 매달렸던 것은 아니었다. 비겁함 때문이었을까. 버릴 수 없는 생에의 동물적인 집착 때문이었을까. 정희는 눈물이 고인 박 교수 앞에서 하고 싶은 말을 하지 못했다.

그 아이는 이제 안식을 얻고 여기보다 더 좋은 곳에 있을 거예요 라고……. 위로가 되기는 고사하고 마음을 더 아프게 할지도 모르기 때문이었다.

벚꽃나무 아래 앉아, 정희는 아름다운 정경과 마주 설 때 그 순간에 우리 삶은 얼마나 큰 가치를 지니게 되는가라고 썼던 자신의 책의 한 구절을 기억했다. 긍정하는 마음에 대해서도 많은 이야기를 썼었다.

이제 정희는 생의 전환기를 가져보고 싶었다. 더 불행해져도 상관없었다. 어떤 변화라도 이렇게 미지근한 물속에 잠겨 있는 것 같은 생의 지루함보다는 나을 것이었다. 결혼, 그 전과 후는 좀 다르지 않을까. 자살기도, 그 전과 후, 학위 취득, 그 전과 후, 탄생 그 전과 후처럼…….

답이 없는 노릇일 터였다. 그렇지만 전환기 이전의 상태로부터는 해방되는 것이 아닌가. 이제 중년기를 지나 노년이라는 전환기를 흔적도 없이 뚜렷한 사건도 없이 하다못해 죽고 싶으리만큼의 절망도 없이 맞고 싶지는 않았다.

어머니의 의견은 아마 맞는 이야기일 것이었다. 정희 주변의 동년배 여자들은 거의 다 정희의 삶을 부러워했다. 현대 여성들이 동경하는 성공과 재정적인 안락함과 독립된 삶……. 그 위장된 자유 속에 숨겨져 있는 이 무의미한 지루함에 대해서 사람들은 상상이나 할 수 있을까.

어머니는 밤늦게 집에 돌아온 정희가 신발을 벗고 있는 현관까지 따라 나와 이야기를 좀 자세히 해보자고 다그쳤다.

"뭐, 그렇게 특별히 따로 할 이야기도 없어요. 청혼을 받고 생각해보니까 결혼 못할 이유도 없다 싶어서……."

"그렇게 미지근한 소리가 어디 있냐. 그 사람 아니면 죽을 것같이 좋아 날뛰던 사람들도 번번이 원수가 되면서 갈라서는 판에."

"그러니까 미지근한 태도가 결혼에 더 나을지도 모르잖아요."

"얘가 지금 말장난을 하고 있는 거냐. 도대체 결혼을 해서 얻을 게 뭐가 있냐? 혹시, 너……."

어머니의 눈이 냉정하게 정희의 몸을 훑어 내렸다.

"이런 이야기하기는 뭐하다만 남자가 그리워서 그러는 거냐?"

정희는 가슴이 답답해오면서 더 이야기하고 싶지 않아 딱 끊어 말했다.

"네."

"얘 좀 봐라. 이제 못 하는 소리가 없구나."

"어머니가 물으니까 대답한 것뿐이에요."

"그냥 좋아하는 사람 사귀기도 하고 그러면서 지내도 그만 아니냐. 이제 와서 사람들이 얼마나 비웃겠냐. 여태 이런저런 좋은 자리 다 마다하다가……."

"비웃으라고 하세요."

"대체 어떤 사람이기에 네가 이렇게 이상한 태도를 보이는지 궁금하구나. 어디서 만난 사람이냐? 뭐하는 사람이야?"

"그렇게 중요한 걸 이제야 물으세요?"

"하도 고집을 부리니까 그렇지. 말을 알아듣지 못하고……."

"아마 누군지 알면 기함을 하실 거예요."

어머니의 눈이 모로 섰다.

"내가 아는 사람이냐?"

"말하자면 그렇지요."

"말하자면? 대체 누구냐?"

255

정희는 한숨을 내쉬었다.

"그때 그 사람이에요."

"얘가 유행가를 읊고 있나. 그때라니, 그때가······."

갑자기 어머니의 눈이 커졌다.

"아니, 설마, 그때 너를 버리고······. 그래서······."

정희는 가만히 고개를 끄덕였다. 어머니는 앉았던 소파에서 벌떡 일어섰다.

"얘 좀 봐라. 미쳐도 아주 곱게 미쳤구나. 아니, 그때 제멋대로 너를 버리고 다른 여자하고 결혼해서 네가 죽으려고 결심하게까지 만들었던 그 사람이란 말이냐?"

"버리긴 누가 버렸다고 그래요. 사실은 내가 싫다고 그랬는데······."

어머니는 기진맥진한 사람처럼 털썩 자리에 도로 주저앉아 머리에 손을 얹었다.

"얘. 머릿골이 깨질 것 같다. 그만 말해라."

어머니의 안색이 창백해졌다.

"아이구. 숨이 안 쉬어진다. 얼른, 청심환······. 얼른······."

정희는 천천히 일어서 어머니 방으로 들어가 화장대 서랍에서 금박으로 포장한 청심환 한 알을 꺼냈다. 어머니는 청심환을 먹고 테이블 위에 놓여 있는 물을 마셨다. 그리고 한참 머리를 소파에 기대고 눈을 감고 앉아 있었다. 맵시 있게 입은 자주색 홈웨어 위로 가슴이 오르락내리락하는 게 눈에 띄었다. 한참 후에야 어머니가 입을 열었다.

"네가 제정신이 아니로구나."

"그런 것 같아요."

정희는 심드렁하게 대꾸했다. 어머니의 얼굴은 한껏 심란했다. 그래도 청심환이 효력을 발휘하는지 기운은 차린 것 같았다.

"너는 자존심도 없냐. 그래, 그놈은 제 여편네는 어떻게 했다는 거냐."

"이혼했대요."

"잘한다. 잘해. 참 잘하는 짓이다. 그럼 그동안 쭉 나 모르게 연락을 해왔다는 말이냐?"

"그런 건 아니에요. 귀국한 지 몇 달 안 되었어요."

"그래 그 뻔뻔한 놈이 너한테 청혼을 했단 말이냐?"

정희는 침묵으로 그 질문에 대답했다.

"그놈이 그렇게 좋으냐?"

"그런 것도 아니에요."

어머니는 잠시 말을 멈추었다. 정희에게서 느껴지는 어떤 부분이 심상치 않은 모양이었다.

"그런데 무슨 결혼이야. 결혼은……."

"나는 그 사람이 싫지는 않아요."

"그걸 말이라고 하니. 그런 이유로 결혼할 양이면 사방에 혼처가 널려 있다. 재혼에 아이까지 달린 사람하고 결혼하려면 싫지 않은 정도의 사람은 얼마든지 있다니까."

"아무튼 다음 달에 결혼하고 그 사람 집으로 내 짐을 다 옮길 거예요."

정희는 소파에서 일어서면서 최후통첩을 했다.

"그 사람 아이도 있다면서?"

"괜찮아요."

"너 전실 자식 기르기가 세상에서 제일 힘들 일인 거 모르냐? 네가 아주 복에 겨워 불행해지고 싶어서 환장을 했구나."

"내 생각에도 그런 것 같아요."

정희는 덤덤하게 말하고 일어서 자기 방으로 들어갔다. 하도 기가 막혀서 기함을 했는지 여느 때처럼 어머니는 따라 들어오지 않았.

다음 날 정희는 남자에게 전화를 걸었다.

"어머니에게 다 말씀드렸어."

"그랬더니 뭐라고 하셔?"

"뭘. 뻔한 이야기지."

"우리가 결혼하는 걸 받아들이시겠대?"

"어머니가 하는 이야기는 이제 우리하고 상관없어. 다음 달에 결혼하고 집을 옮긴다고 했어."

"그렇지만 정희를 위해 오랫동안 살아오신 분인데 너무 충격을 받게 되는 건 아닐까."

"그런 이야기 더 듣고 싶지 않아."

전화를 끊은 후 정희는 곰곰이 생각에 잠겼다.

'내가 순전히 어머니 곁을 떠나기 위해 결혼하려는 것일까?'

그런 것 같기도 하고 아닌 것 같기도 했다. 아무튼 이제 정희는 더 불행해져도 좋으니까 삶의 한 고비를 넘어 다른 쪽으로 가고 싶었다. 결혼식은 하지 않을 생각이었다. 혼인신고는 무엇보다도 제일 먼저 할 생각이었다. 그리고 그의 집으로 옮겨 간 후 간단한 엽서를 학교의 동료 교수나 아는 사람들에게 띄울 작정이었다. 무슨 암흑가의 불법단체 행사처럼 결혼생활을 시작하고 싶지는 않았지만 이제 와서 드레스를 입고 어쩌고 하면서 인생의 연극을 다시 하고 싶지는 않았다. 아마 이것도 어머니는 참지 못할 부분일 것이었다.

그하고 결혼을 결심하게 된 계기는 의외로 간단했다. 청혼을 받은 후 정희는 아버지의 이야기를 하고 나서 다른 이야기도 했었다.

"나 우울증 약을 먹고 있어."

그는 위로나 수용의 말이 없이 그저 조용하게 물었다.

"얼마나 됐어?"

"오래 됐어."

그는 더 묻지 않았다.

"다른 사람들도 알고 있어?"

정희는 고개를 저었다.

"우울증 약을 복용하게 된 계기가 있었어?"

정희는 그만 실없이 웃음이 터져 나오려고 했다. 당신이 떠난 것이 제일 큰 이유였지요라고 말할까 하는 생각도 들었다. 그건 사실이 아니었다.

"아버지가 돌아가신 다음부터……."

"얼마나 되었어?"

"한 일 년 되었어. 장례식에도 가지 못했어. 자세한 이야기는 다 나중에 전해 들었어."

아버지 장례식이 끝난 후 우울증 약을 처방해준 의사는 상담은 받고 싶지 않고 약에 대한 처방만 원한다는 정희를 한동안 바라보고 있다가 그럼 그렇게 하자고 이야기했다. 한 번에 많은 분량의 약을 처방하기는 어려우니까 한 달 분량을 처방하고 다음에 다시 와서 처방전을 받아 가기로 했다. 의사는 한 달에 한 번씩 오는 정희를 보고 그저 안부를 묻듯이 잘 지내느냐고 묻고 잠은 잘 자는지, 식사는 잘 하는지 물었다. 정희는 잘 지내고 있다고 대답하고 처방전을 받아 돌아오고는 했다.

대답은 대체로 사실이 아니었다. 가끔은 지독한 불면에 시달리기도 하고 식욕이 없어 하루 종일 식사를 거른 적도 있었다. 지난달 약을 받으러 갔을 때 정희는 곧 결혼할 예정이라고 말했다. 의사는 한동안 아무 대답도 하지 않았다.

"그 사람이 우울증 약을 복용하고 있는 것 알고 있습니까?"

"알고 있어요."

"그 이야기를 듣고 뭐라고 하던가요?"

"뭐……. 별다른 이야기는 없었는데요."

정희는 처방전을 받고 약국에 내려가서 약을 받았다. 그동안 그 의사가 고마웠지만 이제 그만 와야 하겠다는 생각을 했다. 그 의사가 일 년 동안 정희에게 어떤 의미로 마음의 위로가 되어주었던 것은 사실이었지만 심리치료라는 것을 받고 싶지는 않았다.

반드시 살아남아 아버지가 버려도 훌륭한 사람이 될 수 있다는 것을 보여주어야만 하겠다는 원망은 정희에게 거의 강박증처럼 작용했었다.

아버지의 사망 소식을 듣고 정희가 느꼈던 것은 어두운 우물에 빠져드는 것 같은 절망감이었다. 정희는 장례식에 가지 않았다. 자신의 마음속에서 이미 죽어버린 사람을 위해 또다시 장례의 격식을 갖추고 싶지는 않다고 생각했었다. 그러나 아버지의 그림자는 예전에 실제로 죽은 적이 없듯이 세상을 떠난 후에도 죽지 않고 그늘을 드리웠다.

결혼을 강행하는 게 또 다른 인생의 덫을 놓는 것은 아닐까. 그런 두려움이 없는 것은 아니었다. 그러나 아침에 일어날 때마다, 잠자리에 들 때마다 이제 그만 인생을 마감하고 싶다는 생각이 드는 것을 막아보기 위해 위험한 카드를 던져보는 것이 도움이 될지도 몰랐다.

따뜻하고 다정하게 자신을 대해주고 이해해줄 사람이 정희는 필요했고 자신의 이야기를 다 듣고도 결혼하겠다는 남자에게 자신의 초라한 삶을 맡겨보고 싶었다. 그 남자도 정희를 이해하고 받아들이지 못하는 사람이라는 것이 드러날 때는 어떻게 할 것인가에 대해 더 이상 생각하고 싶지 않았다.

그러나 마음속 불안은 점점 커지고 그 남자와 그 남자의 딸 사이에 끼어드는 자신의 모습은 가끔 다른 사람을 시각적으로 바라보듯이 껄끄럽게 느껴지기만 했다.

곰곰이 생각에 잠겨 앉아 있던 정희는 언제든지 필요할 때 전화해도 좋다며 정신과 의사가 주었던 명함을 꺼내 전화를 걸었다. 만나서 드리고 싶은 말씀이 있다는 정희에게 의사는 부드러운 어조로 언제 찾아오겠느냐고 물었다. 내일 오전 중에 시간이 되느냐는 정희에게 의사는 10시 전이면 괜찮다고 대답했다. 그럼 9시에 찾아뵙겠다고 정희는 약속했다.

아침 일찍 일어난 정희는 조교에게 전화해서 오전 강의를 비디오 수업으로 대치해달라고 부탁했다. 운전하지 않고 정희는 택시를 타고 정신과 의사의 사무실로 향했다. 이제 자신이 진심으로 원하는 것이 무엇이었는지 알 수 없었던 삶에 대한 이야기를 그에게 하고 싶었다. 몇 달 동안 자신을 밀어붙이지도, 강요하지도 않았던 의사를 만나 괴롭겠지만 정직한 대면을 자신과 하고 싶었다.

남자에게는 아침 일찍 전화를 걸었다.

"이렇게 일찍 웬일이야. 무슨 일이 있어?"

놀란 어조로 반문하는 남자에게 정희는 간단하게 대답했다.

"오늘은 만나기 어려울 것 같아. 다음에 다시 전화를 할게."

"언제?"

"우선 전화할 때까지 기다려줘."

"알았어. 기다릴게."

남자는 의외로 선선히 대답했다.

정희는 정신과 의사의 진료실 문을 열기 전에 심호흡을 했다.

잠시 망설이며 서 있던 그녀는 문손잡이를 돌렸다. 구체적인 내용은 아무것도 준비되어 있지 않았지만 이제는 그 이야기를 누군가에게 해야만 할 것 같았다. 자신을 오랫동안 지배해온 삶의 무의미성에 대해 고개를 돌려온 절망감에 대해서……. 자기를 버린 아버지나 군림하는 어머니가 아닌 진짜 가족을 가져보고 싶다는 자신의 숨어 있는 열망에 대해서도.